生命‧海洋‧相惜

吳智雄、顏智英、李昱穎、陳慧芬—編著

詩文精選

推薦序一

　　文學是人類精神文明的高度表徵。藉由文字的精準提煉與文意的豐富表達，不僅能提升語文的表達能力，而在現實層面上獲取某種的物質需求；更能在精神層面上陶冶心性、修養氣質，進而達到尊重與自我實現的高層次需求。而這種高層次的需求，正是我就任本校校長以來，所想要達到的其中一項辦學目標──將國立臺灣海洋大學塑造成「一所令人感動的大學」。

　　因為，唯有懂得尊重，才能令人感動；唯有助人自我實現，才能令人感動；而……唯有文學，才能令人感動。

　　文學的研究，固然不是以海洋理工為特色的本校專長表現之一；但對於文學的教育、語文的訓練，本校仍然相當重視而不遺餘力。所以在通識博雅教育裡，有相當多的比例是著重在人文社會、藝術美學領域；而在通識基礎教育裡，仍保有必修六學分的大學國文課程，並要求學生閱讀課外文章及書寫作文。在在的具體事蹟，都顯示本校對於培養道德關懷、提升人文素養、涵養文化氣質方面的高度努力。

　　是以，在本校吳智雄老師自100學年度起連續三年主持教育部全校性閱讀書寫計畫期間，不論是計畫經費、活動籌辦，或是在課程調整、師資增聘等方面，本校都給予了儘可能的支持與協助。三年計畫執行下來，對於精進本校的國文教學，有著極大的成果與貢獻，此書即是其中優異的成果之一。

　　此書編著者中的吳智雄與顏智英兩位專任老師，皆曾獲本校傑出教學獎、校級教學優良教師獎、學術優良獎等獎項，也皆曾主持過多件科技部、教育部的研究與教學計畫，是同時在教學、研究兩方面皆有傑出亮眼成績的優秀學者。而李昱穎與陳慧芬兩位老師，也是本校優秀的兼任教師，在教學上十分地用心與認真。在他們精益求精的共同擘劃下，此書有著一貫的主題脈絡、精心的導讀文字、優美的詩文小說、適當的註釋說明、精闢的閱讀鑑賞，也有隨堂推敲、閱讀安可、分組活動、寫作鍛鍊等等特別的課堂教學設計。全書具有與時並進、思考新穎、跳脫傳統教學窠

臼等特色，著實是一本符合二十一世紀教學理念的現代大學國文教學用書。

　　現值此書付梓之際，除了欣見本校出版了一件優秀的教學成果故特別撰文推薦之外；更由衷地相信，在細細品嚐全書以「珍惜」為主軸的編纂設計之下，並在珍惜人與人之情、珍惜人與物之愛的閱讀餘蘊之中，你將發現，這絕對會是「一本令人感動的書」。

國立臺灣海洋大學校長

張清風

於2015年8月

推薦序二

　　語文在人類的文明發展中佔有極重要的地位，語言促進了人與人的溝通，文字傳遞了人類的思想與歷史；語言與文字的學習，成為現今時代文明能否持續傳承與大幅進展的重要關鍵。因此，成功的語文教育，正是本校共同教育中心的重要任務之一。

　　在這樣的前提下，我認為語文教育的具體目標有三。一是陶冶思想情意：培養學生對生命的熱愛、對生活的創意、對夢想的堅持、對困境的超越等精神特質，以及對社會群體的人文關懷能力；二是擴大知識領域：加強學生對中國悠久豐富的文化思想與文學經典的理解與欣賞，從而懂得重視與珍惜中華文化的精髓；三是提昇語文能力：養成學生經常閱讀的習慣，以及流暢的口語與寫作表達能力。

　　令人欣慰的是，本校語文教育組吳智雄與顏智英兩位專任老師、李昱穎與陳慧芬兩位兼任老師，共同努力將上述三大教育目標，落實在100-102學年度的教育部全校性閱讀書寫計畫中，並將三年來執行的部分豐碩成果展現在這本書中。書中前三個主題（友朋之情、戀人之情、師生之情），強調了對周遭群我互動的珍視，提醒了對情人師友關懷的重要；後三個主題（衣食之愛、居止之愛、育樂之愛），則揭示了讓生活更具創意與美學、讓生命更有意義與活力的祕訣。所選作品，包羅萬象，文言與白話、詩與文、詞曲與小說，抒情與論說、記事與寫人，盡為一時之選，提供了認識中華文化瑰寶的極佳平臺，也讓閱讀中國經典美文成為一種便利。此外，精心設計的教學活動（隨堂推敲、閱讀安可、分組活動、寫作鍛鍊），更可以讓國文課不再單調、枯燥，還能在歡樂聲中達到訓練口語表達與閱讀寫作能力的目的。

　　在樂見此書出版之餘，還殷切地希望所有與本書編者一樣的語文教育工作者，也同樣能致力於精選深刻經典的教材、開發生動創新的教學方

式，以符應當今多元化、資訊化、創意化的教育環境，共同為語文教育而努力。

國立臺灣海洋大學共同教育中心主任

張文哲

2015年8月28日

目次

主題一 友朋之情

導讀　驀然地與你相遇

　　那是一個暖風拂臉、陽光炙熱依舊的夏日晌午，此刻的我，正走在一條公園的小徑上。小徑的盡頭，是一個滿耳無邪笑聲、滿臉天真笑容的小小國度。

　　前往這個小小國度，緣於昨晚與兒子的一個小小約定：

　　「爸比，明天你在家嗎？」

　　「對呀！有什麼事嗎？」

　　「那你明天中午可不可以來接我放學？」

　　「嗯⋯⋯好啊！」

　　雖然明知道安親班老師會讓他安全的移往下一個駐點，雖然明知道酷夏的紫外線不是開玩笑的，雖然更知道可以找個簡單的理由來敷衍他；但，我還是不假思索地允諾他，不懼毒辣陽光、不理汗如雨滴、不管三七二十一地依約前往。只因我在兒子靦腆的眼神下，看到了一個小男孩小小心理的殷切期待，期待著他的父親能陪他走一段，走一段走過了就永遠無法再回復的人生道路。

　　當我接近小徑的盡頭時，遠遠就看見兒子與同學嬉戲玩笑的身影，不經意間與他的眼神對接的剎那，在兒子扭捏的神情與動作中，我彷彿看到了他內在裡那一顆藏不住的放心與開心。

　　回程的路上，兒子或與我牽手並行，或與同行的小人們玩著你推我擠的遊戲。看著他們如此這般發自心底真正的歡樂，沒有勾心鬥角，不帶功利圖索，不禁讓我感到一股莫名的欣慰。

　　有人曾說過，因為上帝無法全天候照顧每一個孩子，所以創造了母親。但，這世上又有幾位母親能陪著孩子走完人生的全程呢？所以，順著這句話，我要接著說，因為上帝知道母親無法永遠陪伴著孩

子，所以創造了朋友。

　　朋友──實在是一種奇特的東西，他與你既無血緣關係，也大都不是跟你穿著同一條褲子長大；可是，他就是能超越血緣，凌駕時空，在你生命中的某個當下、某處缺口，驀然地與你相遇，彼此心靈契合、推心置腹，甚而「死生同處」，成為你的「知己」，當上你的「密友」。

　　在人生行走數十年間，是不是可以有這樣的一個人，更圓滿的是──有這樣的一群人，在不同的人生階段中，陪著我身旁的這個小男孩一起走過呢？

　　如果可以，請讓我的兒子擁有一群「忠誠無邪的朋友」，好讓他繼續保有並相信人世間可貴的純粹，在逐漸「暮色蒼茫」的人生歲月中，不致於「形單影隻」。如果可以，也請讓我的兒子多幾位「多聞直諒之友」，好讓他隨時能找得到指引的燈塔、針砭的力量，在遍佈荊棘、滿是誘惑的人生試煉場中，不致於迷走了方向，失去了自我。如果可以，請再給他一些「淵博友」、「風雅友」、「滑稽友」……，好讓他的生命能注入源源不絕的活水，充滿能量，充滿光彩，充滿希望。

　　如果可以……，可以嗎？

《幽夢影》（節選）

張潮

文本內容

1. 對淵博友，如讀異書；對風雅友，如讀名人詩文；對謹飭[1]友，如讀聖賢經傳；對滑稽友，如閱傳奇小說。（12）

2. 雲映日而成霞，泉挂巖而成瀑，所托者異，而名亦因之。此友道之所以可貴也。（72）

3. 求知己於朋友易，求知己於妻妾難，求知己於君臣則尤難之難。（93）

4. 有工夫讀書，謂之福；有力量濟人，謂之福；有學問著述，謂之福；無是非到耳，謂之福；有多聞直諒之友[2]，謂之福。（95）

5. 人莫樂於閒，非無所事事之謂也。閒則能讀書，閒則能遊名勝，閒則能交益友，閒則能飲酒，閒則能著書，天下之樂孰大於是！（96）

6. 發前人未發之論，方是奇書；言妻子難言之情，乃爲密友。（101）

7. 一介之士，必有密友。密友不必定是刎頸之交[3]，

1　謹飭：嚴謹修飭，指言行檢點而有節制。

2　多聞直諒：好朋友當具有正直信實，見識淵博的條件。語本《論語‧季氏》：「友直、友諒、友多聞，益矣。」

3　刎頸之交：語出《史記‧廉頗藺相如列傳》：「卒相與歡，爲刎頸之交。」用以比喻可同生死共患難的朋友。

大率雖千百里之遙，皆可相信，而不爲浮言所動；聞有謗之者，即多方爲之辯析而後已；事之宜行宜止者，代爲籌畫決斷；或事當利害關頭，有所需而後濟者，即不必與聞，亦不慮其負我與否，竟爲力承其事。此皆所謂密友也。（102）

8. 鄉居須得良朋始佳，若田夫樵子，僅能辨五穀而測晴雨，久且數[4]未免生厭矣。而友之中，又當以能詩爲第一，能談次之，能畫次之，能歌又次之，解觴政[5]者又次之。（212）

寫作背景

　　張潮（1650－？），字山來，號心齋，別署心齋居士。安徽歙縣人。出身名門宦族，「才奔陸海」（石龐〈幽夢影序〉），「胸羅星宿，筆花繚繞」（余懷〈幽夢影序〉）。對張潮而言，詩歌所帶來的美好世界，遠是早已僵化的八股文所無法企及的，因此在八股舉業的路上，並沒有太大的成就，終其一生僅止於歲貢資格，仕途上也只做過翰林孔目的九品小官。在十五歲到二十六歲間，多遭不幸，一度極爲消沉。五十歲時更銀鐺入獄，深感恥辱與激憤，帶給他相當大的打擊。

　　張潮一生到過不少地方，其中與江蘇的如皋、揚州因緣最深。也與當時文壇著名之士往來頻繁，如冒辟疆、孔尚任、黃周星等人，可見其交遊廣泛。張潮著述中最爲有名的即是《幽夢影》，約在三十歲即已動筆，四十五歲前完稿。全書談論的主題甚多，有飲酒、交友、讀書、賞畫、美人、花月等等，不僅可從文字之間看出他學問的廣博，更可看出他對生活、美學與理想的追求。

　　《幽夢影》爲語錄體，條目之間不相連繫，且無明確的主題劃分。張潮藉此

4　數：音ㄕㄨㄛˋ，屢次、多次之意。
5　解觴政：懂得酒令。觴政，指宴會中執行酒令之意。

種特殊體例闡發自身觀點，說明道理。內容方面則無所不包，如石龐在〈幽夢影序〉中所說：「以風流為道學，寓教化於詼諧。」不受拘束的體例與內容，使得《幽夢影》一書得以在文壇有其一席之地。

閱讀鑑賞

　　上列節選的內容都與交友有關，可以看出作者對朋友的諸多見解及觀點，大致可分為朋友的定義、朋友的影響、交友的益處。

　　首先是朋友的定義，在第93、101、102、212等四則中，作者定義出何謂「密友」。指出密友不一定要同生共死，但要絕對能信任朋友，為朋友謀取最大利益。又論人生在世總是需要知己，但知己只能在朋友中尋得，正是因為地位平等（與君臣、夫妻的上下關係不同），志同道合，相處起來才能令人心情愉悅，方得交友之妙處。

　　而朋友會帶來什麼樣的影響？張潮在第72則闡釋其見解。他認為雲和泉水都會因為所依托的對象不同而產生不同的變化，故有相異的名稱出現。人和朋友之間的道理也是如此，正是「近朱者赤，近墨者黑」的道理。而第12則明確指出與不同的朋友相處，就如同讀性質不同的好書，隨時隨地都能有所收穫，有助於拓展自己的見識。第95、96則是論交友的好處。何謂「有福」？何謂「快樂」？對張潮而言，能夠結交「多聞直諒」的朋友，是一種福份；而能在繁忙的日常生活中結交益友，是一種快樂。凡此種種，皆可見張潮對交友的重視。

　　本文在修辭方面，多有變化，如排比、對偶、層遞、類疊等。修辭手法的巧妙運用，除了在誦讀時有音韻變化之美，寫作時無文字重複之累外，更可收到加強語氣、充分表達作者思想的功效。

隨堂推敲

1. 張潮在《幽夢影》中提出對交友的看法，你能否認同？是否可用在今日？

2. 張潮認為「有多聞直諒之友，謂之福」，對你而言，有什麼樣的朋友才可「謂之福」？

3. 請問在課文中出現了哪些修辭法？而它們分別具有什麼樣的功用？

4. 當朋友因故離你遠去，這一生無從相見時，當下你會有什麼樣的感受？

閱讀安可

下列作品皆與朋友離世有關。

1. （南朝宋）范曄《後漢書·范式張劭列傳》

　　范式，字巨卿，山陽金鄉人也，一名汜。少遊太學，為諸生，與汝南張劭為友。劭，字元伯。二人並告歸鄉里。式謂元伯曰：「後二年，當還，將過拜尊親，見孺子焉。」乃共剋期日。後期方至，元伯具以白母，請設饌以候之。母曰：「二年之別，千里結言，爾何相信之審邪？」對曰：「巨卿信士，必不乖違。」母曰：「若然，當為爾醞酒。」至其日，巨卿果到；升堂拜飲，盡歡而別。式仕為郡功曹。後元伯寢疾篤，同郡郅君章、殷子徵晨夜省視之。元伯臨盡，嘆曰：「恨不見吾死友！」子徵曰：「吾與君章盡心於子，是非死友，復欲誰求？」元伯曰：「若二子者，吾生友耳。山陽范巨卿，所謂死友也。」尋而卒。式忽夢見元伯玄冕垂纓屐履而呼曰：「巨卿，吾以某日死，當以爾時葬，永歸黃泉。子未我忘，豈能相及？」式怳然覺寤，悲嘆泣下，具告太守，請往奔喪。太守雖心不信而重違其情，許之。式便服朋友之服，投其葬日，馳往赴之。式未及到，而喪已發引，既至壙，將窆，而柩不肯進。其母撫之曰：「元伯，豈有望邪？」遂停柩。移時，乃見有素車白馬，號哭而來。其母望之

曰：「是必范巨卿也。」巨卿既至，叩喪言曰：「行矣元伯！死生路異，永從此辭。」會葬者千人，咸為揮涕。式因執紼而引柩，於是乃前。式遂留止塚次，為修墳樹，然後乃去。

（說）（明）

　　朋友之間，什麼是最為重要的？對范式、張劭而言，彼此之間的誠信最為重要。本文前半段提及二人的兩年之約，在約期將至之際，藉由張母的合理懷疑（時間與空間的距離），作者僅用「巨卿信士，必不乖違」八字，帶出張劭對范式的了解與信任。後半段寫張劭重病，同郡的二位友人日夜悉心照料，這樣的情義令旁人感動。然而張劭卻在此時提出生友、死友之別，更將范式在其心中的重要性提昇到最高點，對這份友情的重視再次被突顯出來。而後透過張劭托夢、范式奔喪執紼，二人深厚的友情完整地呈現在讀者眼前，令人感動不已。

2. 白先勇〈樹猶如此〉（節選）

　　一九五四年，四十四年前的一個夏天，我與王國祥同時匆匆趕到建中去上暑假補習班，預備考大學。我們同級不同班，互相並不認識，那天恰巧兩人都遲到，一同搶著上樓梯，跌跌撞撞，碰在一起，就那樣，我們開始結識，來往相交，三十八年。王國祥天性善良，待人厚道，孝順父母，忠於朋友。他完全不懂虛偽，直言直語，我曾笑他說謊舌頭也會打結。但他講究學問，卻據理力爭，有時不免得罪人，事業上受到阻礙。王國祥有科學天才，物理方面應該有所成就，可惜他大二生過那場大病，腦力受了影響。他在休斯頓研究人造衛星，很有心得，本來可以更上一層樓，可是天不假年，五十五歲，走得太早。我與王國祥相知數十載，彼此守望相助，患難與共，人生道上的風風雨雨，由於兩

人同心協力，總能抵禦過去，可是最後與病魔死神一搏，我們全力以赴，卻一敗塗地。

我替王國祥料理完後事回轉聖芭芭拉，夏天已過。那年聖芭芭拉大旱，市府限制用水，不准澆灑花草。幾個月沒有回家，屋前草坪早已枯死，一片焦黃。由於經常跑洛杉磯，園中缺乏照料，全體花木黯然失色，一棵棵茶花病懨懨，只剩得奄奄一息，我的家，成了廢園一座。我把國祥的骨灰護送返台，安置在善導寺後，回到美國便著手重建家園。草木跟人一樣，受了傷須得長期調養。我花了一兩年工夫，費盡心血，才把那些茶花一一救活。退休後時間多了，我又開始到處蒐集名茶，愈種愈多，而今園中，茶花成林。我把王國祥家那兩缸桂花也搬了回來，因為長大成形，皮蛋缸已不堪負荷，我便把那兩株桂花移植到園中一角，讓它們入土為安。冬去春來，我園中六、七十棵茶花競相開發，嬌紅嫩白，熱鬧非凡。我與王國祥從前種的那些老茶，二十多年後，已經高攀屋簷，每株盛開起來，都有上百朵。春日負暄，我坐在園中靠椅上，品茗閱報，有百花相伴，暫且貪享人間瞬息繁華。美中不足的是，抬望眼，總看見園中西隅，剩下的那兩棵義大利柏樹中間，露出一塊楞楞的空白來，缺口當中，映著湛湛青空，悠悠白雲，那是一道女媧煉石也無法彌補的天裂。

說明

中學時代因為不小心的碰撞，展開了白先勇與王國祥的友誼。隨著年紀的增長，居住地的遷徙，這份友誼未見斷絕，更是在異鄉成為相互扶持的力量。作者將彼此間的互動、生活中的大小事，詳細地記錄下來，文字帶有明亮妍麗的色彩。然而筆鋒一轉，作者在庭院中發現一棵義大利柏樹竟莫名枯死，而這正是摯友王國祥當初勸他種下的，由此帶入摯友的病況。面對沉睡二十多年的病症的反撲，白先勇寫下陪伴友人治療的過程，

藉由尋訪名醫、探求靈藥的場景變換，慌亂焦急的心情一覽無遺。但無論再怎樣的努力，終究敵不過命運的安排；再如何的不捨，最後還是得讓好友回歸大化之中。一段友情以如此的方式畫下句點，令人有無限的感慨。由於全文篇幅甚長，此處僅節錄最後兩段，先交代二人相識的經過，接著簡短說明友人的一生。最後則是敘述在處理完繁瑣事務之後，望見庭院裡那棵枯死柏樹的空缺依舊存在，不免想起摯友已然遠去，內心的傷痛再次升起。

分組活動

　　好朋友的條件：張潮認為「有多聞直諒之友，謂之福」，那麼你的理想朋友應該具備什麼樣的條件？請每位組員分別寫下自己的條件後，與組員們分享，並推選一位同學上臺報告。

寫作鍛鍊

　　寫作：踏入人生的另一個求學階段，是令人喜悅的。在認識新朋友之際，也別忘了與你一同走過高中歲月的朋友喔！請以大學生活為主題，寫一封信給從前的高中同學，須介紹自己校系的特色、校園特殊景觀等。文長約400字。

請沿虛線剪下

[分組討論單] 班級：＿＿＿＿ 組別：＿＿＿＿ 報告者：＿＿＿＿

組員簽名：＿＿＿＿＿＿＿＿＿

問：**「好朋友的條件」**：張潮認為「有多聞直諒之友，謂之福」，那麼你的理想朋友應該具備什麼樣的條件？請每位組員分別寫下自己的條件後，與組員們分享，並推選一位同學上臺報告。

答：

【寫作鍛鍊】 日期：＿＿＿＿＿＿＿

系級：＿＿＿＿＿ 學號：＿＿＿＿＿ 姓名：＿＿＿＿＿

請沿虛線剪下

〈羊角哀捨命全交〉

馮夢龍

文本內容

背手為雲覆手雨，紛紛輕薄何須數？
君看管鮑貧時交，此道今人棄如土。

　　昔時，齊國有管仲，字夷吾；鮑叔，字宣子，兩個自幼時以貧賤結交。後來鮑叔先在齊桓公門下，信用顯達，舉薦管仲為首相，位在己上。兩人同心輔政，始終如一。管仲曾有幾句言語道：「吾嘗三戰三北[1]，鮑叔不以我為怯，知我有老母也；吾嘗三仕三見逐，鮑叔不以我為不肖，知我不遇時也；吾嘗與鮑叔談論，鮑叔不以我為愚，知時有利不利也；吾嘗與鮑叔為賈，分利多，鮑叔不以我為貪，知我貧也。生我者父母，知我者鮑叔！」所以古今說知心結交，必曰「管鮑」。今日說兩個朋友，偶然相見，結為兄弟，各捨其命，留名萬古。

　　春秋時，楚元王崇儒重道，招賢納士。天下之人聞其風而歸者，不可勝計。西羌積石山，有一賢士，姓左，雙名伯桃，幼亡父母，勉力攻書，養成濟世之才，學就安民之業。年近四旬，因中國諸侯

1　北：失敗、敗逃。《韓非子・五蠹》：「魯人從君戰，三戰三北。」

互相吞併，行仁政者少，恃強霸者多，未嘗出仕。後聞得楚元王慕仁好義，遍求賢士，乃攜書一囊，辭別鄉中鄰友，逕奔楚國而來。迤邐[2]來到雍地，時值隆冬，風雨交作。有一篇〈西江月〉詞，單道冬天雨景：

習習悲風割面，濛濛細雨侵衣。催冰釀雪逞寒威，不比他時和氣。
山色不明常暗，日光偶露還微。天涯游子盡思歸，路上行人應悔。

左伯桃冒雨盪風[3]，行了一日，衣裳都沾濕了。看看天色昏黃，走向村間，欲覓一宵宿處[4]。遠遠望見竹林之中，破窗透出燈光。逕奔那個去處，見矮矮籬笆圍著一間草屋。乃推開籬障，輕叩柴門。中有一人，啟戶而出。左伯桃立在簷下，慌忙施禮曰：「小生西羌人氏，姓左，雙名伯桃。欲往楚國，不期中途遇雨，無覓旅邸之處，求借一宵，來早便行，未知尊意肯容否？」那人聞言，慌忙答禮，邀入屋內。伯桃視之，只有一榻。榻上堆積書卷，別無他物。伯桃已知亦是儒人，便欲下拜。那

2　迤邐：音一ˊ ㄌㄧˇ，連續不斷的樣子。
3　盪風：冒風。
4　宵宿處：夜宿的處所。

人云：「且未可講禮，容取火烘乾衣服，卻當會話。」當夜燒竹爲火，伯桃烘衣。那人炊辦酒食，以供伯桃，意甚勤厚。伯桃乃問姓名。其人曰：「小生姓羊，雙名角哀，幼亡父母，獨居於此。平生酷愛讀書，農業盡廢。今幸遇賢士遠來，但恨家寒，乏物爲款，伏乞恕罪。」伯桃曰：「陰雨之中，得蒙遮蔽，更兼一飲一食，感佩何忘！」當夜二人抵足而眠，共話胸中學問，終夕不寐。

比及天曉，淋雨不止。角哀留伯桃在家，盡其所有相待。結爲昆仲，伯桃年長角哀五歲，角哀拜伯桃爲兄。一住三日，雨止道乾。伯桃曰：「賢弟有王佐之才，抱經綸之志；不圖竹帛，甘老林泉，深爲可惜。」角哀曰：「非不欲仕，奈未得其便耳。」伯桃曰：「今楚王虛心求士，賢弟既有此心，何不同往？」角哀曰：「願從兄長之命。」遂收拾些小路費糧米，棄其茅屋，二人同望南方而進。

行不兩日，又值陰雨。羈身旅店中，盤費罄盡[5]。只有行糧一包，二人輪換負之，冒雨而走。其雨未止，風又大作，變爲一天大雪。怎見得？你看：

5　罄盡：用完、竭盡。《晉書・卷四十三・王戎傳》：「數年之間，家資罄盡。」罄，音ㄑㄧㄥˋ。

風添雪冷，雪趁風威。紛紛柳絮狂飄，片片鵝毛亂舞。團空攪陣，不分南北西東；遮地漫天，變盡青黃赤黑。探梅詩客多清趣，路上行人欲斷魂。

　　二人行過歧陽，道經梁山路，問及樵夫，皆說：「從此去百餘里，並無人煙，盡是荒山曠野，狼虎成群，只好休去。」伯桃與角哀曰：「賢弟心下如何？」角哀曰：「自古道：『死生有命。』既然到此，只顧前進，休生退悔。」又行了一日，夜宿古墓中。衣服單薄，寒風透骨。

　　次日，雪越下得緊，山中彷彿盈尺。伯桃受凍不過，曰：「我思此去百餘里，絕無人家，行糧不敷，衣單食缺。若一人獨往，可到楚國；二人俱去，縱然不凍死，亦必餓死於途中。與草木同朽，何益之有？我將身上衣服，脫與賢弟穿了，賢弟可獨賫6此糧，於途強掙而去。我委的7行不動了，寧可死於此地。待賢弟見了楚王，必當重用，那時卻來葬我未遲。」角哀曰：「焉有此理！我二人雖非一父母所生，義氣過於骨肉。我安忍獨去而求進身耶？」遂不許，扶伯桃而行，行不十里，伯桃曰：

―――――――――

6　賫：同「齎」，音ㄐㄧ，攜帶、執持。
7　委：確實。關漢卿《竇娥冤‧第二折》：「委的不是小婦人下毒藥來。」

「風雪越緊，如何去得？且於道旁尋個歇處。」見一株枯桑，頗可避雪。那桑下只容得一人，角哀遂扶伯桃入去坐下。伯桃命角哀敲石取火，爇[8]些枯枝，以禦寒氣。比及角哀取了柴火到來，只見伯桃脫得赤條條地，渾身衣服，都做一堆放著。角哀大驚曰：「吾兄何爲如此？」伯桃曰：「吾尋思無計，賢弟勿自誤了，速穿此衣服，負糧前去，我只在此守死。」角哀抱持大哭曰：「吾二人死生同處，安可分離？」伯桃曰：「若皆餓死，白骨誰埋？」角哀曰：「若如此，弟情願解衣與兄穿了，兄可賫糧去，弟寧死於此！」伯桃曰：「我平生多病，賢弟少壯，比我甚強；更兼胸中之學，我所不及。若見楚君，必登顯宦。我死何足道哉？弟勿久滯，可宜速往。」角哀曰：「今兄餓死桑中，弟獨取功名，此大不義之人也，我不爲之。」伯桃曰：「我自離積石山，至弟家中，一見如故。知弟胸次不凡，以此勸弟求進。不幸風雨所阻，此吾天命當盡。若使弟亦亡於此，乃吾之罪也。」言訖欲跳前溪覓死。角哀抱住痛哭，將衣擁護，再扶至桑中。伯桃把衣服推開，角哀再欲上前勸解時，但見伯桃神色已變，四肢厥冷，口不能言，以手揮令去。

8　爇：焚燒，音ㄖㄨㄛˋ，又音ㄖㄜˋ。《左傳‧昭公二十七年》：「逐令攻郤氏，且爇之。」

角哀尋思：「我若久戀，亦凍死矣。死後誰葬吾兄？」乃於雪中再拜伯桃而哭曰：「不肖弟此去，望兄陰力相助。但得微名，必當厚葬。」伯桃點頭半答，角哀取了衣糧，帶泣而去。伯桃死於桑中。後人有詩贊云：

　　寒來雪三尺，人去途千里。長途苦雪寒，何況囊無米？並糧一人生，同行兩人死；兩死誠何益？一生尚有恃。賢哉左伯桃！隕命成人美。

　　角哀捱著寒冷，半饑半飽，來至楚國，於旅邸中歇定。次日入城，問人曰：「楚君招賢，何由而進？」人曰：「宮門外設一賓館，令上大夫裴仲接納天下之士。」角哀遂投賓館前來，正值上大夫下車，角哀乃向前而揖。裴仲見角哀衣雖襤褸，器宇不凡，慌忙答禮，問曰：「賢士何來？」角哀曰：「小生姓羊，雙名角哀，雍州人也。聞上國招賢，特來歸投。」裴仲邀入賓館，具酒食以進，宿於館中。

　　次日，裴仲到館中探望，將胸中疑義，盤問角哀，試他學問如何。角哀百問百答，談論如流。裴仲大喜，入奏元王。王即時召見，問富國強兵之道，角哀首陳十策，皆切當世之急務。元王大喜，設御宴以待之，拜為中大夫，賜黃金百兩，彩緞百

疋。角哀再拜流涕。元王大驚而問曰:「卿痛哭者何也?」角哀將左伯桃脫衣併糧之事,一一奏知。元王聞其言,為之感傷,諸大臣皆為痛惜。元王曰:「卿欲如何?」角哀曰:「臣乞告假到彼處,安葬伯桃已畢,卻回來事大王。」元王遂贈已死伯桃為中大夫,厚賜葬資,仍差人跟隨角哀車騎同去。

　　角哀辭了元王,逕奔梁山地面。尋舊日枯桑之處,果見伯桃死屍尚在,顏貌如生前一般。角哀乃再拜而哭,呼左右喚集鄉中父老,卜地於浦塘之原。前臨大溪,後靠高崖,左右諸峰環抱,風水甚好。遂以香湯淋浴伯桃之屍,穿戴大夫衣冠,置內棺外槨,安葬起墳。四周築牆栽樹;離墳三十步建享堂[9],塑伯桃儀容;立華表,柱上建牌額;牆側蓋瓦屋,令人看守。造畢,設祭於享堂,哭泣甚切。鄉老[10]從人,無不下淚。祭罷,各自散去。

　　角哀是夜明燈燃燭而坐,感嘆不已。忽然一陣陰風颯颯,燭滅復明。角哀視之,見一人於燈影中或進或退,隱隱有哭聲。角哀叱曰:「何人也?輒敢夤夜[11]而入!」其人不言。角哀起而視之,乃伯桃也。角哀大驚,問曰:「兄陰靈不遠,今來見弟,

---

9　享堂:祭祀的廳堂。
10　鄉老:地方父老。
11　夤夜:深夜。夤,音一ㄣˊ。

必有事故。」伯桃曰：「感賢弟記憶，初登仕路，奏請葬吾，更贈重爵，並棺槨衣衾之美，凡事十全。但墳地與荊軻墓相連近，此人在世時，爲刺秦王不中被戮，高漸離以其屍葬於此處。神極威猛。每夜仗劍來罵吾曰：『汝是凍死餓殺之人，安敢建墳居吾上肩，奪吾風水？若不遷移他處，吾發墓取屍，擲之野外！』有此危難，特告賢弟。望改葬於他處，以免此禍。」角哀再欲問之，風起，忽然不見。角哀在享堂中一夢驚覺，盡記其事。

　　天明，再喚鄉老，問此處有墳相近否？鄉老曰：「松陰中有荊軻墓，墓前有廟。」角哀曰：「此人昔刺秦王不中被殺，緣何有墳於此？」鄉老曰：「高漸離乃此間人，知荊軻被害，棄屍野外，乃盜其屍，葬於此地，每每顯靈。土人[12]建廟於此，四時享祭，以求福利。」角哀聞言，遂信夢中之事。引從者逕奔荊軻廟，指其神而罵曰：「汝乃燕邦一匹夫，受燕太子奉養，名姬重寶，儘汝受用。不思良策以副重托，入秦行事，喪身誤國。卻來此處驚惑鄉民，而求祭祀！吾兄左伯桃，當代名儒，仁義廉潔之士，汝安敢逼之？再如此，吾當毀其廟，而發其塚，永絕汝之根本！」罵訖，卻來伯桃墓前祝曰：「如荊軻今夜再來，兄當報我。」

12　土人：世居本地的人。

　　歸至享堂，是夜秉燭以待。果見伯桃哽咽而來，告曰：「感賢弟如此，奈荊軻從人極多，皆土人所獻。賢弟可束草爲人，以彩爲衣，手執器械，焚於墓前。吾得其助，使荊軻不能侵害。」言罷不見。角哀連夜使人束草爲人，以彩爲衣，各執刀槍器械，建數十於墓側，以火焚之。祝曰：「如其無事，亦望回報。」

　　歸至享堂，是夜聞風雨之聲，如人戰敵。角哀出戶觀之，見伯桃奔走而來，言曰：「弟所焚之人，不得其用。荊軻又有高漸離相助，不久吾屍必出墓矣。望賢弟早與遷移他處殯葬，免受此禍。」角哀曰：「此人安敢如此欺凌吾兄！弟當力助以戰之。」伯桃曰：「弟陽人也，我皆陰鬼；陽人雖有勇烈，塵世相隔，焉能戰陰鬼也？雖蒭草之人，但能助喊，不能退此強魂。」角哀曰：「兄且去，弟來日自有區處。」次日，角哀再到荊軻廟中大罵，打毀神像。方欲取火焚廟，只見鄉老數人，再四哀求，曰：「此乃一村香火，若觸犯之，恐貽禍於百姓。」須臾之間，土人聚集，都來求告。角哀拗他不過，只得罷了。

　　回到享堂，修一道表章，上謝楚王，言：「昔日伯桃併糧與臣，因此得活，以遇聖主。重蒙厚爵，平生足矣，容臣後世盡心圖報。」詞意甚切。表付從人，然後到伯桃墓側，大哭一場。與從者

曰：「吾兄被荊軻強魂所逼，去往無門，吾所不忍。欲焚廟掘墳，又恐拂土人之意。寧死爲泉下之鬼，力助吾兄戰此強魂。汝等可將吾屍葬於此墓之右，生死共處，以報吾兄併糧之義。回奏楚君，萬乞聽納臣言，永保山河社稷。」言訖，掣取佩劍，自刎而死。從者急救不及，速具衣棺殯殮，埋於伯桃墓側。

　　是夜二更，風雨大作，雷電交加，喊殺之聲聞數十里。清曉視之，荊軻墓上，震烈如發，白骨散於墓前，墓邊松柏，和根拔起。廟中忽然起火，燒做白地。鄉老大驚，都往羊、左二墓前，焚香展拜。從者回楚國，將此事上奏元王，元王感其義重，差官往墓前建廟，加封上大夫，敕賜廟額，曰「忠義之祠」，就立碑以記其事，至今香火不斷。荊軻之靈，自此絕矣。土人四時祭祀，所禱甚靈。有古詩云：

　　　　古來仁義包天地，只在人心方寸間。
　　　　二士廟前秋日淨，英魂常伴月光寒。

寫作背景

　　馮夢龍（1574－1646），字猶龍，又字子猶、耳猶，號龍子猶、墨憨齋主人、顧曲散人、綠天館主人等，南直隸蘇州府長洲縣（今江蘇省蘇州市）人。少時有才情，博學多聞，與其兄馮夢桂、弟馮夢熊並稱為「吳下三馮」，廣為同輩

欽服。

　　明代的文壇，初期流行臺閣體，中葉則有李夢陽等人所提倡的復古運動。然而到了明末，袁宏道等人有鑑於復古運動的僵化，於是提出了「獨抒性靈」的口號，並且開始重視通俗文學的寫作與蒐集。為人曠達、不拘一格的馮夢龍本就排斥文壇上瀰漫的僵化復古之風，因此也認同公安派所提倡的文學觀念，強調文學藝術的社會意義和教育作用，且文學作品一定要通俗化，特別是小說，以為小說可以成為「六經國史之輔」。在這樣的觀念之下，馮夢龍將平日裡所蒐集的宋、元、明話本，整理編輯，編成了《喻世明言》、《警世通言》、《醒世恆言》，被世人稱之為「三言」。晚年馮夢龍仍孜孜不倦，繼續從事小說創作和戲曲整理研究工作。又曾從事《古今譚概》、《太平廣記鈔》、《智囊》（重刊時改名《智囊補》）、《情史》、《太霞新奏》等的評纂工作。

　　社會的進步與科技的發展，人與人之間的關係可以有無限的延伸，並不一定要見過面、認識很久的才算是朋友。不過在這臉書上一堆好友、手機通訊錄中眾多電話號碼的時代裡，你是否也企盼能擁有真心相交的好友呢？本文選自明代話本小說集《喻世明言》，為馮夢龍取材自漢代劉向《列士傳》中有關羊角哀、左伯桃二人故事編撰而成，主旨在頌揚二人之間的友誼，是一篇講求朋友之間赤誠相助、重視信義的作品。

閱讀鑑賞

　　「話本」本指說書人的底本，後來文人也參與話本的創作，故事題材有沿用舊題加以改寫，也有完全出自作者本人新創。在寫作上因應故事情節的豐富性，而分成三個部分：入話、正文、結論，本篇故事的架構亦沿此而來。

　　起始的入話，如同故事的楔子，與正文有極大的關聯，可援引正面或負面的事例略做鋪陳，藉此帶出正文。本篇小說的入話即引用管仲與鮑叔牙的故事，稱頌二人的友誼，進而引導至羊角哀與左伯桃二人之事。正文部分採用順敘筆法寫成，按照時間進展敘述故事。至於結構上可分成前後兩個大段落：前半寫羊、左二人相識的由來，因意氣相投遂成異姓兄弟，

而後有解衣推食之舉，此處屬於現實題材，以寫實手法進行描寫；後半寫羊角哀取得功名，夜夢左伯桃前來哭訴被荊軻魂魄欺負一事，最終在無計可施的情況下，羊角哀自刎，至陰間裏助左伯桃對抗荊軻，此處寫出了幻想的一面，以浪漫手法寫成。正文如此以寫實與浪漫筆法鋪寫二人故事，其目的在於強調羊、左二人堅定且永恆的友情，藉此歌頌友情的可貴。

隨堂推敲

1. 你認同羊角哀為朋友犧牲生命的作法嗎？請說明理由。
2. 好友遇到困難，如果你向他伸出援手，會損害到自己的利益；但視若無睹，又未免有失朋友之義，這時你會怎麼做？
3. 鮑叔牙舉薦管仲為相，地位在己之上；羊角哀為幫助左伯桃免受欺凌，自刎赴死相助。請問鮑叔牙、羊角哀二人為朋友付出的舉動，何者較令你感佩？為什麼？
4. 在「閱讀安可」中，歐陽脩〈浪淘沙〉一詞，最後採用層遞法寫花之美，但細讀之後可明白不是單純寫花，請問歐陽脩真正想要表達的意涵為何？

閱讀安可

下列作品，一是寫管仲與鮑叔牙的故事，談知己至交；一是寫觸景感傷，而興起懷念朋友之情。

1. （漢）司馬遷《史記‧管晏列傳》

　　管仲夷吾者，潁上人也。少時，常與鮑叔牙遊，鮑叔知其賢。管仲貧困，常欺鮑叔；鮑叔終善遇之，不以為言。已而鮑叔事齊公子小白，管仲事公子糾。及小白立為桓公，公子糾死，管仲囚焉。鮑叔遂進管仲。管仲既用，任政於齊，齊桓公以霸，九

合諸侯，一匡天下，管仲之謀也。

管仲曰：「吾始困時，嘗與鮑叔賈，分財利，多自與；鮑叔不以我為貪，知我貧也；吾嘗為鮑叔謀事，而更窮困，鮑叔不以我為愚，知時有利不利也；吾嘗三仕三見逐於君，鮑叔不以我為不肖，知我不遭時也；吾嘗三戰三走，鮑叔不以我為怯，知我有老母也；公子糾敗，召忽死之，吾幽囚受辱，鮑叔不以我為無恥，知我不羞小節，而恥功名不顯於天下也；生我者父母，知我者鮑子也！」

鮑叔既進管仲，以身下之。子孫世祿於齊，有封邑者十餘世，常為名大夫。天下不多管仲之賢，而多鮑叔能知人也。

說明

本段文字取材自管仲與鮑叔的友誼，旨在藉讚美鮑叔牙了解管仲、推薦管仲的智慧與胸襟，來表現友誼的可貴與值得珍惜。本文重點在於鮑叔牙如何了解、信任、珍惜、推薦管仲這個朋友，從三個方面著筆：首先，交代管仲的功業，讚美鮑讚叔牙能推薦朋友；其次，寫鮑叔牙對於管仲困窮時的貪、愚、不肖、怯、無恥的行徑，都能理解、體諒；最後，作者特別提及鮑叔牙後代子孫的昌盛，讚美鮑叔牙的胸襟。文中充分表現了管、鮑兩顆傑出心靈的相互應和與相知相惜。

---

2. （宋）歐陽脩〈浪淘沙〉

把酒祝東風，且共從容，垂楊紫陌洛城東。總是當時攜手處，遊遍芳叢。

聚散苦匆匆，此恨無窮。今年花勝去年紅。可惜明年花更好，知與誰同？

說明

　　這闋詞作於宋仁宗明道元年（1032），時歐陽脩擔任西京留守推官，閒暇之餘便和尹洙、梅堯臣以詩文相互唱和，故詞中主要藉與友人洛陽賞花之事，來抒發朋友間聚散無常、人生離別容易，重逢甚難的感慨。詞的上片先敘事，表面寫希望東風留下，與他們共賞美景，然而實際上卻是希望美好時光能駐足於此，這樣作者才能和一群好友共同舊地重遊，欣賞春光。既然是舊地重遊，過往的歡樂回憶一一浮現在腦海之中，於是下片進入了抒情的部分。老友重逢，才剛相見卻又要分別，總是令人感到無比的遺憾。誠如李煜所言「別時容易見時難」，今日一別，相見又是何時？接著再將這憾恨推進一層，直接寫出人事流轉，縱使未來再有爛漫的春景，身邊的友伴也未必是這幾位知心的老朋友，再重逢，想來是機會渺茫了。也因此後三句表面看似寫惜花，但字裡行間無不流露出惜別之意，藉由層遞的寫法，讓離別之情更加的濃烈。

分組活動

　　默契大考驗：每組派兩人參加，一人矇眼，另一人口頭指點其夥伴前進，協助尋找寶物。其他各組同學可用聲音干擾，但不可碰到矇眼的同學。各組輪流上臺，以尋得寶物所費時間最短者獲勝。最後，再讓各組派代表上臺發表心得。此活動可以讓同學體驗夥伴間默契的重要性，以及團結合作的可貴。

寫作鍛鍊

1. **疊字形容詞鍛鍊**：〈羊角哀捨命全交〉裡有一首〈西江月〉是這麼寫冬天景色的：「習習悲風割面，濛濛細雨侵衣。」此處運用了疊字的技巧，寫風雨的狀態。請你也運用適當的疊字，來描寫冬天的風雨。

　　例：習習悲風割面，濛濛細雨侵衣

　　　→□□悲風割面，□□細雨侵衣

2. **寫作**：請用300字的現代散文，書寫〈羊角哀捨命全交〉的內容摘要。

［分組討論單］班級：＿＿＿＿＿　組別：＿＿＿＿＿　報告者：＿＿＿＿＿

　　　　　　　組員簽名：＿＿＿＿＿＿＿＿＿＿＿＿＿＿＿＿

問：「**默契大考驗**」：每組派兩人參加，一人矇眼，另一人口頭指點其
　　夥伴前進，協助尋找寶物。其他各組同學可用聲音干擾，但不可碰
　　到矇眼的同學。各組輪流上臺，以尋得寶物所費時間最短者獲勝。
　　最後，再讓各組派代表上臺發表心得。此活動可以讓同學體驗夥伴
　　間默契的重要性，以及團結合作的可貴。

答：

請沿虛線剪下

【寫作鍛鍊】　　　　　　　　　　　日期：＿＿＿＿＿＿

系級：＿＿＿＿＿　　學號：＿＿＿＿＿　　姓名：＿＿＿＿＿

請沿虛線剪下

〈另一段城南舊事〉

余光中

　　林海音的小說名著《城南舊事》寫英子七歲到十三歲的故事，所謂城南，是指北京的南城。那故事溫馨而親切，令人生懷古的清愁，廣受讀者喜愛。但英子長大後回到臺灣，另有一段「城南舊事」，林海音自己不寫，只好由女兒夏祖麗來寫了。這第二段舊事的城南，卻在臺北。

　　初識海音，不記得究竟何時了。只記得來往漸密是在六〇年代之初。我在〈聯副〉經常發表詩文，應該始於一九六一，已經是她十年主編的末期了。我們的關係始於編者與作者，漸漸成為朋友，進而兩家來往，熟到可以帶孩子上她家去玩。

　　這一段因緣一半由地理促成。夏家住在重慶南路三段十四巷一號，余家住在廈門街一一三巷八號，都在城南，甚至同屬古亭區。從我家步行去她家，越過汀州街的小火車鐵軌，沿街穿巷，不用十五分鐘就到了。

　　當時除了單篇的詩文，我還在〈聯副〉刊登了長篇的散文，包括毛姆[1]頗長的短篇小說〈書袋〉和

1　毛姆（1874～1965）：英國小說家兼劇作家。畢業於倫敦聖湯姆斯醫學院，曾擔任實習醫生，後專力寫作。對人性觀察入微，故作品描寫細膩，長於諷刺。著有小說《人性枷鎖》、《剃刀邊緣》，劇本《菲特烈夫人》等。

《生活》雜誌上報導拜倫[2]與雪萊[3]在義大利交往的長文〈繆思在義大利〉，所以常在晚間把續稿送去她家。

　　記得夏天的晚上，海音常會打電話邀我們全家去夏府喝綠豆湯。珊珊姊妹一聽說要去夏媽媽家，都會欣然跟去，因為不但夏媽媽笑語可親，夏家的幾位大姐姐也喜歡這些小客人，有時還會帶她們去街邊「撈金魚」。

　　海音長我十歲，這差距不上不下。她雖然出道很早，在文壇上比我先進，但是爽朗率真，顯得年輕，令我下不了決心以長輩對待。但逕稱海音，仍覺失禮。另一方面，要我像當時人多話雜的那些女作家暱呼「海音姐」或「林大姐」，又覺得有點俗氣。同樣地，我也不喜歡叫什麼「夏菁兄」或「望堯兄」。叫「海音女士」吧，又太做作了。最後我決定稱她「夏太太」，因為我早已把何凡叫定了「夏先生」，似乎以此類推，倒也順理成章[4]。不過我一直深感這稱呼太淡漠，不夠交情。

　　夏家的女兒比余家的女兒平均要大十二、三

2　拜倫（1788～1824）：英國詩人。詩才橫溢，十九歲開始出版詩集，二十歲自西班牙旅遊歸國，作哈羅德遊記，名聲大震。因助希臘獨立之戰，客死軍中，年僅三十六。著有詩集《海盜》、詩劇〈曼夫雷特〉、敘事詩〈唐璜〉等。

3　雪萊（1792～1822）：英國詩人，生於賀爾郡，出身貴族。就讀於牛津大學時，因倡無神論被開除；又因與非貴族女結婚，被家庭棄逐，四處流浪，故厭惡宗教與社會制度。著有詩篇〈雲〉、〈西風頌〉、〈雲雀歌〉及詩劇〈普羅米修士獲釋記〉等。

4　順理成章：順著條理自成章法。比喻言行合情合理，有條不紊。

歲，所以祖美、祖麗、祖葳領著我們的四個小珊轉來轉去，倒眞像一群大姐姐。她們玩得很高興，不但因爲大姐姐會帶，也因爲我家的四珊，不瞞你說，實在很乖。祖焯比我家的孩子大得太多，又是男生，當然遠避了這一大群的姐妹淘。

不過在夏家作客，親切與熱鬧之中仍感到一點，什麼呢，不是陌生，而是奇異。何凡與海音是不折不扣的北京人，他們不但說京片子，更辦《國語日報》，而且在「國語推行委員會」工作。他們家高朋滿座，多的是捲舌善道的北京人。在這些人面前，我們才發現自己是多麼口鈍的南方人，ㄓㄔ不捲，ㄕㄙ不分，一口含混的普通話簡直張口便錯。用語當然也不道地，海音就常笑我把「什麼玩藝兒」說成「什麼玩藝」。有一次我不服氣，說你們北方人「花兒鳥兒魚兒蟲兒」，我們南方人聽來只覺得「肉麻兒」。眾人大笑。

那時臺北的文人大半住在城南。單說我們廈門街這條小巷子吧，曾經住過或是經常走過的作家，至少就包括潘壘、黃用、王文興與「藍星」的眾多詩人。巷腰曾經有《新生報》的宿舍，所以彭歌也常見出沒。巷底通到同安街，所以《文學雜誌》的劉守宜、吳魯芹、夏濟安也履印交疊。所以海音也不時會走過這條巷子，甚至就停步在我家門口，來按電鈴。

　　就像舊小說常說的，「光陰荏苒[5]」，這另一段
「城南舊事」隨著古老的木屐踢踏，終於消逝在那
一代的巷尾弄底了。夏家和余家同一年搬了家。從
一九七四年起，我們帶了四個女兒就定居在香港。
十一年後我們再回臺灣，卻來了高雄，常住在島
南，不再是城南了。廈門街早已無家可歸。

　　夏府也已從城南遷去城北，日式古屋換了新式
的公寓大廈，而且高樓在六樓的拼花地板，不再是
單層的榻榻米草蓆。每次從香港回台，幾乎都會去
夏府作客。眾多文友久別重聚，氣氛總是熱烈的，
無論是餐前縱談或者是席上大嚼，那感覺真是賓至
如歸[6]，不拘形骸到喧賓奪主。女主人天生麗質的音
色，流利而且透徹，水珠滾荷葉一般暢快圓滿，卻
為一屋的笑語定調，成為眾客共享的耳福。夏先生
在書房裡忙完，往往最後才出場，比起女主人來也
「低調」多了。

　　海音為人寬厚、果決、豪爽。不論是做主編、
出版人或是朋友，她都有海納百川的度量。我不敢
說她沒有敵人，但相信她的朋友之多，交情之篤，
是罕見的。她處事十分果決，而且決定得很快，我

5　荏苒：時間漸漸過去。見《文選・潘岳・悼亡詩》三首之一：「荏苒冬春謝，寒暑忽流
　　易。」
6　賓至如歸：語出《左傳・襄公三十一年》：「賓至如歸，無寧菑患，不畏寇盜，而亦不患燥
　　濕。」意指客人來到這裡就好像回到自己的家裡。後形容招待親切，使客人如同回到家裡一
　　樣舒適。

幾乎沒見過她當場猶豫，或事後懊悔。至於豪爽，則來自寬厚與果決：寬厚，才能豪，果決，才能爽。跟海音來往，不用迂迴；跟她交談，也無須客套。

這樣豪爽的人當然好客。海音是最理想的女主人，因爲她喜歡與人共享，所以客人容易與她同樂。她好吃，所以精於廚藝，喜歡下廚，更喜歡陪著大家吃。她好熱鬧，所以愛請滿滿一屋子的朋友聚談，那場合往往是因爲有遠客過境，話題新鮮，談興自濃。她好攝影，主要還是珍惜良會，要留剎那於永恆。她的攝影不但稱職，而且負責。許多朋友風雲際會，當場拍了無數照片，事後船過無紋，或是終於一疊寄來，卻曝光過度，形同遊魂，或陰影深重，疑是衛夫人[7]的墨豬[8]，總之不值得保存，卻也不忍心就丟掉。海音的照片不但拍得好，而且沖得快，不久就收到了，令朋友驚喜加上感佩。

所以去夏府作客，除了笑談與美餚，還有許多近照可以傳觀，並且引發話題。她家的客廳裡有不少小擺設，在小鳥與青蛙之外，更多的是象群。她蒐集的瓷象、木象、銅象姿態各殊，洋洋大觀。朋

---

7 衛夫人（272～349）：名鑠，字茂猗，晉河東安邑（今山西夏縣）人。為衛恆從妹（一說從女），汝陰太守李矩之妻，書法入妙，師鍾繇，擅隸書及正書，王羲之、王獻之嘗師之。

8 墨豬：見《墨藪・卷二・王逸少筆勢圖》：「凡書多肉微骨者謂之『墨豬』。」用以比喻書法字體肥腫無力。

友知道她有象癖，也送了她一些，總加起來恐怕不下百頭。這些象簡直就是她的「象徵」，隱喻著女主人博大的心胸、祥瑞的容貌。海音素稱美女，晚年又以「資深美女」自嘲自寬。依我看來，美女形形色色，有的美得妖嬈[9]，令人不安；海音卻是美得有福相的一種。

這位美女主編，不，資深美女加資深主編，先是把我的稿子刊在〈聯副〉，繼而將之發表於《純文學》月刊，最後又成為我好幾本書的出版人。我的文集《望鄉的牧神》、《焚鶴人》、《聽聽那冷雨》、《青青邊愁》，詩集《在冷戰的年代》，論集《分水嶺上》都在她主持的「純文學出版社」出書，而且由她親自設計封面，由作者末校。我們合作得十分愉快：我把編好的書稿交給她後，一切都不用操心，三、四個星期之後新書就到手了。欣然翻玩之際，發現封面雅致大方，內文排印悅目，錯字幾乎絕跡，捧在手裡真是俊美可愛。那個年代書市興旺，這六本書銷路不惡，版稅也付得非常爽快，正是出版人一貫的作風。

「純文學出版社」經營了二十七年，不幸在一九九五年結束。在出版社同仁與眾多作者的一片

---

9   妖嬈：美麗而輕佻的樣子。見魏‧曹植〈感婚賦〉：「顧有懷兮妖嬈，用搔首兮屏營。」嬈，音ㄖㄠ／。

哀愁之中，海音指揮若定，表現出「時窮節乃見[10]」的大仁大勇。她不屑計較瑣碎的得失，毅然決然，把幾百本好書的版權都還給了原作者，又不辭辛勞，一箱一箱，把存書統統分贈給他們。這樣的豪爽果斷，有情有義，有始有終，堪稱出版業的典範。當前的出版界，還找得到這樣珍貴的品種嗎？

海音在「純文學出版社」的編務及業務上投注了多年的心血，對臺灣文壇甚至早期的新文學貢獻很大。祖麗參預社務，不但為母親分勞，而且筆耕勤快，有好幾本訪問記列入「純文學叢書」。出版社曲終人散，雖然功在文壇，對垂垂老去的出版人仍然是傷感的事。可是海音的晚年頗不寂寞，不但文壇推重，友情豐收，而且家庭幸福，親情洋溢。雖然客廳裡掛的書法題著何凡的名句：「在蒼茫的暮色裡加緊腳步趕路」，畢竟有何凡這麼忠貞的老伴相護「牽手」，走完全程。而在她文學成就的頂峰，《城南舊事》在大陸拍成電影，贏得多次影展大獎，又譯成三種外文，製成繪圖版本。

在海音七十大壽的盛會上，我獻給她一首三行短詩，分別以壽星的名字收句。子敏領著幾位作家，用各自的鄉音朗誦，頗為叫座。我致詞說：

10　時窮節乃見：在危難之際，一個人的節操才能顯現出來。見宋·文天祥〈正氣歌〉：「時窮節乃見，一一垂丹青。」

「林海音豈止是長青樹，她簡直是長青林。她植樹成林，我們就在那林蔭深處……常說成功的男人背後必有一位偉大的女性。現在是女強人的時代，照理成功的女人背後也必有一位偉大的男性。可是何凡和林海音，到底誰在誰的背後呢？還是台語說得好：夫妻是『牽手』。這一對伉儷並肩攜手，都站在前面。」

　　暮色蒼茫得真快，在八十歲的壽宴上，我們夫妻的座位安排在壽星首席。那時的海音無復十年前的談笑自若[11]了。賓至的盛況不遜當年，但是熱鬧的核心缺了主角清脆動聽的女高音，不免就失去了焦聚。美女再資深也終會老去，時光的無禮令人悵愁。我應邀致詞，推崇壽星才德相侔[12]，久負文壇的清望，說一度傳聞她可能出任文化部長：「如果早二十年，她確是文化部長的最佳人選。可是，一個人做了林海音，還稀罕做文化部長嗎？」這話突如其來，激起滿堂的掌聲。

　　四年後，時光的無禮變成絕情。我發現自己和齊邦媛、瘂弦坐在台上，面對四百位海音的朋友追述她生前的種種切切。深沉的肅靜低壓著整個大廳。海音的半身像巨幅海報高懸在我們背後，熟悉

11　談笑自若：在緊急情況下，仍如往常一樣談話說笑，態度自然。見《後漢書‧孔融傳》：「流矢雨集，戈矛內接。融隱几讀書，談笑自若。」亦可作「談笑自如」。
12　侔：相等。見南朝梁‧任昉〈王文憲集序〉：「一言之譽，東陵侔於西山。」

的笑容以親切的眸光、開朗的齒光煦照著我們，但沒有人能夠用笑容回應了。剛才放映的紀錄片，從稚齡的英子到臺[13]年的林先生，栩栩的形貌還留在眼睫，而放眼台下，沉思的何凡雖然是坐在眾多家人的中間，卻形單影隻，不，似乎只剩下了一半，令人很不習慣。我長久未流的淚水忽然滿眶，覺悟自己的「城南舊事」，也就是祖麗姐妹和珊珊姐妹的「城南舊事」，終於一去不回。半個世紀的溫馨往事，都在那幅永恆的笑貌上停格了。

寫作背景

　　余光中（1928－），祖籍福建省永春縣，生於江蘇省南京市。早年就讀廈門大學外文系。1949年隨父母至香港，次年赴臺，就讀臺大外文系，1959年獲美國愛荷華州立大學藝術碩士。回臺後歷任臺灣師範大學、政治大學、東吳大學等教職，於1974至1985年間，赴港擔任香港中文大學教授。1985年回臺，應中山大學之邀，擔任外文系教授，目前為中山大學榮譽退休教授。

　　余光中兼擅現代詩與散文，「上承中國文學傳統，旁採西洋藝術」（黃維樑語）。其詩多抒發作者悲天憫人之情、家國之思，「更能利用現實的題材，借抒小我之情而苦吟其大我的文化鄉愁」（張默語）。散文則題材包羅萬象，行文首重氣勢，「更見繽紛華麗、音節鏗鏘，筆調隨著情景之轉移而多巧變，又多著意嵌入古典佳句，不愧為驚人之筆」（夏志清語）。著作等身，有散文集《左手的繆思》、《聽聽那冷雨》、《記憶像鐵軌一樣長》等，詩集則有《舟子的悲歌》、《蓮的聯想》、《隔水觀音》、《白玉苦瓜》等，多篇作品收入兩岸三地的中學與大學教科書。

13　臺：高齡、高壽。見東漢・許慎《說文解字》：「臺，年八十曰臺。」

　　本文選自《青銅一夢》，透過與林海音在臺北的往來，描繪出林海音的形象。也因為兩位文壇名人同住在臺北城南方，與林海音書寫童年時期的「城南」可相互呼應，故將本文命名為「另一段城南舊事」。

閱讀鑑賞

　　本文取材自余光中對林海音的回顧，主旨在懷念林海音。全文就結構而言可分為五大段落。首段可視為楔子，交代本文命名的由來，強調其寫作重心在於林海音的後半生，居住在臺北的歲月。

　　釐清題意之後，便接續前段文意寫二人相識的情形。因工作緣故而認識的兩人，由於地緣關係與林海音豪爽熱情的性格使然，使得雙方逐漸成為朋友，「進而兩家來往」，不論孩子或是成人，彼此之間的情誼十分融洽。隨著時光流轉，兩家先後搬離了廈門街，不過難得的友情並未就此消逝，一如作者寫道：「每次從香港回臺，幾乎都會去夏府作客。」二人的友情不言可喻。接著，透過大小不一的聚會、工作上的接觸，作者逐一寫下林海音的形象：寬厚、果決、熱情好客。不是泛言林海音具備哪些人格特質，而是以具體事例作為證明（如以林海音的象癖來強調其「博大的心胸」），在在都使林海音的形象栩栩如生、躍然紙上。

　　在臺灣現代文學史上有一席地位的林海音，其成就又是如何？在事業上，林海音擔任報紙副刊主編、創辦純文學出版社，在彼時以女性之姿開創如此事業，誠屬不易；在情感上，林海音用心經營親情與友情，擁有美滿幸福的家庭與熱誠相交的好友。如此完美的女性，也抵擋不了歲月的無情，最後余光中以充滿感情的筆觸，寫下對這位摯友的懷念之情，以及對過往美好歲月的慨歎。

隨堂推敲

1. 在余光中的筆下，林海音具備了哪些形象？請舉出具體事例加以說明。
2. 余光中的散文時有幽默詼諧之筆，請找出本文中哪些地方具有這樣

的特色。

3. 齊邦媛也有懷念林海音的文章〈失散－送海音〉（見「閱讀安可」），請問這兩篇文章在寫作筆法上有何差異？

4. 承上題，齊邦媛認為用「失散」做為此篇散文的題目，寓意不佳，你認為怎樣改動會比較好呢？

閱讀安可

下列作品一是懷念遠方的朋友，彼此以詞作相互唱和，思念之情隱於字裡行間。而另一篇是齊邦媛以寫某次與林海音失散，想起童年時期和朋友失散的經過，並將「失散」聯繫到林海音的離世。

1. （宋）王沂孫〈高陽臺・和周草窗寄越中諸友韻〉

　　殘雪庭陰，輕寒簾影，霏霏玉管春葭。小帖金泥，不知春是誰家？相思一夜窗前夢，奈箇人，水隔天遮。但淒然、滿樹幽香，滿地橫斜。　　江南自是離愁苦，況游驄古道，歸雁平沙。怎得銀箋，殷勤說與年華。如今處處生芳草，縱憑高、不見天涯。更消他，幾度東風，幾度飛花。

說明

　　王沂孫和周密是詞友，彼此之間以詞作相互唱和，〈高陽臺〉便是王沂孫和周密之作。上片先寫季節，點出此時的習俗是寫金泥帖，但如今還有何人會做這件事？春天又到了何處呢？且國運衰頹，友人四散，看著眼前景，驀然想起周密如今的處境，只有滿懷淒然之情了。下片寫離愁別緒。先寫明白周密懷念過去美好時光不在的痛苦，且這懷念之苦正是由江南春景而來，觸景傷情之意便由此開展而來。對此，作者想提筆寫信安慰對方，只是離別之情太濃，連自己都不自主地將內在的憂傷之情寫出，更是加深了好景不常之慨。整闋詞字裡行間，無不寄寓濃厚的故國之思與懷友之情，情感真摯自然。

2. 齊邦媛〈失散－送海音〉

　　冷、徹骨的寒冷，臺灣二月少見的大雨……

　　在這樣的一個黃昏，我卻進退失據地站在臺北最繁華的鑽石地段一個極端黑暗的路口。愕然、困惑、狼狽，我已兀自站在那裡十分鐘了。

　　路口四周的忠孝東路和敦化南路上的霓虹燈已經陸續燦爛起來，而這路口卻是全然黑暗的，捷運施工的木板圍牆隔斷了一切光源，圍出的狹窄的人行步道上，川流不息的行人靠著快車道上擠滿的汽車車燈往前奔去，車子擠滿了每一寸可行之路，喇叭聲和咒罵聲摻著雨聲，令人不知置身何地之感。

　　這天下午，我鼓足了勇氣冒雨去參觀旅居西班牙的油畫家梁君午的畫展──「夢幻世界」。他在西班牙的陽光下畫了將近三十年，用極柔潤溫暖的色彩將美好的女體籠上縷縷輕紗，呈現出西方意象中的東方含蓄之奧祕，大約也只能以「夢幻」命名。然後我又去看范我存的玉展，一件件溫潤的玉飾繫在她巧手編織的中國結上，彰顯中國傳統藝術的精緻。在這裡，我遇見了海音。相約同去赴華嚴春酒之會，從巷裡走到忠孝東路口去搭計程車。

　　黑夜比我們早到路口。施工所設的無數木樁之間，似乎也設下了無數的陷阱，神祕曖昧的光影開始閃爍晃動。四面街角至少有幾百個人焦躁地等著過街，也有些人和我們一樣在等計程車。等車的人幾乎全是一個姿勢，上半身前傾，一隻手用力地向前面招著。每逢紅綠燈轉換時，一大波傘海會像激流般沖往對岸，不斷有人踩進了積水的坑洞而驚呼。留在路旁的是有增無減的等車的人，偶有一輛空車亮著頂燈在車陣中出現，一大群人擁上去，能抓住車門的手，真是令人羨慕的幸運之手，那些人的臉上似乎

有一種強勝弱敗的神色，很快融入車海。海音和我連並排站穩都
不容易了。我剛一分神往敦化南路的街角看看有沒有空車，一回
頭就找不到她了。在所有的雨傘下，人人穿著暗色的冬衣，面目
幾乎全看不清楚，每一個人都可能是她，我只好用不大不小的聲
音喊她的名字，沒有回應，也沒有她的蹤影，黯黑壅塞的路口，
人越來越多了。原來坐在人行道上化緣的和尚已被擠得靠牆站
著，雨越下越大。在我惶然四顧時，突然聽見海音清脆的聲音喊
著我的名字，重複地喊著：「邦媛！邦媛！」那聲音來自快車道
的車潮之中，似乎還有一隻手從中線的車潮中伸出來揮著，我急
切地回應著，「海音！我在這裡！」車潮洶湧，兩個人的呼喚很
快便被淹沒了。

　　一批人簇擁著過街去了。又一批人擁過來。我兀自站立在原
地，任由過往人潮的沖刷，努力站穩，努力鎮靜思考一下這進退
失據的處境。海音很強壯俐落地已坐上了一輛車走了，車海中亮
著的頂燈簡直看不到了，何況我連擠到揮手的第一線的能力都沒
有。回家的路甚遠，赴宴的地方稍近，往那方向走，過了復旦橋
那段黑路，都是大街，招到計程車的可能大些。我若不去赴那宴
會，必然會令海音和主人擔心；她們若電話到我家，我的家人更
會擔心，這時只能進不能退。我一向是個健行者，下大雨又怎麼
樣！自童年起，抗戰中什麼泥濘的路沒有走過？

　　我遂開始沿著敦化南路往北走，很快就到了復旦橋下。紅磚
道十分老舊，積水窪地連綿得像個沼澤。燈光昏暗，路邊是些矮
小的房子做些小生意，多已拉下了店門，路上也很少行人。我小
心翼翼地往前走，這些年牢記醫師的警告，絕不能摔跤，那條靠
鋼條支撐的左腿若再出事只有齊膝截肢。手中的傘早已擋不住風
助雨勢，穿得漂漂亮亮的春酒服裝已經溼透，鞋子在沼澤中不斷

地進水，走一步就咕嘰咕嘰地響。心中的懊惱強烈難抑，在臺灣這樣富庶的今天，我怎麼陷入了這麼狼狽的景況！走近鐵道仍然沒有空車。飛馳而過的小轎車裡衣履光鮮的青壯人物，說不定還有我的學生或故舊呢。

　　走著，走著，滿心的感喟，腳下佈滿陷阱的破紅磚道似乎突然變成了泥濘的土石路，海音剛才那清朗有力的呼喚，電光火石似地喚回了一個童稚、急切、慌張的聲音，躍過六十年無情的歲月，清清楚楚地喊著我的名字。回到一九三八年的二月，抗日戰爭已八個月，湘黔路上逃難的人潮和車流中，我們搭的中山中學的行李車和一輛破舊的大客車擦身而過，也是一個寒冷的雨天黃昏，地上的泥漿濺得很高，我不但聽見呼喚我的名字，也相當清晰地看到了她的臉，緊貼在混濁的車窗玻璃上，一隻手拚命地向我揮著。那是我在南京山西路小學的好友張翠鳳，她溫婉親切的臉曾照亮我病弱寂寞的童年。八月日本開始轟炸南京後，有一天她匆匆來說她要隨爸爸回居地檳榔嶼了。我們竟會在這逃難的路上重逢！她那一雙總似充滿訝異的極大的眼睛裡滿是眼淚。還不待我能回應的時候，兩輛車迅即擦身而過，她的聲音和眼淚就完全消失了，大雨繼續沉重地落在油布篷上。車燈照著泥濘的路，路旁無聲地踽踽而行的難民，在行李的重負下，滿臉是惶恐、疲乏與愁苦。深夜我們趕到貴州獨山市，在油燈閃爍的小客棧裡，我躺在倦極入睡的家人中間，半夜無眠，獨自無聲地哭著念著那幾聲呼喚，童年也與我擦身而過。戰爭帶來的不僅是恐懼、死別，還有這般的失散！

　　在冥想中，我竟忘了身在何處，突然發現橋已到盡頭，前面是高樓林立的敦化北路。一輛亮著頂燈的計程車停在路邊問我「要不要坐？」我到達銀行家俱樂部的時候，驀然進入一個燈火

輝煌的繁華世界。兩桌人都已坐定，每個人都穿著過年的華服，喜氣洋溢地談笑風生。我越過眾人看到海音正以她一貫的自信笑容，從容地笑著。主人親切迎賓，帶我到預留的席位，坐在海音的旁邊，海音看到我只問，「你也找到車了？我剛才一轉眼你就不見了，你聽見我喊你了麼？」──我當然聽見了她的呼喚。海音的聲音不僅清脆，且充滿了生命力，不聽見是很難的。但是在那場春酒的盛宴上，我若述說與她失散後，我的無能、狼狽與時光倒流的冥想，和她燦爛的笑容就太不合調了。

　　由宴會回家那個晚上，我竟然揮不去那強烈的失散的感覺，提筆寫下那時的情景，原只是想記下內心複雜、奇異的今昔之感──原以為久已遺忘的人和聲音，竟會這般鮮明地回到心頭！第二天再看，突然想到這個題目多麼不妥，海音和我仍然好好地活在臺北，仍不時聚會，怎能用這麼個不祥的題目！但是「失散」卻是我心中唯一的聚焦感覺，無法用別的字句精確地代替。這半篇文章就放進未完稿笑中，一放就是好幾年，這期間海音和承楹兄慶祝了金婚紀念，海音的八十壽辰，都是文壇少見的快樂盛會。臺灣那時是個成功的社會，我們這一代人從來沒有度過這麼普遍富裕的日子。賀客來自各方，衣香鬢影，色彩濃淡美好，何等的歲月！我倆有生之年，我未曾有合適的靜處場合和心情告訴她失散那晚上的情景。

　　海音是位極剛強，能掌握自己人生的人。她也是我深交的朋友中最幸福的人。她雖童年喪父，但憑堅強的個性長大，成為一個樂觀積極的女子，嫁給她所愛的人，與他廝守一生。許多人說她家的客廳就是一半的臺灣文壇。我們都忘不了在夏家客廳高談闊論時，承楹先生（何凡）親自為我們泡茶的情景。他會陪我們坐一會兒，嚴肅而溫和的神態，切中時局的豐富談話，和他泡

的茶一樣香醇，散發著一個少見的幸福婚姻中互敬、體諒和中國人不常掛在嘴上的愛情。海音憑自己的頭腦和勤勞建立了那個時代的女子少有的自己的華廈（不只是吳爾芙所說的「自己的屋子」）。寫必然傳世的小說，主編聯合報副刊，辦《純文學》雜誌，創立純文學出版社……我幾乎沒有看到過不做事的海音，也從來沒有看到過對任何事服輸的海音。她從充滿舊事的北平城南回到臺灣，沒有戰爭和逃難的經驗，她的一生似乎沒有悽屬的陰影，大約不易了解我那複雜的似象徵又似預兆的失散的感覺。

認識海音是我英譯她的短篇小說〈金鯉魚的百褶裙〉時，一九七二年。我記得一向不苟言笑的吳奚真教授在審稿時居然感動落淚。她寫〈曉雲〉的生動文字，〈燭〉的絕佳佈局都曾令我佩服之至，因而傾誠相交，因被她的《城南舊事》中〈驢打滾兒〉感動而寫一篇長序，且幫殷張蘭熙把後面兩篇譯完。英譯本由香港中文大學出版社一九九二年出版。近日內中英對照本亦將出版。一九九五年由杉野元子譯日文本出版。德文譯本由赫恩芬柯譯成出版。格林文化公司郝廣才先生主持的十二冊《林海音作品集》漂漂亮亮地在千禧年五月出版。海音的女兒夏祖麗寫的傳記《從城南走來——林海音傳》十月出版，同年十月北京現代文學館等舉辦「林海音作品研討會」。念海音、頌永恆，這些就是見證。在近來臺灣文學本土化聲中，海音的創作雖然大多數寫北京，但是卻不會招致「二度漂流」的遺忘命運。她有一位客家父親，閩南母親，在政治掛帥的臺灣，她是「正港臺灣人」。葉石濤在〈林海音的兩個故鄉〉文中說：「其實她一輩子堅毅的奮鬥精神，毫無疑問來自身為客家人的血脈：那便是客家人的硬頸精神。」這樣跨越兩岸的政治正確性，有幾人能得？

海音那半個文壇裡，我並不是常客，我應該算是她客廳外的

朋友。自從一九七○年代後期，殷張蘭熙、海音、林文月和我曾經持續地四人聚會十多年，多半是在臺北東區一些安靜的地方，四個人相聚談文章、談手頭的工作、談前面的計畫、談生活中許多色彩美好的事。分手時到了門口還有沒說完的話。十多年怎麼就會過完了呢？

但是，在這一場似乎永不會散的歡聚之際，先是蘭熙病了，歲月的另一隻摧殘的手已經漸漸推彎了海音的背，掩住了她爽朗的笑聲，她開始不斷地進出醫院，開始記不起朋友的名字，她家的文友盛會已很少舉行。漸漸地，我們看她也不再問她，「你好嗎？」這樣空洞的話已屬多餘，她已經一步一步地走向大失散的路。那天知道她進了加護病房，只有早上和晚上七點到八點可以探望。去振興醫院的路我沒有走過，黃昏我一個人坐在計程車裡，車子走的是捷徑，路燈很少，天地迷濛一片。醫院到底在那裡？我還能不能看到她最後一面？……終於，看到了氧氣罩下的她，生命的靈光已漸漸遠離了我所熟知的強者海音。——所有共同耕種的往事、所有的不服輸的企盼、所有因努力而得的快樂，至此只得放下，這是真正的失散了，不只是分離，是切斷。

靈魂在往生的路上會不斷地回首麼？海音回首之際應感欣慰，因為她的一生活得如此豐滿。

說明

本文敘述齊邦媛與林海音的深厚友情，從二人的青壯時代一直寫到林海音去世，同時也不忘提及林海音對臺灣文學和文壇的貢獻。不過本文與一般懷人之作不同處，在於作者從自己與海音在人潮中走失的記憶為開端，細寫當下的心境。又連繫到童年逃難時也曾與友人失散的回憶，此時作者將林海音與同年好友的身影重疊，心中的恐懼也就油然而生。冥想中處處苦難的世界，轉眼間已是現實裡「燈火輝煌的繁華世界」，也在此

時，林海音的呼喚聲在作者耳邊響起，將作者的注意力拉回現實。也從此處轉而介紹林海音的一生，寫她的樂觀性格、家庭生活、事業成就、與友人之間的深厚情誼。「大都好物不堅牢，彩雲易散琉璃碎」，再如何歡樂的聚會，總有散場的時候。先是共同好友殷張蘭熙生病，而林海音也飽受疾病的摧殘，直到生命走向盡頭。作者將這些好友的遭遇看在眼裡，內心深處對「失散」的恐懼又悄然浮現。而且，這次所面臨是永恆的失散，人世的塵緣已然被切斷了。最末一段則又扣緊主題「送海音」，站在朋友的角度認為林海音的一生活得豐滿精彩，相信海音本人應對此倍感欣慰。寥寥數語，卻是道盡了對林海音的深刻懷念。

分組活動

　　友情卡麥拉：「友情」不僅是文學作品喜愛的題材，在電影中也是常見的拍攝主題。請以小組為單位，向全班介紹以友情為題材的電影（不拘中外，故事的歷史背景則不拘古今）。

寫作鍛鍊

1. **隱喻格修辭鍛鍊**：齊邦媛在〈失散－送海音〉裡提到林海音家的客廳，就是一半的臺灣文壇。請你以自己所屬的空間為主，進行仿作。
   例：她家的客廳就是一半的臺灣文壇。
   　　→我家的客廳就是一半的＿＿＿＿＿＿。
   　　→我的宿舍就是一半的＿＿＿＿＿＿。
2. **寫作**：請以「一路上有你」，寫出你與好友的密切情誼，字數約500字。

【分組討論單】班級：＿＿＿＿＿　組別：＿＿＿＿＿　報告者：＿＿＿＿＿＿

組員簽名：＿＿＿＿＿＿＿＿＿＿＿＿＿＿＿＿＿

問：**「友情卡麥拉」**：「友情」不僅是文學作品喜愛的題材，在電影中也是常見的拍攝主題。請以小組為單位，向全班介紹以友情為題材的電影（不拘中外，故事的歷史背景則不拘古今）。

答：

請沿虛線剪下

【寫作鍛鍊】　　　　　　　　　　　日期：＿＿＿＿＿＿

系級：＿＿＿＿＿　　學號：＿＿＿＿＿　　姓名：＿＿＿＿＿

〈筍滾筍的滋味〉

詹宏志

　　距離大學聯考放榜的時間愈近，我們感受到的壓力愈大，連夏日盛暑的空氣中都瀰漫一股燒焦般的緊張氣味。雖然聯考成績單我們已經收到，考好考壞自己早有結論，但會被分發到什麼學校、科系，卻還沒有丁點兒消息，那種等待命運揭曉前的苦悶煎熬，著實令人難受。我們幾個高中畢業同學相邀到山區走一走，避開那個放榜時一翻兩瞪眼的驟死場面，一聲號召竟有十一個好朋友應約前來，一起出發到山裡頭去，可見大家都憋壞了。

　　我們的第一站，就來到臺灣中部有名的森林名勝：溪頭。選擇溪頭作為出遊地的原因，一方面是嚮往它美麗林景的自然魅力；另一方面也是因為同學當中就有志明家住溪頭附近，可以地陪導遊兼食宿接待，這對我們這些阮囊羞澀[1]的窮學生來說還滿重要的；最後一個原因，則是我們都想去走一走當時很熱門的學生冒險路線，名氣響亮的「溪阿縱走」。

　　所謂的「溪阿縱走」，指的是一條從溪頭走到

1　阮囊羞澀：貧困窘乏，一無所有。晉朝阮孚家貧，曾攜一黑色囊遊會稽山，客問囊中何物，阮曰：「但有一錢守囊，恐其羞澀。」

阿里山的登山路線，在那個交通不易的時代，這條通俗路線還算有一點難度，特別是從溪頭到溪底，以及來到林班登山口的交通。當時沒有車可以到達，最常見的交通手段是拜託伐木工人用卡車載你走無鋪設的林業道路到登山口，通常清晨四、五點就得摸黑出發，所以前一天必須先住在溪頭附近。入山之後，依你腳程的快慢，一般還必須再在山區裡走上十二、三個小時，一路上穿越的是人工林和原始林，行經樹草茂密的走道和山脈稜線，再走過一段載運木材的林道鐵軌，才能抵達阿里山，而你也已經從南投縣走到了嘉義縣境內。到了阿里山，通常時間也已近黃昏，你可能必須再投宿一夜，第二天看完阿里山聞名的雲海和日出，再乘阿里山鐵道火車下山。

到了溪頭，志明就來車站迎接我們，預備帶我們四處去逛逛；而班長阿仁來自竹山，對溪頭也很熟。兩個人帶著我們去吃了一個所費無幾卻滋味美好的大餐，最後還是志明付的錢請的客。鄉下餐廳沒什麼奇怪花樣，大部分的菜都是老實而熟悉的農家菜色，不外乎是豆干炒肉絲、炒高麗菜、菜脯煎蛋之類的，但有一道看似清澈平淡的湯，滋味鮮美無比，則是我們在其他村子裡從來沒見過的東西。阿仁說那叫做「筍滾筍」，是溪頭特有的菜色。原來溪頭人把曝曬醃漬的筍乾拿來和當日新掘的鮮筍

同煮為湯，借筍乾的鹹襯托鮮筍的甜，本來是窮人無肉煮筍的替代，不料竟成為一種滋味無窮的鄉土菜餚。

　　竹筍本來就是甘鮮甜美的自然野味，在鄉下地方唾手可得[2]，但料理竹筍時，煮、炒、燜、滷，或做湯，都需要一點豬肉增添它的鮮味，母親煮筍的時候總愛說一句「四腳行過就好食」，大概一方面讚美豬肉（四腳）在料理提味時的神奇作用，一方面卻又感嘆窮人家肉食的得之不易。

　　一群高中生對溪頭的「筍滾筍」驚為美味，加上正是發育好動的年紀，胃口本來就大，同行的太三就是班上食量最大的同學，平日上學就得帶兩個便當，我們其他人也都是常感飢餓的餓鬼。我們一口氣吃掉了幾鍋飯，把所有的菜餚也一掃而空，連最後一滴湯汁也用來拌飯，統統不放過。

　　但我們真正的目的地不在遊人如織的溪頭，而在更深入、當時還未有鋪設道路可達的「溪底」（溪底現在已經新闢為「杉林溪底」的遊園區）。吃過飯後，我們一行人步行從山徑抵溪底，借宿在一間已經無人居住的工寮。工寮本來也是伐木工人工作居住之處，但後來林班移動，工人也隨著移居，不再住在這個廢棄的工寮了；在地的志明有地

2　唾手可得：比喻容易得到，亦可做「唾手可取」。

緣之便，借來了工寮棲身，連帶也讓我們使用寮中的廚具和棉被。

　　溪底還是完全無人跡的自然原始之地，木造鐵皮的工寮緊鄰一潭碧綠湖水，景色優美，我們大聲呼叫，空谷響起回音，也只是驚起一些飛鳥，無損於樹林中無邊的沉靜。同學中的啓泰是天賦異稟的男高音，每個週日在教會唱詩班裡都是扮演吃重的角色，此刻在森林中高唱聖歌，森林像是個巨大的共鳴箱，把他的聲音烘托的清亮高亢，音色飽滿，好像美聲歌王吉利（Beniamino Gigli,1890-1957）一般，只是有幾隻烏鴉在樹梢頂上呱呱呱熱心地唱和著，讓我們忍不住發笑。那時候，一片的山嵐霧氣隨風輕輕飄下湖面，突然間霧失樓台與美景，我們就被籠罩在白茫茫之間，連彼此都看不見彼此了。

　　我們在水潭邊生火煮速食麵，跳到潭水裡打水仗，在石頭上嬉戲聊天。夜裡頭氣溫下降，刺骨的冷風從工寮縫隙吹進屋內，工寮裡透著濕氣的棉被顯然是不管用，我們一面瑟縮[3]著取暖，一面笑鬧著開彼此的玩笑。但放榜的日子就在第二天，此刻我們在一個遠離文明、消息全無的地方，大家也盡量不想去提及這件事，但我們心頭上還是有沉沉的壓力揮之不去。

3　瑟縮：蜷縮，不伸展的樣子。

　　第二天，我們四點半摸黑冒冷起來，直接步行走到登山口，開始我們的「溪阿縱走」。開始時走的是卡車能通行的泥土大路，很快地就走進僅能通人的密林山徑，雜草有時比人還高，走在前面領頭的人就頗有披荊斬棘的感覺。不過天很快就亮了，每到轉彎處常有可眺望的山景，一路行走說笑，偶爾駐足看景，流汗中有山風吹拂，倒也覺得心曠神怡；但大家年紀輕，自恃腳程，貪圖速度，對美景不多流連，猶如將軍趕路一般。

　　我們找到一個視野開闊的空曠高處，停下來吃午飯。午飯是前一天在溪頭餐廳裡訂來的餐盒，很基本的台式便當，有大塊炸排骨和半個滷蛋，加上一點鹹菜和蘿蔔乾；在群山輕風之間，與朋友笑談之中，冷卻的餐盒也吃得津津有味。過午之後我們逐漸靠近阿里山，地勢轉為上坡路，開始有了體力的考驗。阿孝和啟泰前一段路過度亢奮[4]，現在就有一點氣喘不過來的模樣。走到林道鐵路的時候，幾位同學已經累得笑不出來，幸虧痛苦撞牆的時間很短，那是最後一段路了，好像轉了彎，不覺阿里山已在眼前。

　　當晚我們投宿在阿里山一家旅館裡，大家睡在一個榻榻米通鋪，本來說好都不去聽放榜的廣播，

4　亢奮：極度興奮。

免得影響我們高中時期最後一起共同出遊的心情。夜裡頭我因為白天的體力消耗而沉沉睡去，睡到一半卻聽見收音機廣播的聲音，顯然有人是沉不住氣了。班長阿仁先是抗議了一下，但是很快地也沉默下來，安靜地加入傾聽，畢竟大家對這件「終身大事」是沒辦法完全瀟灑的。

　　廣播中報出一個一個名字，很快地我聽到自己的名字，雖然在廣播中也顯得不真實。沒多久，又聽見連順的名字，他考得是比大家預期的出色；然後聽到阿仁的名字，雖然是不錯的排名，但以他的實力而言是考壞了；然後又聽到太三、啓泰和幾位同學的放榜唱名，他們都考壞了。名字一個一個唱過去，報到全部結束，志明和另外兩位朋友是完全沒聽到名字，他們是落榜了。

　　第二天起來，大家心情變得複雜了，本來是每天在一起的好朋友，如今要各奔前程，而且考試的結果有點把我們分裂為不同等級的人了。我們有點不知如何恭賀對方或安慰彼此，大家開了一點言不及義[5]的玩笑，就坐火車下山了。一路上大家各懷心事，也意識到將來再要這樣出遊，大概是不容易了吧？

5　言不及義：只說些無聊話，沒有談到正經的道理。見《論語・衛靈公》：「群居終日，言不及義。」

果然我們一別三十多年，其中幾位朋友是不曾再相見了。後來我進大學、入社會，再也得不到這樣忠誠無邪的朋友，我常常在夢中想到他們，以及那一場森林中的旅行。三十年後，我重遊溪頭，在餐廳中問起「筍滾筍」，老闆竟說沒聽過這是什麼菜。唉！一切都消逝了，我突然沒來由憎惡起這增添了許多水泥建築的溪頭。

寫作背景

詹宏志（1956－），臺灣南投人，畢業於臺灣大學經濟系。為知名作家、編輯、出版人，亦是網路家庭出版集團和城邦文化事業創辦人。

幼時家境貧困，喜愛閱讀，曾將鎮上圖書館的書全部讀完，並多方尋找、把握能讀書的機會。高中畢業後，以優異的成績進入臺大經濟系，為了減輕家計負擔，便展開半工半讀的日子。在兼顧學業與工作的歲月裡，依舊保有閱讀的習慣，拓展了他的視野。大學畢業後先進出版社，爾後亦涉足流行音樂界、電影界，這段時間所累積的實力，多重的身分，使得詹宏志的著作內容包容萬象，舉凡文化趨勢、社會經濟、網路產業等，都有其評論文字出現。直到2006年發表《人生一瞬》，寫作對象轉換成「自己」，寫自己的童年往事、青澀年華；2008年的《綠光往事》則是爬梳家族往事，也記錄他生活中的養分：文學、咖啡與音樂。這些內容更為貼近生活，展現出與以往不同的懷舊風情。

本文選自《綠光往事》，在考完學測且擺脫高中三年的升學壓力後，你是否曾與朋友一同出遊，慶祝終於從考試的夢魘中解脫？而在這趟旅程裡是否有令你至今難以忘懷的美味，讓你每一想起，就會憶起那段快樂時光呢？〈筍滾筍的滋味〉便是如此的文章，取材自作者年輕時等待大學聯考放榜前的一次旅遊，主旨在於藉由那道「筍滾筍」，懷念起那段年輕時單純的友誼。

閱讀鑑賞

　　全文結構可以分成四大段落──起、承、轉、合。起的部分爲1－3段，談這次旅行的緣起──爲避開放榜時的驟死壓力，地點則是當時在年輕學生間蔚爲風潮的「溪頭－阿里山」。承的部分在4－6段，在抵達溪頭之後，由住在當地的同學帶領，一探當地美食「筍滾筍」，其中第五段的部分可視爲插敘，帶出竹筍的庶民美食特質。也因爲價格便宜、味道鮮美，瞬間擄獲這群年輕男生的味蕾，而成爲這趟旅程中甜美的記憶。

　　第7－11段，畫面轉至作者一行人眞正的目的地，並非是遊人如織的溪頭，而是更深入山林內部，人煙罕至的溪底，此處寫一群年輕學生開心遊玩的過程。但第9段則冷不防地提醒讀者，這群大男孩在開心之餘，每個人心中都有著如眼前山林一般巨大的壓力──聯考放榜的壓力。這段寫出了強烈的對比，寫出了外在的歡笑與內心的不安。第12－15段爲「合」，在旅程即將畫下句點之際，這群大男孩內心的壓力並未減輕，終於有人承受不了這股壓力，在夜深寂靜的山林裡打開收音機，靜聽那能決定未來人生的廣播節目。隨著收音機裡傳出的一個個名字，最後告終，大家都沉默了，在那短短的時間裡，每個人心上似乎都壓了一塊大石。天亮了，視線清晰，清晰的能看見彼此之間有著尷尬的氣氛。最後作者將時間拉回到現在，舊地重遊時想再次探訪三十多年前的那道「筍滾筍」，得到的答案是「沒聽過」，這道菜就此消失了。對作者而言，那道記憶中的美食雖已消失，但那一段純眞無邪的青春歲月、堅定友誼，仍長存心中。

隨堂推敲

1. 作者在最後提及自己「沒來由憎惡起這增添了許多水泥建築的溪頭」，你覺得理由可能是什麼？
2. 題目是「筍滾筍的滋味」，容易讓人聯想到飲食文學。若要重新命題，你將如何使題目與文義之間的關聯更密切？

3. 作者母親在煮筍的時候喜歡說「四腳行過就好食」，強調豬肉在提味方面的功能。請問你曾否聽過與食物有關的俗諺？意義為何？

4. 在等待考試結果公布之前，你會選擇從事什麼樣的活動度過這段令人忐忑不安的時光？

閱讀安可

下列作品為李白、杜甫二人思念對方的作品，這些詩作可做為李、杜二人友情的見證。

1. （唐）李白〈魯郡東石門送杜二甫〉、〈沙丘城下寄杜甫〉

　　醉別復幾日，登臨遍池臺。何時石門路，重有金樽開？秋波落泗水，海色明徂徠。飛蓬各自遠，且盡手中杯。

（〈魯郡東石門送杜二甫〉）

> **說明**
>
> 　　天寶三年，李白與杜甫相識於洛陽，天寶四年同遊齊魯一帶，而後在魯郡東石門分別，臨行之際，李白寫此詩送別杜甫。前四句寫二人在離別之前能把握有限時光，四處遊歷，一旦離別在即，還期待著能有再次重逢、把酒言歡的日子。後四句則寫離別之時，秋高氣爽，景色秀麗，但二人即將如隨風飄散的蓬草，各自遠遊他方。但李白依舊有其瀟灑的氣度，選擇喝盡杯中酒，相互道別。這首詩的特色便在此處，寫離別，但不見悲傷蕭條之景，反見詩人一派瀟灑的神情，令人印象深刻。

　　我來竟何事，高臥沙丘城。城邊有古樹，日夕連秋聲。魯酒不可醉，齊歌空復情。思君若汶水，浩蕩寄南征。

（〈沙丘城下寄杜甫〉）

　　這首詩寫於天寶四年，是李白在魯郡與杜甫離別，回到沙丘城所作。前六句提及自己閒居在沙丘城，眼前所見景色，無一不是蕭瑟、孤寂、淒清之景，即使美酒在前，喝來也索然無味，就連音樂聽來也是空洞的聲音，沒有任何的情感。後二句寫「思君」，為前面所提的「魯酒不可醉，齊歌空復情」提供了解答，正是因為思念杜甫，才會讓一貫瀟灑、喜愛美酒的李白，對著美酒與音樂卻沒有任何的興致。而這思念之情要如何才能讓杜甫得知？最後兩句，李白也藉浩蕩不停的江水，寄託自己的思念之情。

2.（唐）杜甫〈夢李白〉二首

　　死別已吞聲，生別常惻惻。江南瘴癘地，逐客無消息。故人入我夢，明我長相憶。君今在羅網，何以有羽翼？恐非平生魂，路遠不可測。魂來楓林青，魂返關塞黑。落月滿屋梁，猶疑照顏色。水深波浪闊，無使蛟龍得。（其一）

　　浮雲終日行，遊子久不至。三夜頻夢君，情親見君意。告歸常局促，苦道來不易。江湖多風波，舟楫恐失墜。出門搔白首，若負平生志。冠蓋滿京華，斯人獨憔悴。孰云網恢恢，將老身反累。千秋萬歲名，寂寞身後事。（其二）

　　李白在政治上獲罪，於乾元元年被流放夜郎，第二年遇赦返還。不過人在北方的杜甫僅得知李白被流放，未聞獲赦之事，在日夜憂心之下遂有此作。二首詩可分為夢前、夢中、夢後三個階段。第一首首四句先寫夢前聽聞李白被貶逐的消息，接著寫李白入夢的情景，不言自己思念李白，反寫李白入夢。李白入夢一事，恰可證明杜甫思念之深，正如俗諺所云：

「日有所思，夜有所夢。」且寫李白入夢之事藉以強調自己思念之殷勤，可視為側面烘托技法的運用。然而夢中重逢的喜悅在醒來之後，完全消失殆盡，取而代之的是一連串的猜測：李白被流放至夜郎，為何能入夢來相會？思已至此，對杜甫而言最難以接受，卻又不得不這麼想的莫過於李白可能已離開人世，故面對夢中李白魂魄歸去時可能面臨的風波險阻，杜甫也只能暗自祈求一切安好。字裡行間不寫思念，但是擔憂之心、思念之情卻滿溢紙上。

　　第二首則是在接連幾次的夢中相會之後，寫下夢裡所見的李白形象。透過李白告別之際的外貌、行動、言語，無一不是說明其處境極為艱困。因而杜甫在醒來之後，不禁想起在長安城中多的是達官貴人、王公士族，如李白這樣偉大的人物竟無處可容身，縱使死後能名留千古，卻也無法慰藉此時此刻的心情。末六句為李白感嘆，也寄寓了對李白的深厚同情。

分組活動

　　麻吉之旅：如果有機會和小組成員一起出去旅行，你們會最想去哪些地方？要如何規劃行程？請大家集思廣益，為這個可能成行的小組旅行，作一份旅遊計畫。

寫作鍛鍊

　　寫作：你有沒有和朋友一起旅行的經驗？當時曾有哪些事情是你難以忘懷的？請回憶過去的旅行經驗，撰寫一篇記遊懷友的文章。題目自訂，文長約500字。

[分組討論單] 班級：＿＿＿＿＿　組別：＿＿＿＿＿　報告者：＿＿＿＿＿

組員簽名：＿＿＿＿＿＿＿＿＿＿＿＿＿

問：**「麻吉之旅」**：如果有機會和小組成員一起出去旅行，你們會最想去哪些地方？要如何規劃行程？請大家集思廣益，為這個可能成行的小組旅行，作一份旅遊計畫。

答：

請沿虛線剪下

【寫作鍛鍊】　　　　　　　　　　日期：＿＿＿＿＿＿

系級：＿＿＿＿＿　學號：＿＿＿＿＿　姓名：＿＿＿＿＿

主題二 戀人之情

導讀　曾經相許

　　「今天有人問兒子有沒有女朋友，你猜，兒子怎麼回答？」老婆一進家門，就迫不及待地與我分享兒子的趣聞。

　　兒子因為長得白白淨淨，一雙大眼，個性溫和，說話又令人討喜，十足的小帥哥一枚，所以即使還是處於國字不會寫、注音來幫忙的年紀，仍經常有一些叔叔伯伯阿姨阿嬤們喜歡這麼地跟他開個小玩笑。

　　「他應該會說每一個都是吧！」心想既然老婆特別這樣問，一定會有一個令人意想不到的答案，所以就講了一個自我感覺良好又自以為好笑且特別的答案。

　　「不是！他說我在學校裡沒有。可是，我在斗六有兩個女朋友」，老婆說。

　　「哈哈哈！兩個女朋友！」這個正確答案果真讓人出乎意料的噴飯，真是所謂的童言無忌，想不到小小的年紀，就玩起了小三的遊戲。

　　其實當然不是，兒子口中的「兩個女朋友」，只是兩個從小就玩在一起又最麻吉的小女生。在他稚嫩的心靈中，兩小無猜，青梅竹馬，或許就是女朋友的定義，簡單，純真，不複雜。他當然不會知道，這在大人的世界裡叫做劈腿，叫做腳踏兩條船；他當然更不會知道，在大人的世界裡，所謂的女朋友，其實就是愛情的同義詞，通常都必須經過一連串的試煉、考驗，甚至反反覆覆、來來回回、分分合合，才能禁得起這樣的稱號。

　　在這個過程中，一方是「求我庶士，迨其吉兮」的柔軟女兒心；一方則是要有「一副寬闊的肩膀」，才能成為對方「泊靠的岸」的

堅毅男子氣。在雙方你有情、我有願之後，往往會互許「我欲與君相知，長命無絕衰」的堅定誓言，有時甚至要承受「傷離別」時「執手相看淚眼，竟無語凝咽」的相思之苦。只是，滄海桑田，人世多錯遷。在幾番迭易之後，發現海竟會枯，石也會爛，當初的堅定似已不再，於是或許就會在某個不經意的當下，「聞君有他心」，而走到「從今以往，勿復相思，相思與君絕」的決絕盡頭，曾經的「生死相許」，從此就真的成為了永遠的曾經。又或許會在柴米油鹽醬醋茶的尋常朝夕中，從雲端墜落凡間，走出童話，走出縹緲，逐漸地不再追求遠在天邊的浪漫虛華，不再嚮往王子與公主的奇緣模式，而漸漸懂得愛情的最終想要，不過就只是「我願你快樂」的簡單幸福。

　　而這些的這些，複雜中的複雜，兒子當然不會知道，其實也不必知道。因為他的純真瞬眼即逝，他的童趣也轉眼告別。若干年後，他就會知道，他不能、不會也不敢再說出這樣的話。所以，在享有童年特權的這個時候，就讓他繼續保有這兩個女朋友吧！

〈摽有梅〉

詩經

文本內容

> 摽[1]有[2]梅，其實七兮[3]；求我庶[4]士，迨其吉兮[5]！
> 摽有梅，其實三兮；求我庶士，迨其今兮！
> 摽有梅，頃筐暨之[6]；求我庶士，迨其謂之[7]。

寫作背景

　　本詩選自《詩經‧國風‧召南》。《詩經》是中國最早的詩歌總集，以四言為主體。寫作時代約在西周初年至春秋中葉（西元前十二世紀至前六世紀），大多是當時樂官採集而成的作品，各篇作者多不可考。內容分為「風」、「雅」、「頌」三部分：「風」為地方歌謠，有十五國風；「雅」分大雅、小雅，為朝會、宴饗的樂歌，「頌」則主要為祭祀神明祖先的樂歌。《詩經》作法上的最大特色為「賦」、「比」、「興」，賦為平鋪直敘，比為譬喻，興為由眼前景物引發聯想。

　　〈摽有梅〉一詩屬於國風〈召南〉十四首中的第九篇。西周初期周公姬旦和召公姬貞分陝（今河南陝縣）而治，召公奭居西都鎬京，統治西方諸侯，其子孫世襲，都稱召公。〈召南〉，當是召公統治下的南方地區民歌，範圍包括今河南西南部及長江中上游一帶；因在中原之南，音樂上亦有自己的特點，故稱

1　摽：落下。《禮記‧內則》：「女子十五而笄，二十而嫁，有故二十三年而嫁。」《周禮‧地官‧媒氏》：「令男三十而娶，女二十而嫁。」
2　有：無意義。
3　其實七兮：樹上還有七成的果實（梅子）。
4　庶：眾多。
5　迨其吉兮：趁著良辰吉日追求我。
6　頃筐暨之：完全拾取到頃筐中了。暨：拾取。
7　迨其謂之：只要說句話就可以了。《周禮‧地官‧媒氏》：「中春之月，令會男女，於是時也奔者不禁。」

〈召南〉，多屬西周末、東周初的作品。〈詩序〉云：「〈摽有梅〉，男女及時也。」龔橙《詩本誼》：「〈摽有梅〉，急婿也。」都明白道出了此詩為有感於年華消逝、欲及時求取婚戀之作。

閱讀鑑賞

　　本詩旨在寫女子感於青春易逝而急於求士的心理，全篇以梅子類比女子，在時間的推移中，藉著景物的改變，由淺而深地表現出女子待嫁的心情轉變。作者以重章複唱（各章皆為「先景後情」的結構）的形式來架構全詩，內容則由緩而急地呈顯女主角由從容、而焦急、而迫不及待的心理變化過程：若以「急於出嫁」為全詩情感的基調，那麼首四句即為「淺」的部分，以梅樹上的梅子仍有七成，配合女子此時要追求者挑個良辰吉日求婚的從容心態；次四句，則隨著青春的流逝而令女子的急切感逐漸加深，因此進展至「中」的部分，作者以梅子只剩三成，譬喻青春年華之大量消逝，女子不禁大聲呼籲追求者不必再挑吉日，趁著今日便積極行動吧！末四句，這種焦急感更加「深」切，作者以梅子完全落至地面表現女子超過適婚年齡仍未出嫁的窘境，並以女子口吻對眾多男士們唱出「只要你願意開口求婚，我就出嫁」的急切與無奈。這種層遞格修辭，在層層遞進中達到一種敘述更逼真、抒情更深刻的藝術效果；而各章之中景情交融的表現手法，則在具體景致與抽象情意的密切搭配中，更鮮明地勾勒出主人翁的心靈圖景。

　　其實，這種待嫁女兒心，在歷代文學作品多有展現，如：北朝民歌〈地驅樂歌〉：「老女不嫁，蹋地呼天。」〈折楊柳枝歌〉：「敕敕何力力，女子臨窗織，不聞機杼聲，只聞女嘆息。問女何所思，問女何所憶，阿婆許嫁女，今年無消息。」清·黃遵憲〈山歌〉：「一家女兒做新娘，十家女兒看鏡光，街頭銅鼓聲聲打，打著心中只說郎。」又如五〇年代大學女生口號：「大一嬌，大二俏，大三拉警報，大四沒人要，大五登廣告。」在在都表露出女子對於青春易逝的傷感，以及對於愛情、婚姻的渴

望。愛情，真是一道令人期待卻又充滿未知的習題。

隨堂推敲

1. 本詩所要表達的主旨是什麼？運用了哪些修辭技巧來達成該主旨？
2. 詩中女子大膽說出自己想嫁的心情，你會不會覺得她不夠含蓄？你是否認可女生主動追求心儀男士的行為？為什麼？
3. 你覺得男女適婚年齡分別是幾歲？當你過了適婚年齡而未結婚，心中會不會緊張？為什麼？
4. 你認同結婚的必要性嗎？請詳述理由。

閱讀安可

下列作品皆為與愛情相關的詠歌，有約會時的甜蜜，有熱戀時的承諾，亦有想愛卻又感到難以靠近時的無奈。

1. 《詩經‧野有死麕》

> 野有死麕，白茅包之；有女懷春，吉士誘之。林有樸樕，野有死鹿，白茅純束，有女如玉。舒而脫脫兮，無感我帨兮，無使尨也吠。

> **說明**
> 　　本詩選自十五國風中的〈召南〉。詩中前四句寫男女第一次約會的情景，男子以獵物「死麕」贈予女子；第五至十一句則寫第二次約會，男子以獵物「死鹿」贈予女子。男子在兩次約會所贈送的禮物，不僅證明了他的強壯勇猛、足以保護女子，也能夠提供女子生活上食與衣的需要。本詩最精彩之處在末三句，詩人記錄了約會中女子嬌嗔的話語內容，透顯出既期待與情人親密接觸、又怕被旁人發現的矛盾心態，十分傳神生動。

2. （漢）樂府〈上邪〉

　　　　上邪，我欲與君相知，長命無絕衰。山無陵，江水為竭，冬雷震震，夏雨雪，天地合，乃敢與君絕。

> **說明**
>
> 　　這首詩是作者在熱戀時所許下的愛情誓言，表現對愛情的堅貞。開頭三句是「總說」，乃作者真正要表達的情意所在：作者對上天呼喊、對天立誓，表明自己欲永遠與愛人相知相守的願望。接下來的五句，則是「分說」，是針對「總說」所作的具體條分，作者發揮其高度的想像力，運用了許多驚人的意象，列舉了五種大自然反常的現象，在「假設」的語氣之中，巧妙而強烈地傳達出內心對愛人洶湧澎湃的情感。

3. 鄭愁予〈如霧起時〉

　　　　我從海上來，帶回航海的二十二顆星。
　　　　你問我航海的事兒，我仰天笑了……
　　　　如霧起時，
　　　　敲叮叮的耳環在濃密的髮叢找航路；
　　　　用最細最細的噓息，吹開睫毛引燈塔的光。

　　　　赤道是一痕潤紅的線，你笑時不見。
　　　　子午線是一串暗藍的珍珠，
　　　　當你思念時即為時間的分隔而滴落。

　　　　我從海上來，你有海上的珍奇太多了……
　　　　迎人的編貝，嗔人的晚雲

和使我不敢輕易近航的珊瑚的礁區。

說明

　　詩人巧藉航海的意象，隱喻對愛人的複雜情思。「敲叮叮的耳環在濃密的髮叢找航路」，不僅是尋找航路的描寫，也是詩人對愛人裝扮和姿態的嚮往；「赤道是一痕潤紅的線，你笑時不見。子午線是一串暗藍的珍珠」，不僅是海上航行定位的描寫，也是詩人對倆人昔日相處時笑、淚交織的回憶與思念；「迎人的編貝，嗔人的晚雲」，不僅是海上的珍奇，也是愛人整齊的美齒與緋紅的雙頰。結尾，更以海上最美、亦是航海者最不敢輕易靠近的珊瑚區，來譬喻詩人對愛人想親近卻又深懼受傷害的矛盾感情，十分動人心弦。

分組活動

　　愛的誓言：熱戀中的男女，在兩情繾綣時，總不免會互訴愛意，讓對方明白自己的心跡。請小組成員模仿本課「閱讀安可」中漢・樂府〈上邪〉一詩的寫作方式，發揮一下想像力，以一些鮮明的意象來呈現對情人的愛意與堅定，字數不限。

寫作鍛鍊

1. **層遞格修辭鍛鍊**：本詩在時間的推移中，藉景物的改變，由淺而深地表現「待嫁女兒心」的心情轉變。請你也應用這種層遞的修辭技巧，由淺而深地表現「相思」的情意轉變。
2. **改寫**：請選擇一首流行歌曲（中、西皆可），將其歌詞改寫成「待嫁女兒心」的內容。〔教師可抽點同學，上臺唱出其改寫的歌詞〕
3. **續寫**：請以「摽有梅2」為題，為〈摽有梅〉一詩書寫續集。仍以女主角第一人稱的口吻，採用現代散文形式，字數不限。

請沿虛線剪下

[分組討論單] 班級：　組別：　報告者：＿＿＿＿＿＿＿＿＿＿

組員簽名：＿＿＿＿＿＿＿＿＿＿

問：**「愛的誓言」**：熱戀中的男女，在兩情繾綣時，總不免會互訴愛意，讓對方明白自己的心跡。請小組成員模仿本課「閱讀安可」中漢・樂府〈上邪〉一詩的寫作方式，發揮一下想像力，以一些鮮明的意象來呈現對情人的愛意與堅定，字數不限。

答：

請沿虛線剪下

【寫作鍛鍊】　　　　　　　　　　日期：＿＿＿＿＿＿＿＿＿

系級：＿＿＿＿＿＿＿　學號：＿＿＿＿＿＿＿　姓名：＿＿＿＿＿＿＿

〈有所思〉

漢・樂府

文本內容

　　有所思，乃在大海南。何用[1]問遺[2]君？雙珠玳瑁簪，用玉紹繚[3]之。

　　聞君有他心，拉雜[4]摧[5]燒之。摧燒之，當風揚其灰。從今以往，勿復相思。相思與君絕！

　　雞鳴狗吠[6]，兄嫂當知之。（妃呼豨[7]）秋風肅肅[8]晨風颸[9]，東方須臾高知之[10]。

寫作背景

　　〈有所思〉為漢代樂府詩，作者無法考知。「樂府」原為古代音樂官署之名，漢武帝擴大樂府的規模及職能，除了為文人詩製譜配樂外，還兼採各地歌

1　何用：何以，即「用什麼」。
2　問遺：二字皆有贈送的意思。《左傳·成公十六年》：「楚子使工尹襄問之以弓，曰：『方事之殷也』」，又《禮記·曲禮注》：「問，猶遺也。」
3　紹繚：纏繞。《說文》：「紹，一曰緊糾也。繚，纏也。」
4　拉雜：不詳辨事物的好壞，都混在一起處理；有「胡亂」之意。
5　摧：毀也。
6　雞鳴狗吠：雞鳴之清晨，狗吠之深夜；極言隱密無人的時候。此乃女子回憶過去與愛人約會時的場景。
7　妃呼豨：音樂之狀聲辭，無義；吳歌西曲多保留此種和聲之辭。
8　肅肅：狀聲辭，狀風之聲，即「颯颯」。
9　晨風颸：言女子在輾轉難眠、聽了一夜肅肅的秋風後，又在清晨來到門邊，感受到涼風的吹拂。晨風：清晨的涼風；又可解作「晨風鳥」，即雉雞，經常晨鳴求偶，《詩經·秦風·晨風》：「鴥彼晨風，鬱彼北林。未見君子，憂心欽欽。」颸，音ㄙ，涼風；唐·宋華〈蟬鳴詩〉：「肅肅爾庭，遠近涼颸。」
10　東方須臾高知之：女子以明亮之日光喻己堅定的愛是天日可鑑的。須臾，指一會兒出現的晨曦；高，同「皓」，明亮。

謠，以供朝廷典禮及娛樂，並藉以考察民風民情。今存漢樂府民歌約四十餘首，多東漢作品，後世凡民歌或合樂的詩，都稱樂府詩。宋人郭茂倩輯漢魏至唐五代的歌辭，編為《樂府詩集》。漢樂府與古詩同為漢代詩歌文學的雙範，多為人民的口頭創作，內容多反映現實。形式則打破《詩經》的四言句式，以雜言為主，逐漸趨於五言。表現手法以敘事為主，有剪裁精當、對話傳神、敘述生動等特點。語言樸素自然，生動活潑，多用民間口語，因此展現出本色自然的特色。

　　本詩選自《樂府詩集‧漢鐃歌十八首》。「鐃歌」是軍樂的一種，即如蔡邕所云：「短簫鐃歌軍樂也，黃帝岐伯所作，以建威揚德，勸士諷敵。」（梁‧沈約《宋書‧樂志》引蔡邕〈禮樂志〉）然而，今所見「漢鐃歌十八首」（篇名分別為：朱鷺、思悲翁、艾如張、上之回、擁離、戰城南、巫山高、上陵、將進酒、君馬黃、芳樹、有所思、雉子班、聖人出、上邪、臨高臺、遠如期、石留）的內容，卻除了戰爭之外，還廣及於祥瑞、愛情等事。清人莊述祖解釋此種情況說：「短簫鐃歌之為軍樂，特其聲耳，其辭不必皆序戰陣之事。」（《漢鐃歌句解》）若其說可信，則今日所見十八首的歌辭，恐是後代人依聲填入。本篇〈有所思〉，即屬男女情愛之事，與軍聲無涉，主要在敘述一位女子所遭遇的情海波折及其複雜的心境轉折。

閱讀鑑賞

　　本詩旨在描寫一位女子於男友變心後「剪不斷、理還亂」的複雜心情，不僅巧藉女子失戀前後的動作細節、內心獨白與其周遭景致為題材，並以「正、反、正」的往復結構謀篇，具體而生動地表現出女子的愛情性格。開頭「有所思」五句是「正」的部分，道出處於熱戀的女子思念遠在大海南邊情人的正面情思，並且精心準備了極為珍貴的禮物，打算送給愛人。其中，「何用問遺君？雙珠玳瑁簪」二句，以女子自問自答的設問方式，強調了女子選擇禮物時的用心與講究（「雙珠」還隱含了「成雙成對」之意）；「用玉紹繚之」，則妙用了「紹繚」（有「纏繞」之意）的雙關意涵，表面上是寫女子不厭其煩地纏繞、裝飾禮物，深層的意思則在表現她對男子纏繞不絕的熱切相思。

　　接下來「聞君有他心」七句，是「反」的部分。女子的情感發生了極大的轉折，而轉折的關鍵點則是因為男友變了心。於是，女子展現了激烈的性格，將本欲贈給男友的禮物折斷、摧毀、焚燒成灰，並任風將灰吹散，似乎想讓兩人過去的情愛也一併隨風消逝。女子心中默默地告誡自己：從今以後，莫再想念這個無情之人，從此將與此人恩斷義絕！其中，「拉雜摧燒之，摧燒之」的疊句修辭格，以及「勿復相思，相思與君絕」的頂真修辭格，對女子憤怒、悲痛的情意產生了極佳極深的加強效果。這部分從「反面」情感著筆，敘述了女子在聽說男友變心後的激烈反應及心情，是詩中最引人的高潮部分。

　　然而，「當斷不斷，反受其亂」（《黃帝四經·兵容》），當女子情緒稍微緩和後，卻又陷入「剪不斷、理還亂」的困境。最末四句，是第二個「正」的部分，寫女子在對這份愛情傷心、絕望之餘，又不禁回憶起兩人從前約會的甜蜜情景：當男子在深夜或清晨無人之時前來幽會，不僅驚動了雞狗，也驚動了兄嫂，但熱戀中的情侶卻仍樂此不疲。昔日的繾綣深情，女子越回想就越無法割捨、輾轉難眠。最後，在一整夜的苦苦思索後，她仍然表達出堅定不變的「正面」情意，就像一會兒東方即將昇起的太陽一樣，光亮高潔，永不改變。末二句，以晨風鳥的求偶聲興發女子對愛人的眷戀之情，以明亮的日光象徵一己對情人光明不變的心跡，以及對愛情的執著堅定，成功地達致「借景寫情」的含蓄效果。

隨堂推敲

1. 詩中女主角心境變化的情形如何？作者運用了哪些修辭技巧來強調她的心境？

2. 從詩中女主角聽聞愛人變心後的反應（動作與獨白）來看，你覺得她的個性如何？請用四個字的詞語來形容（可以不止一個）。

3. 如果你是詩中的女主角？你最後的決定會和她一樣嗎？請說明你的

做法和理由。

4. 你對於詩中女主角執著於愛情的看法如何？你認為「執著」的態度
應放在人生的哪些方面？

5. 當你的好友失戀時，你會如何安慰他（或她）？

閱讀安可

愛情，令人滿心嚮往，卻又經常教人神傷。下列選文皆是為愛神傷的作
品，前者書寫與愛人離別之愁緒，後者則敘女子傷春之情。

1. （宋）柳永〈雨霖鈴〉

寒蟬淒切，對長亭晚，驟雨初歇。都門帳飲無緒，方留戀處，蘭
舟催發。執手相看淚眼，竟無語凝咽。念去去、千里煙波，暮靄
沉沉楚天闊。　多情自古傷離別，更那堪、冷落清秋節！今宵酒
醒何處？楊柳岸、曉風殘月。此去經年，應是良辰好景虛設。便
縱有、千種風情，更與何人說？

說明

　　「悲莫悲兮生別離」（《楚辭‧九歌‧少司命》），與心愛之人離
別，不知再聚是何日？多麼教人不捨。全詞從別時情景的寫實、別後當
晚與經年的設想，分別加以敘寫，將作者與情人的離愁別緒揮灑得淋漓盡
致，感人肺腑，唐圭璋評此詞云：「此首寫別情，盡情展衍，備足無餘，
渾厚綿密，兼而有之。」（《唐宋詞簡釋》）實為至論。

---

2. （明）湯顯祖《牡丹亭‧驚夢》

【遶池遊】(旦上) 夢回鶯囀，亂煞年光遍。人立小庭深院。（貼）
炷盡沉煙，拋殘繡線，恁今春關情似去年？【烏夜啼】「(旦) 曉來望斷梅關，

宿妝殘。（貼）你側著宜春髻子恰憑闌。（旦）翦不斷，理還亂，悶無端。（貼）已分付催花鶯燕借春看。」（旦）春香，可曾叫人掃除花徑？（貼）分付了。（旦）取鏡臺衣服來。（貼取鏡臺衣服上）「雲髻罷梳還對鏡，羅衣欲換更添香。」鏡臺衣服在此。

【步步嬌】（旦）裊晴絲吹來閒庭院，搖漾春如線。停半晌、整花鈿。沒揣菱花，偷人半面，迤逗的彩雲偏。（行介）步香閨怎便把全身現！（貼）今日穿插的好。

【醉扶歸】（旦）你道翠生生出落的裙衫兒茜，豔晶晶花簪八寶填，可知我常一生兒愛好是天然。恰三春好處無人見。不隄防沉魚落雁鳥驚諠，則怕的羞花閉月花愁顫。（貼）早茶時了，請行。（行介）你看：「畫廊金粉半零星，池館蒼苔一片青。踏草怕泥新繡襪，惜花疼煞小金鈴。」（旦）不到園林，怎知春色如許！

【皂羅袍】原來姹紫嫣紅開遍，似這般都付與斷井頹垣。良辰美景奈何天，賞心樂事誰家院！恁般景致，我老爺和奶奶再不提起。（合）朝飛暮捲，雲霞翠軒；雨絲風片，煙波畫船——錦屏人忒看的這韶光賤！（貼）是花都放了，那牡丹還早。

【好姐姐】（旦）遍青山啼紅了杜鵑，荼蘼外煙絲醉軟。春香呵，牡丹雖好，他春歸怎占的先！（貼）成對兒鶯燕呵。（合）閒凝眄，生生燕語明如翦，嚦嚦鶯歌溜的圓。（旦）去罷。（貼）這園子委是觀之不足也。（旦）提他怎的！（行介）

【隔尾】觀之不足由他繾，便賞遍了十二亭臺是枉然。到不如興盡回家閒過遣。（作到介）（貼）「開我西閣門，展我東閣牀。瓶插映山紫，爐添沉水香。」小姐，你歇息片時，俺瞧老夫人去也。（下）（旦歎介）「默地遊春轉，小試宜春面。」春呵，得和你兩留連，春去如何遣？咳，恁般天氣，好睏人也。春香那裡？（作左右瞧介）（又低首沉吟介）天呵，春色惱人，信有之乎！常觀詩詞樂府，古之女子，因春感情，遇秋成恨，誠不謬矣。吾今年已二八，未逢折桂之夫；忽慕春情，怎得蟾宮之

客？昔日韓夫人得遇於郎，張生偶逢崔氏，曾有《題紅記》、《崔徽傳》二書。此佳人才子，前以密約偷期，後皆得成秦晉。（長歎介）吾生於宦族，長在名門。年已及笄，不得早成佳配，誠為虛度青春，光陰如過隙耳。（淚介）可惜妾身顏色如花，豈料命如一葉乎！

【山坡羊】沒亂裡春情難遣，驀地裡懷人幽怨。則為俺生小嬋娟，揀名門一例、一例裡神仙眷。甚良緣，把青春拋的遠！俺的睡情誰見？則索因循腼腆。想幽夢誰邊，和春光暗流轉？遷延，這衷懷那處言！淹煎，潑殘生，除問天！身子睏乏了，且自隱几而眠。（睡介）（夢生介）（生持柳枝上）「鶯逢日暖歌聲滑，人遇風情笑口開。一逕落花隨水入，今朝阮肇到天台。」小生順路兒跟著杜小姐回來，怎生不見？（回看介）呀，小姐，小姐！（且作驚起介）（相見介）（生）小生那一處不尋訪小姐來，卻在這裡！（且作斜視不語介）（生）恰好花園內，折取垂柳半枝。姐姐，你既淹通書史，可作詩以賞此柳枝乎？（且作驚喜，欲言又止介）（背想）這生素昧平生，何因到此？（生笑介）小姐，咱愛殺你哩！

【山桃紅】則為你如花美眷，似水流年，是答兒閒尋遍。在幽閨自憐。小姐，和你那答兒講話去。（且作含笑不行）（生作牽衣介）（且低問）那裡去？（生）轉過這芍藥欄前，緊靠著湖山石邊。（且低問）秀才，去怎的？（生低答）和你把領扣鬆，衣帶寬，袖梢兒搵著牙兒苫也。則待你忍耐溫存一晌眠。（且作羞）（生前抱）（且推介）（合）是那處曾相見，相看儼然，早難道這好處相逢無一言？（生強抱且下）（末扮花神束髮冠，紅衣插花上）「催花御史惜花天，檢點春工又一年。蘸客傷心紅雨下，勾人懸夢綵雲邊。」吾乃掌管南安府後花園花神是也。因杜知府小姐麗娘，與柳夢梅秀才，後日有姻緣之分。杜小姐遊春感傷，致使柳秀才入夢。咱花神專掌惜玉憐香，竟來保護他，要他雲雨十分歡幸也。

【鮑老催】（末）單則是混陽蒸變，看他似蟲兒般蠢動把風情搧。一般兒嬌凝翠綻魂兒顫。這是景上緣，想內成，因中見。呀，淫邪展污了花臺殿。咱待拈片落花兒驚醒他。（向鬼門丟花介）他夢酣春透了怎留連？拈花閃碎的紅如片。秀才纔到的半夢兒；夢畢之時，好送杜小姐仍歸香閣。吾神去也。（下）

【山桃紅】（生、且攜手上）這一霎天留人便，草藉花眠。小姐可好？（且低頭介）

（生）則把雲鬟點，紅鬆翠偏。小姐休忘了呵，見了你緊相偎，慢廝連。恨不得肉兒般團成片也，逗的箇日下胭脂雨上鮮。（旦）秀才，你可去呵？（合）是那處曾相見，相看儼然，早難道這好處相逢無一言？（生）姐姐，你身子乏了，將息，將息。（送旦依前作睡介）（輕拍旦介）姐姐，俺去了。（作回顧介）姐姐，你可十分將息，我再來瞧你那。「行來春色三分雨，睡去巫山一片雲。」（下）（旦作驚醒，低叫介）秀才，秀才，你去了也？（又作癡睡介）（老旦上）「夫婿坐黃堂，嬌娃立繡窗。怪他裙衩上，花鳥繡雙雙。」孩兒，孩兒，你為甚瞌睡在此？（旦作醒，叫秀才介）咳也。（老旦）孩兒怎的來？（旦作驚起介）奶奶到此！（老旦）我兒，何不做些鍼指？或觀玩書史，舒展情懷？因何晝寢於此？（旦）孩兒適花園中閒玩，忽值春暄惱人，故此回房。無可消遣，不覺睏倦少息。有失迎接，望母親恕兒之罪。（老旦）孩兒，這後花園中冷靜，少去閒行。（旦）領母親嚴命。（老旦）孩兒，學堂看書去。（旦）先生不在，且自消停。（老旦歎介）女孩兒長成，自有許多情態，且自由他。正是：「宛轉隨兒女，辛勤做老娘。」（下）（旦長歎介）（看老旦下介）哎也，天那，今日杜麗娘有些僥倖也。偶到後花園中，百花開遍，恣景傷情。沒興而回，晝眠香閣。忽見一生，年可弱冠，丰姿俊妍。於園中折得柳絲一枝，笑對奴家說：「姐姐既淹通書史，何不將柳枝題賞一篇？」那時待要應他一聲，心中自忖，素昧平生，不知名姓，何得輕與交言。正如此想間，只見那生向前說了幾句傷心話兒，將奴摟抱去牡丹亭畔，芍藥闌邊，共成雲雨之歡。兩情和合，真箇是千般愛惜，萬種溫存。歡畢之時，又送我睡眠，幾聲「將息」。正待自送那生出門，忽值母親來到，喚醒將來。我一身冷汗，乃是南柯一夢。忙身參禮母親，又被母親絮了許多閒話。奴家口雖無言答應，心內思想夢中之事，何曾放懷。行坐不寧，自覺如有所失。娘呵，你教我學堂看書去，知他看那一種書消悶也。（作掩淚介）

【綿搭絮】（旦）雨香雲片，纔到夢兒邊。無奈高堂，喚醒紗窗睡不便。潑新鮮冷汗粘煎，閃的俺心悠步嚲，意軟鬟偏，不爭多費盡神情，坐起誰忺？則待去眠。（貼上）「晚妝銷粉印，春潤費香篝。」小姐，薰了被窩睡罷。

【尾聲】（旦）困春心遊賞倦，也不索香薰繡被眠。天呵，有心情那夢兒還去不遠。

春望逍遙出畫堂，張　說　　間梅遮柳不勝芳。羅　隱
可知劉阮逢人處？許　渾　　回首東風一斷腸。韋　莊

說明

　　湯顯祖的《牡丹亭》，亦稱《還魂記》，與《南柯記》、《邯鄲記》、《紫釵記》合稱「臨川四夢」，文辭工麗，膾炙人口，歌頌婚姻自主，愛情至上，充滿浪漫主義的精神，可謂湯顯祖的代表作。全戲五十五齣，上文所引為第十齣，寫南安太守獨生女杜麗娘在明媚的春日遊園，回到閨房後，於睡夢中與書生柳夢梅相會，兩情繾綣、難分難捨。不料，卻被母親驚醒，杜麗娘仍迷戀夢境中與柳生的甜蜜纏綿，終而為愛傷神、乃至香消玉殞，透顯出女主角對青春年華的珍惜與對愛情追求的執著與盼望。

分組活動

　　女主角愛情性格星座分析：每個人在面對愛情時，各有其不同的性格展現。請小組討論本課所提及〈有所思〉、〈驚夢〉兩篇作品女主角的愛情性格，分別展現出哪種星座的特徵，並具體寫出其特徵。（教師發下星座特徵參考資料）

寫作鍛鍊

1. 狀聲詞修辭鍛鍊：本詩以「肅肅」模擬風聲，請你也從日常生活常見的事物中，舉出狀聲詞的例子，並填入下表中：

日常事物聲響	狀聲詞
鬧鐘聲	
流水聲	
嬰兒哭聲	
腳步聲	
打雷聲	
笑聲	

2. **改寫**：請以第一人稱的口吻，將〈有所思〉一詩，改寫成一篇現代散文，文長不限。

3. **角色扮演**：請用〈有所思〉詩中男主角的口吻，以現代散文的方式，回應女主角在詩中所展現的動作與想法。題目自訂，文長500字左右。

【分組討論單】班級：　組別：　報告者：＿＿＿＿＿＿＿＿＿＿＿

組員簽名：＿＿＿＿＿＿＿＿＿＿＿＿

問：「女主角愛情性格星座分析」：每個人在面對愛情時，各有其不同的性格展現。請小組討論本課所提及〈有所思〉、〈驚夢〉兩篇作品中女主角的愛情性格，分別展現出哪種星座的特徵？並具體寫出其特徵。（教師發下星座特徵參考資料）

答：

人物	星座	愛情性格特徵
〈有所思〉女主角		
〈驚夢〉女主角杜麗娘		

請沿虛線剪下

【寫作鍛鍊】　　　　　　　　　　　　日期：＿＿＿＿＿＿

系級：＿＿＿＿＿　　學號：＿＿＿＿＿　　姓名：＿＿＿＿＿

請沿虛線剪下

〈愛情浪漫新包裝〉

侯文詠

文本內容

　　有一天整理舊信件，忽然發現一封婚前寫給我親愛的老婆的情書。

　　必須事先聲明的是，當時女主角還只是牙醫學系的學生。男主角放了暑假，回到南部。寫信給他在臺北的女友。茲節錄一段內容如下：

　　雅麗，仔細唸妳的名字，寫妳的名字，發現連妳的名字都有牙的成分。

　　回到南部以後，牙齦不斷地抽痛。在神經末梢細細膩膩地痛著，無時不刻地存在著。粗心大意的時候不覺得，一個人安靜的時候就感覺到了。知道痛一直在那裡。快樂的時候痛著，生氣的時候痛著，刷牙的時候痛著，睡覺的時候痛著，下雨的時候痛著，吃冰、吹電扇的時候痛著，汗流浹背的時候也痛著。痛變成一種生理與心理的共鳴。美麗的負擔。

　　我想無論如何，我都需要我的牙醫師。

　　如果你真的不介意，我當然還可以舉出許多同類的浪漫文字。令我驚心動魄的部分是，無論如何

我竟然已經和當時的心情完全接不上線了。

這個新發現使得我非常驚訝。什麼時候我已經變成那個不解風情的老男人？每天起床，提了個公事包去上班，又提了個公事包回家。然後看報紙，喝茶，無趣地談一些天氣、政治，在電腦前安安靜靜地打字，謀殺時間。接著累了，洗澡，像隻可憐的老狗一樣，努力地爬上床，並不忘吻別老婆，說那句千篇一律的『我愛妳』。

從前我們依偎在寒風中，即使是一夜不眠，仍然是精神抖擻。現在我們在溫暖的棉被中，我的臂膀枕著她，我必須時時提防自己不小心睡著了，要不然第二天醒來保證當場一隻臂膀作廢。

曾經只為了我親愛的老婆的一個電話，電話中的想念你。我可以冒著一夜風雨，傻傻地連夜搭火車從臺北到屏東。只為了在晨曦中，她睡醒了，打開窗戶，就可以見到陽光下的我。

現在我很懷疑，我是不是願意為了我們的愛，不用猜拳，自動從四樓走到樓下的雜貨店去買一包泡麵。

從前親愛的老婆總是對我說：

『我最欣賞你的風采了。你在台上說話，你的一顰一笑都深深地吸引著我的靈魂。』

現在我親愛的老婆會表示：

『在聽過了同樣的笑話幾十次之後，還能在你

的朋友面前裝出自然而親切的笑容，你到底還指望我怎樣？』

婚姻是戀愛的墳墓，浪漫的終結者。不管這是那個偉人說的話，的確有一定程度的道理。連我這個自命作家，永遠的情人的男人都不能免俗。

張愛玲說得好：

『生命是一襲華美的衣服，爬滿了蝨子。』

我對這種沉淪的感覺，愈來愈無法忍受。覺得世俗化無所謂，可是不能連我的愛情、婚姻都淪陷。

於是我挪開了一切的事，準備了濃馥的香片，甜美的大提琴音樂。等著迎接我親愛的老婆從診所下班回來，等著她驚訝而歡欣的表情。

『這是怎麼回事？』驚訝倒是猜對了，不過歡欣沒有。

『我的浪漫大反攻，』現在我可得意了，『我要重新與妳再談一次戀愛。』

我親愛的老婆用手摸摸我的前額，再摸自己的，覺得我並沒有發燒，然後很幽默地對我說：

『好，你要和我再談幾次戀愛我都不介意，不過得先等我洗完澡再說。』

『可是我已經泡好了香片，一會兒就冷了。』

『那簡單。』拿起杯子，咕嚕咕嚕喝完三百西西。

　　『好吧，好吧，妳先洗澡。』我嚇著了，十秒鐘不到，已經把我的浪漫計畫喝掉一半。還是有耐心一點，等她洗完澡再說吧。

　　不久，我聽到了嘩啦嘩啦的沖水聲。嗯，先談一點浪漫的事。

　　『親愛的老婆，妳知道我今天在電視上看見溫莎公爵的愛情故事。我忽然覺得那樣的故事愈來愈少了。』

　　嘩啦嘩啦的水聲。『你說什麼故事？』我老婆問。

　　『只愛美人，不愛江山的故事。』

　　『那是騙人的。』水聲，我老婆又說話了，『你看唐明皇愛不愛楊貴妃，一旦六軍不動，他也只好愛江山，叫美人去死了。』

　　『不全是這樣。妳看特洛依戰爭是為了女人而發動的。』

　　『昭君出塞。』老婆提醒我，『只要不戰爭，美人可以免費奉送。』

　　好了，當場搞不下去了，一點也不浪漫，我得想想別的辦法。

　　來個熱吻如何？我相信在適度的光線，適度的角度之下，我是很有魅力的。

　　我親愛的老婆從浴室出來了，美麗得像隻孔雀。然後我自信滿滿地迎了上去。是的，好戲正要

上場。然而我的熱吻中斷了，像摩托車熄火一樣，忽然就中斷了。

　　『今天不行，今天是危險期。況且，我很累。』

　　我差點聽了沒跌倒。

　　『親愛的，不是妳想的那樣，我只是渴望一點浪漫。』

　　我親愛的老婆有點疑惑了：『好吧，那你說該怎麼辦？』

　　快瘋掉了。浪漫你說該怎麼辦？

　　我告訴自己，鎮定。總有一些別的什麼辦法。我聽到了窗外的雨聲。

　　『妳還記得從前我們漫步在雨中的情景嗎？』

　　『你是說現在？』我親愛的老婆指著窗外，睜大眼睛，露出不敢置信的表情。

　　我點點頭。

　　她搖搖頭。

　　『親愛的，我得告訴你一件殘酷的事實，我們都老了，你知道嗎？』

　　大提琴的聲音搖呀搖，慢慢地，好像也在告訴我這件事。然後我們就如同往常一樣爬上床鋪，等著睡眠來把我們今天的生命打發掉。

　　『有一個作家，他假裝不認識自己的老婆。他們在一家咖啡館約會，調情，每一次都像是不同的一段戀情一樣，妳看夠不夠浪漫？』

『那麼辛苦，算什麼浪漫呢？』我親愛的老婆翻了個身。

我想她很快睡著了。我卻一直清醒著。我想不通，我這個平時連買花都懶的人爲什麼無緣無故得了這種浪漫症候群呢？難道我眞的完蛋了嗎？

我關掉錄音機，爬下床去上廁所。

『親愛的，你又把我吵醒了，』我親愛的老婆又翻了一個身，『要跟你說多少次，難道你不能先上廁所之後再上床嗎？』

『妳知道根據統計，男人半夜起床，最常見的理由是什麼嗎？』

『上廁所。』

『不對。答案是該回家了。』

我講了一個笑話。沒有回應。顯然沒有聽懂，或者是睡著了。

我的浪漫大反攻就這樣結束了。我簡直灰心到極點。

那段日子，整個臺北鬧哄哄地，政治遊行，示威，暴力，治安……我們就這樣亂七八糟地過日子，有好久沒有想起浪漫的事。

有一天，心情被搞得很壞。我去接我親愛的老婆下班回家。我們把診所的鐵門拉下來，我忽然若有感慨地說：

『唉──，全世界只剩下這一小片天地是純淨

的了。』

　　說也奇怪，我親愛的老婆用一種特別的眼光看著我，她說：

　　『我忽然覺得你今天好感性。』

　　『我覺得擁有妳的感覺眞好。』說時遲，那時快，我立刻接腔。

　　『我也是。』哇，浪漫極了。

　　『你肚子餓嗎？』

　　『我們去夜市吃蚵仔煎，魷魚羹。』

　　不知爲什麼，我想起拿破崙寫的情書：

　　終有一天，這一切都將成爲過去。即使星星、月亮、太陽，花草也是。但唯一有件事永遠不變，那就是我願妳快樂。

　　說穿了這不就是我願妳快樂。可是換成了星星、月亮、太陽的包裝，變得那麼華麗。

　　這使我驀然覺得原來我們還是浪漫的。只不過換了不同的包裝。

　　不但如此，我們的浪漫一日比一日還要深刻，已經不是可以隨便用一點便宜的風花雪月可以搪塞了。

　　好了，現在沒有音樂，也沒有香片。我們發動了摩托車，就要開始去享受我們用蚵仔煎、魷魚羹包裝的浪漫情懷了。

　　　　　（選自《親愛的老婆》，侯文詠，皇冠出版》）

寫作背景

　　侯文詠（1962-），出生於臺灣嘉義市，一說是嘉義縣六腳鄉，臺大醫學博士。他不僅擁有內科、麻醉科專科醫師的資格，也曾榮獲全國學生文學獎散文佳作及小說第三名和佳作。他三十五歲時曾是總統醫療小組成員，現在則是專職作家，兼任臺北醫學大學醫學人文研究所副教授，萬芳醫院、臺大醫院麻醉科主治醫師。他的文字生動活潑、流利幽默，經常在諧而不謔的親切敘述中寄寓發人深思的人生智慧，對不同年齡層的讀者會有不同程度的啟發。因此，作品幾乎每本都很暢銷，包括《危險心靈》、《我的天才夢》、《白色巨塔》、《侯文詠短篇小說集》、《親愛的老婆》、《親愛的老婆２》、《大醫院小醫師》、《離島醫生》、《烏魯木齊大夫說》、《淘氣故事集》等，以及與蔡康永合作的20集有聲書《歡樂三國志》。

　　本文記錄了作者在生活小點滴之中的關於浪漫愛情定義的大發現、大領悟，在看似平凡無奇的夫妻對話與互動中，巧妙地為「浪漫」賦予了更深刻的新義。

閱讀鑑賞

　　當愛情落入一成不變的起床、上班、下班、回家、看報紙、談天氣政治、洗澡、吻別老婆、上床的公式化循環時，是否就意味著浪漫的終結？

　　作者從發現一封自己婚前寫給老婆的情書內容談起，驚訝地察覺今日的自己已成為不解風情的老男人！於是，他努力地搜尋婚前與老婆互動的痴狂記憶，作為檢視自己如今失去浪漫、婚姻沉淪的對照組。

　　自命為「永遠的情人」的作者，自然無法忍受這種發現！因此，他計劃了一連串的「浪漫大反攻」：準備香片與大提琴音樂等待老婆下班、發動熱吻攻勢、提議雨中漫步、夫妻倆假裝不認識而到咖啡館調情、半夜講笑話給老婆聽……結果，都被從診所下班回來、疲憊不已的老婆大人一一駁回。看樣子，單靠一個人的努力是浪漫不起來的呀！

　　之後，心灰意冷的作者，許久不曾再嘗試恢復浪漫之舉了……

　　一天，就在作者例行公事地接老婆下班，兩人分享著生活的小感

慨，一同去夜市吃蚵仔煎、魷魚羹的同時，他突然頓悟：風花雪月是屬於年輕人愛情的浪漫包裝，而兩人相伴終老、願對方天天快樂則屬於婚後老夫老妻愛情的浪漫包裝，這樣的包裝，雖然少了華麗，卻更加地深刻、雋永。

「執子之手，與子偕老」，只要懂得珍愛身邊這位願意一生與你相伴而行的人，誰說一成不變、千篇一律的婚姻生活，是浪漫的終結呢？它只不過是，換了一個更樸素實在的包裝罷了。

隨堂推敲

1. 本文作者的「浪漫大反攻」有哪些行動？請你為侯文詠再補充一些你所能想到的浪漫行動？
2. 本文作者認為愛情浪漫的「新包裝」是什麼？你同意嗎？理由是什麼？
3. 文中提到：「婚姻是戀愛的墳墓、浪漫的終結者。」你同意這個說法嗎？請詳述理由。
4. 你覺得應如何做，才能長保愛情的新鮮度？

閱讀安可

下列作品皆爲與浪漫愛情相關的詠歌，有在海岸相遇相慕的幸福洋溢，亦有跨越時空、人神相戀的奇幻浪漫。

1. 林泠〈潮來的時候〉

潮來的時候，界石被深深地淹沒
那弧線，分割著海洋和陸地的
像醉漢的眼神
　　終于朦朧，而擴展成一片了……

潮來的時候，小小的水珠向上飛躍
未成形的生命
　　竟已向四月的陽光炫示
小小的水珠子──哎，她眨著眼
用怎樣迷離的目光透視人間哪！

紅帆的漁船，在白色的指標附近消失了
它是靜止的──相對於海──
　　它靜靜地被擺佈
那掌舵的漢子，正迎風站起來
站起來繫緊鬆散了的繩索

她底裙角濡濕了，當潮來的時候
湛藍的流流向眼睛，流向心底
她想起那長著羊齒植物的紫竹林，
不也是這樣
　　有沉沉的拍擊和隱隱的波動……？

那時候，枯葉的碎片也是這樣被拋上又落下的
　　啊，那時候──潮來的時候
沙灘上還有兩隻被遺忘的海螺
在怔怔地凝望，並且思索
是屬於誰的管轄這相遇的國度。

（選自《林泠詩集》，洪範版）

說明

　　海為女性的象徵，陸地的岩石或沙岸則是與海洋成為相互戀慕的對方，而情思，也就在彼此沖激交融的時空中生成了。此詩以潮湧上岸時淹沒陸地的朦朧，來喻寫男女由相遇而相融成一片的如痴如醉，此時的海岸，遂因此而被隱指為情愛相遇的國度了。

2.（明）蔡羽〈遼陽海神傳〉（節選）

　　忽盡室明朗，殆同白晝，室中什物，毫髮可數。方疑惑間，又覺異香氤氳，莫知所自，風雨息聲，寒威頓失。……少頃，又聞空中車馬喧鬧，管絃金石之音，自東南來，初猶甚遠，須臾已入室矣。回眸窺視，則三美人，皆朱顏綠鬢，明眸皓齒，約年二十許，冠帔盛飾，若世所圖畫后妃之狀，遍體上下，金翠珠玉，光艷互發，莫可測識，容色風度，奪目驚心，真天人也。前後左右，侍女數百，亦皆韶麗，或提爐，或揮扇，或張蓋，或帶劍，或持節，或捧器幣，或秉花燭，或挾圖書，或列寶玩，或荷旌幢，或擁衾褥，或執巾帨，或奉盤匜，或擎如意，或舉殽核，或陳屏障，或布几筵，或奏音樂。……

　　俄頃，冠帔者一人前逼床，撫程微笑曰：「果熟寢耶？吾非禍人者，與子有夙緣，故來相就，何見疑若是。……」

　　程既喜出望外，美人亦眷程殊厚，因謂：「世間花月之妖，飛走之怪，往往害人，所以見惡；吾非若比，郎慎勿疑。雖不能有大益於郎，亦可致郎身體康勝，資用稍足；儻有患難，亦可周旋。但不宜漏泄耳。自今而後，遂當恒奉枕席，不敢有廢。……」……誓畢，美人挾程項謂曰：「吾非仙也，實海神也。與子有夙緣甚久，故相就耳。」……是夕，綢繆好合，愈加

親狎。……

　　程每心有所慕，即舉目便是，極其神速。一夕，偶思鮮荔枝，即有帶葉百餘顆，香味色皆絕珍美。他夕，又念楊梅，即有白色一枝，長三四尺，約二百餘顆，甘美異常，葉殊鮮嫩，食餘忽不見。時已深冬，不知何自而得，況二物皆非北地所產也。又夕，言及鸚鵡，程言：「聞有白者，恨未之見。」轉盼間，已見數鸚鵡飛舞於前，白者、五色者相半，或誦佛經，或歌詩賦，皆漢音也。一日，市有大賈售寶石二顆，所謂硬紅者，色若桃花，大於拇指，價索百金。程偶見之，是夜言及。美人撫掌曰：「夏蟲不可語冰，信哉！」言絕，即異寶滿室，珊瑚有高丈許者，明珠有如鵝卵者，五色寶石有如栲栳者，光艷爍目，不可正視。轉睫間又忽空室矣。……言絕，即金銀滿前，從地及棟，莫知其數，指謂程曰：「子欲是乎？」程歆艷之極，欲有所取。……

說明

　　雖然「遼陽海神」出現時的排場甚大，又對男主角「程宰」自薦自媒，更經常使用法術變出程宰心中想望的物品，以滿足他的好奇心理。但是，寶物出現後便瞬間消失，她並不讓程宰擁有那些寶物，因她認為：「非分之物，不足為福，適取禍耳。」並且進一步指點夫君經商之道，使程宰在囤積居奇中獲得了豐厚的利潤，還多次運用她預知未來的能力，或託夢預警、或顯靈湖上，替程宰消災解厄。作者發揮了高度的想像力，試圖打破仙、凡的界限，表現出愛情能衝破一切藩籬的浪漫愛情觀。

分組活動

　　浪漫之歌：到底怎樣才算是浪漫的愛情?請小組成員共同選出一首屬於浪漫的歌，以及能與此歌詞內容搭配的愛情故事。並推派一位代表上臺

演唱該首歌，唱畢，接著述說這一個浪漫的愛情故事。

寫作鍛鍊

1. 映襯格修辭鍛鍊：

　例：「從前我們依偎在寒風中，即使是一夜不眠，仍然是精神抖擻。現在我們在溫暖的棉被中，我的臂膀枕著她，我必須時時提防自己不小心睡著了。要不然第二天醒來保證當場一隻臂膀作廢。」

　請完成下列句子（可比較自己過去和現在個性、生活等等方面的不同）：

　「從前我＿＿＿＿＿＿＿＿＿＿＿＿＿＿＿＿＿＿＿＿＿＿；

　現在我＿＿＿＿＿＿＿＿＿＿＿＿＿＿＿＿＿＿＿＿＿＿。」

2. 請你假設自己是侯文詠的老婆，以「親愛的老公，我要對你說」為題，針對本課內容加以回饋，字數不限。

3. 作文：「我的愛情觀」，至少四段，文長500字。

請沿虛線剪下

【 分組討論單 】班級：＿＿＿＿＿　組別：＿＿＿＿＿　報告者：＿＿＿＿＿

組員簽名：＿＿＿＿＿＿＿＿＿＿＿＿＿＿＿＿＿

問：「**浪漫之歌**」：到底怎樣才算是浪漫的愛情？請小組成員共同選出一首屬於浪漫的歌，以及能與此歌詞內容搭配的愛情故事。並推派一位代表上臺演唱該首歌，唱畢，接著述說這一個浪漫的愛情故事。

答：

請沿虛線剪下

【寫作鍛鍊】

日期：＿＿＿＿＿＿

系級：＿＿＿＿＿＿　　學號：＿＿＿＿＿＿　　姓名：＿＿＿＿＿＿

請沿虛線剪下

〈岸〉

陳幸蕙

文本內容

心願

　　一副寬闊的肩膀，常是一處可以泊靠的岸。

　　溫暖的、美麗的、不歇息的岸。

　　永遠開啓的國度，無言等待的姿勢，隨時準備給予、溫慰或擁抱什麼的守候，一座眞正可以信賴、可以傾淚、可以放下虛矯的強者面具的安全島！

　　現實的風暴與海嘯，是只能退在遠處逞兇咆哮了；也許，仍偶有浪花水星濺及髮梢頰邊吧？但都已不再能威脅什麼、傷害什麼；柱折桅傾的一顆心，有此涯岸可以依附，便能修補或重綴開朗自信的帆，期待另一次圓滿的出航！

　　岸的意義，便是一種溫柔有效的絕緣──在憂傷痛苦、絕望沮喪，與你所愛的人之間。

　　於是，便由衷地喜歡岸了。

　　喜歡岸的靜默無言與包容。

　　喜歡岸的穩定、堅實與可親。

　　喜歡岸在一個流浪多年或迷航之人的眼裡，是心安、渴望歸附與充滿療癒感的存在。

　　岸，其實並不只是一片風景、一個普通的意象！

　　如果能夠，也許，今生所想成全的心願之一，便是成為一個如岸一樣的女子吧？

　　讓生命中的另一個人或另些個人，得以依靠，得以泊附，得以汲取安定自己的背景力量。

　　當他們需要我時，我恆靜立在他們需要的位置。

　　如岸。

懷沙

　　常常去看海，也看岸。

　　在沒有沙漠的島上，濱海的沙岸，就是我心裡袖珍的撒哈拉。

　　那其實也是一種海，乾燥的海，米黃或雪白色澤的海──面與線平鋪直敘出不費心機的幾何秩序，代表一種景觀的純度、視野所能享受到的乾淨的極限，可以讓人從目盲五色的疲倦中立即脫困。

　　於是便成了一個執象而求的懷沙之人。

　　然則，執象而求的懷沙之人，如我，行吟海濱，臨風望遠，凝視的焦點是什麼？思索的主題是什麼？追求的綠洲是什麼？也哀生民之多艱嗎？

　　由於人生並不是佈置得很整齊，許多事物的脆

弱性與荒謬性，常參差交織出一種擾攘浮動的人間表象，所以，華麗之後，繁複之後，各種嘈雜的癡人狂喧之後，格外傾向於簡單樸素的生活觀，渴望自那大穩定大自在的生命情境裡，結晶出真正的獨立從容；而簡單素淨的濱海沙岸—那整幅安恬的素繪大地，使人蘇息舒展、定靜生慧的道場，便對心底這些嚮往、理念與生活觀的形成，有直接提醒與暗示的作用。

　　一粒雜色砂子也沒有的濱海沙岸，那整疋攤平在天地之間，堅持極簡風格的乳黃、米白或雪灰胚布啊，總是直到邊緣脊線地帶，才肯讓淺紫的海埔姜、白珠串似的月桃，或匍匐在地的碧色草本，紛紛落彩。野生的銀合歡與林投，常是出沒此處鬍髮蓬鬆的浪人。稀稀朗朗的木麻黃與琉球松，則各自臨風眺海，並無積極成林結黨的打算，完全又是閒散淡泊的隱士風格—形成非常自在有趣、突顯個性、「彼無不當，而我無不怡也」的沙岸群落。

　　常常，在沙岸邊緣流連，與木麻黃和琉球松一起看海、看浪的掙扎時，常不自覺想起一些朋友，一些在自我詰難、推翻否定的辯證歷程中，逐漸成為懷疑論者的朋友。

　　據說，人自三十歲起，便開始進入生命信仰大翻修的階段了。不能確知這話適用性如何？也不知如此的過渡，在整個人生進程裡，究竟有著怎樣的

意義？而感覺上，一向溫和穩定的自己，似也漸漸有了自我離開的傾向──但往往卻又覺得，其實不是離開，而是另一種建立，另一種開始，是一點一點又回到自己更深的內部啊！然而就像長長的沙岸，多次跋涉，從來沒有一回走到盡頭一樣，這漫漫的叩問之路、思索之途，也尚未抵達終點。……

　　一粒雜色砂子也沒有的濱海沙岸，那吸引我一次又一次，凝視再凝視，懷想復懷想的小小撒哈拉，在看似單調平凡、實則純粹深邃的寧靜裡，其實蘊含著非常豐富的哲學與美學上的意義。做為一個執象而求的懷沙之人，我已把它完整地收攝來，藏納在心底。

　　在複雜擾攘且變動不居的世界裡，我相信有些事理，恆樸素如是，簡單如是，也穩定自在如是。把它簡淨遼闊的形象，藏納於心底，我是流連其上、尋覓生命綠洲的懷沙者。

岩雕

　　當暮春偶然來訪的太平洋暖高壓，以一種近乎魔幻寫實的方式，把海水與晴空逼成豔夏的鈷藍時，我沿著濱海公路穿過漁村，來到這以礁岩聞名的東北角海岸。

　　幾家兼售泳具與冰品冷飲的小店，由於季節

性蕭條，呈顯出一種荒蕪廢棄之感。遠處潔白的燈塔，在整屏深靛的軟琉璃背景上，則定位成玲瓏搶眼的一枚浮貼。

　　上午十點半，陽光神采奕奕，每一塊岩石都正與海水進行激辯。鋸齒狀的海岸線，是比戲劇還要曲折的一齣傳奇。懷著登山而非履平夷的心情，在灣岬相間的濱海岩岸行走，無論攀援而上或跳躍而下，軟墊的白色球鞋，都使人意識到自己的俐落輕快。

　　一波波歡愉的浪，自水平線那端爭相湧來致意；綠油油的海菜與石蓴，在腳下水波明淨的岩隙間，如髮茨或緞帶般款擺飄動。大蓬大蓬的海風，有時會攜來一把碎沫，灑在麗日之下你正仰起的臉上，留下星點般細細密密的清涼；幾個手持長竿進行磯釣的男子，則始終專注面向大海，凝定不動，久久，才偶有一座沉默如雕像的背影，轉動手中小紡車式捲軸，拉回魚餌察看，然後又再甩動長竿，把釣線朝空茫處用力拋擲出去……

　　如果，人生必須忘卻和遺棄的事物──我有些羨慕地想──也能如此面向大海擲棄，永遠不再收回，該有多好？

　　在一處寬敞的海蝕平臺上，隨便找塊鼓狀礁石坐下，所謂的「豆腐岩」便在低角度傾斜地層上，顯示它被海水切割出的整齊菱塊和方格。雪色浪花

不斷轟然湧至，直把整板有趣的豆腐造型，和四周
崢嶸挺拔如水底冒出之柱石的礁岩，淋洗得棕黑濕
亮。

　　那不可思議的動人線條、節理、紋路與姿態，
那磅礴凜然的氣勢，端詳久了，不免驚覺自己正置
身一座遼闊的石雕博物館中！各式作品如此安靜袒
陳，且陸續有半成品在琢磨打造中。每一蓬海風，
每一波碎浪，每一次潮汐漲落，都是羅丹的巨斧，
逐漸把整座岩岸鑿成、削成、錘成、鋸成、劈成、
摩挲成如今風貌！人間的米開蘭基羅只有一個，但
大自然的鬼斧神工卻無時不在、無處不在！

　　然後，我看見初露圓顱的蕈狀石，在另一座
海蝕平臺上，散落如諸神遺忘的黑色棋子。這些會
生長的石頭，據說兩千年後，才能發育成如野柳女
王石那樣的大香菇！而兩千年後，許多許多歲月之
後，又是一個怎樣不同的世代、不同的人間、不同
的女子，卻在此相同的濱海沿岸坐看相同的波瀾、
傾聽相同的海潮音呢？……

　　雪色浪花不斷轟然狂劈而來，這是第一次，
永恆，以它明晰具體的形象，在此濱海沿岸向我演
義！

　　怦然而動之後，我的心遂大且清空起來。

　　原來，在浪湧如銀、悠悠無涯的時間之海裡，
我們都只是岩隙或岸邊一粒纖弱短暫的貝瓣！

　　但永恆無垠的故事裡，這能夠思想、自主的小小貝瓣，豈不也有屬於他的位置？屬於他的尊嚴、自由與快樂？屬於他所能掌握的、一方完整堅實的小永恆？

　　那就是這纖弱短暫的貝瓣，在真正龐大無朋的永恆前，可以無憾且無懼的地方吧？

　　雪色浪花轟轟然不斷飆捲而至，彷如成千上萬光燦四射的鑽粒與水晶碎塊，擊打在磊磊岩石之上──光陰的校園裡，多次迷途後，原來，我人生哲學的教室在這裡！

　　拍拍長褲上砂粒站起，軟墊白色球鞋，又讓人在陽光下看見自己清楚生動的影子了。

神往

　　一向都只是去看海。

　　但在人間情愛的上坡路上跋涉，終體認出長久的堅持愛，是一種使人肌肉酸痛的姿勢後，我開始想到岸。

　　開始在倚靠某一座岸的時候，格外充滿感恩。

　　也開始想到，將自己的肩膀鍛鍊得足夠強壯，讓所愛之人可以穩妥倚靠的必要。

　　更開始在望海之際，把大部分的視線分給含蓄無言的岸。

　　非常喜歡自己是生長在一個島，而不是一塊封閉的內陸上。

　　因為島是四周環以岸的土地。

　　島的美麗，在於她四季接受海水的祝福，在於她有岸。

　　島因為有岸，終成為一座希望！

　　至於岸的含蓄與多義性，永遠可以供我們的想像做無盡的馳騁與發揮。

　　在我此刻此境的人生與思維裡，岸，尤其象徵一種抵達。

　　雖然，我尚未抵達我的岸──生活與創作上我所神往的美麗的岸。

　　但知道有岸可以前去，畢竟也是一種幸福。

　　是為記。

寫作背景

　　陳幸蕙（1953-），出生於臺灣省臺中縣清水鎮（今臺中市清水區），臺灣大學中國文學研究所碩士。曾任教於北一女中、臺北師專（現為國立臺北教育大學）、清華大學中語系，並擔任臺北商業技術學院駐校作家等，現專職寫作。她以清新流利的文字，感性與理性兼融的筆調，書寫出內心最真實的想法與感觸，能引起眾多讀者的熱烈回響。曾獲中山文藝創作獎（1983）、教育部文藝創作獎（1984、1985）、中國文藝協會中國文藝獎章（1986）、時報文學獎（1987年）、梁實秋文學獎（1988）、中央日報文學獎（1989）等，還當選十大傑出女青年（1989），多篇作品（如：〈生命中的碎珠〉、〈碧沈西瓜〉、〈結善緣〉、〈世界是一本大書〉、〈童年‧夏日‧棉花糖〉）被選入小、中、大學的國文課本。她著作等身，出版四十餘部作品，較重要的有：《群樹之歌》、《把

愛還諸天地》、《青少年的四個大夢》、《以一整座銀杏林相贈》、《閒情逸趣》、《採菊東籬下》、《悅讀余光中‧詩卷》、《悅讀余光中‧散文卷》、《悅讀余光中‧遊記文學卷》、《昨夜星辰》、《陳幸蕙極短篇》、《與玉山有約》、《玫瑰密碼》，並編撰《小詩森林》、《小詩星河》、《余光中幽默詩選》等詩集。

　　本文藉由沙岸、岩岸不同的海濱風貌書寫，傳達她純粹的、永恆的愛情觀；不僅能看到豐富而細膩的海岸風情展演，更能透過作者的哲學之眼，領略大自然所給予的關於愛情、甚至是整個生命的啓示。

閱讀鑑賞

　　戀愛中的男女，總想向對方求索更多的愛情；然而，只有極少數的人懂得反求諸己：我能夠給予對方多少關懷與倚靠？本課作者在人間情愛的上坡路長途跋涉後，終於體認出長久堅持求索的愛，是一種會使人肌肉酸痛的姿勢，遂藉由「岸」的意象，重新詮解愛的眞諦：是如「岸」般的給予、溫慰與守候。

　　全文分四個部分。第一部分「心願」，道出作者的愛情哲學，她在愛情的國度多方尋覓寬闊的肩膀後，驀然領悟，自己雖是女子，也可以成爲讓他人可以依靠、汲取安定力量的肩膀，如岸。懷著這樣的念頭觀岸，就有了不同於往昔的體會。於是，第二部分「懷沙」，遂能從濱海沙岸簡素純粹、深邃寧靜的形象中，領略出愛情世界裡樸素、簡單、平凡、穩定、自在的可貴。有別於第二部分的執「象」而求，第三部分「岩雕」乃自時間的向度驚異於大自然的鬼斧神工，竟無時不在：「每一蓬海風，每一波碎浪，每一次潮汐漲落，都是羅丹的巨斧，逐漸把整座岩岸鑿成、削成、錘成、鋸成、劈成、摩挲成如今風貌」。面對悠悠無涯的時間之海，作者並未感傷於人類生命的有限，反而覺得自己的心「大且清空」起來：我們的軀體雖似一粒纖弱短暫的貝瓣，但卻擁有足以自主的尊嚴、自由、快樂等精神永恆。這種無憾且無懼的精神力量，也適用於愛情。自此以後，作者看海之時，便把大部分的視線都分給了「岸」，因而第四部分她所「神

往」的對象，自然就非「岸」莫屬了。她期盼自己的肩膀能鍛鍊得足夠強壯，成爲一座可以讓愛人穩妥倚靠的「岸」。

隨堂推敲

1. 本文題目「岸」的象徵意義為何？請指出相關文句加以說明。
2. 請詳述本文結構上的特點？並指出作者如此安排的用意。
3. 本文作者的愛情哲學為何？你同意她的觀點嗎？請詳述理由。
4. 你的愛情哲學為何？（你認為愛的真諦是什麼？）

閱讀安可

徜徉在愛情的世界中，除了感性地去感受愛的喜悅甜蜜外，還需輔以理性的思索，方能達致平衡。下列作品，一爲感性地將愛視爲一種超越生死的信念；另一則能從辯證的觀點詮釋愛情，兼具感性與理性。

1. （金）元好問〈摸魚兒〉

　　問世間、情為何物？直教生死相許。天南地北雙飛客，老翅幾回寒暑。歡樂趣，離別苦，就中更有癡兒女。君應有語：渺萬里層雲，千山暮雪，隻影向誰去？　橫汾路，寂寞當年簫鼓，荒煙依舊平楚。招魂楚些何嗟及，山鬼暗啼風雨。天也妒，未信與，鶯兒燕子俱黃土。千秋萬古，為留待騷人，狂歌痛飲，來訪雁丘處。

說明

　　作者於詞前小序中明確地交代了寫作的緣起：「泰和五年乙丑歲，赴試幷州，道逢捕雁者，云：『今日獲一雁，殺之矣。其脫網者悲鳴不能去，竟自投於地而死』。予因買得之，葬之汾水之上，累石為識，號曰雁丘。時同行者多為賦詩，予亦有〈雁丘詞〉。舊所作無宮商，今改定

之。」這闋〈摸魚兒〉主要在謳歌愛情的偉大力量，竟能使人（或動物）超越生死，而無懼於死亡。但是，我們在因雁兒殉情而感動的同時，還可以深思的是，除了為對方殉情之外，是否還可以有其他更理性的作為來證明自己的愛？例如：完成對方未及完成的心願、幫對方照顧家人等等。

2. 洛夫〈愛的辯證〔一題二式〕〉

說明

　　作者從《莊子・盜跖》中尾生為女子抱樑柱而死的故事展開辯證：式一維持原典的結局，敘述的是尾生信守對女子的承諾，為愛而死；式二則推翻原來的結局，當大水洶湧而至時，男主角理性地選擇了登岸離去，並相信如若有緣，兩人會再相見。其實，無論是式一的為愛而死，或是式二的為愛而生，都是愛的表現。作者不拘泥於《莊子》原典的結局，而以正、反、合的辯證觀點，重新詮釋了愛的意義。

分組活動

　　海岸素描：請小組成員詳讀陳幸蕙〈岸〉一文後，選取文中所描述的某一海岸景象，共同完成一幅鉛筆素描。

寫作鍛鍊

1. 象徵格修辭鍛鍊：

　　請完成下表一

物	象徵
例：岸	依靠
例：玫瑰	愛情

2. 請將本課課文的內容改寫成一首現代詩，行數不限。

3. 作文：「論殉情」，至少四段，文長500字。（須包含下列內容：1.贊成或反對殉情，2.具體理由，3.舉言例或事例以證）

［分組討論單］班級：＿＿＿＿＿ 組別：＿＿＿＿＿ 報告者：＿＿＿＿＿

組員簽名：＿＿＿＿＿＿＿＿＿＿＿＿＿＿

問：**「海岸素描」**：請小組成員詳讀陳幸蕙〈岸〉一文後，選取文中所描述的某一海岸景象，共同完成一幅鉛筆素描。

答：

請沿虛線剪下

【寫作鍛鍊】　　　　　　　　　　日期：＿＿＿＿＿＿

系級：＿＿＿＿＿　　學號：＿＿＿＿＿　　姓名：＿＿＿＿＿

請沿虛線剪下

主題三　師生之情

導讀　經得起一生的回味

　　你知道嗎？人的一生中，哪個階段會將老師的話當做聖旨，幾乎每件事情都是「老師說、老師說」的？沒錯，就是小學，尤其是低年級階段。剛剛好，我們家兒子就是。

　　「爸比，我們老師說5月6日要校外教學，要問有沒有家長可以支援，你可以去嗎？」

　　「爸比，我們老師說草字的上面要分開，不可以連起來。」

　　「爸比，我們老師說明天的朝會要頒獎，不可以遲到。」

　　「爸比，我們老師說我昨天的聯絡簿沒有簽名。」

　　「爸比，我們老師說明天是最後一天交班費。」

　　「爸比，我們老師說……」

　　類似這樣的話，幾乎天天在我耳邊此起彼落，曾經幾度讓我覺得我這個老爸大概可以回收作廢了。不過，我依然可以了解，對一個小男孩來說，老師是榜樣，是標竿；老師的話是圭臬，是準則。沒有質疑，毋須商討，因為一切都是建立在純潔清明的心靈上；因為一切都是以愛為基礎；因為……他‧相‧信。

　　難怪古人會說天地君親師，將「師」列為五祀之一；又說一日為師，終身為父。這些先賢遺訓，除了肯定老師的崇高地位外，更強調老師在個人生命成長過程中所扮演的關鍵角色。正因為如此，所以我願意相信每位老師在教育的過程中，都一定「盡力過，挖空心思過」，無非是希望他們平常一再的苦口婆心、苦心孤詣，能夠在孩子「迷惘時發揮指引的效用」，「能夠在他們生命當中產生些什麼樣的影響」。

　　在這些用心之中，我也相信老師們絕對不會希望聽到「以前你們

的老師是怎麼教的」這句話。而我也更衷心地期盼，在兒子的人生歷程中，能夠很有福氣地遇到一位「影響他一生的老師」。這位老師在「面對蒙昧無知的孩子」時，講話不會隨便胡扯，能夠「用誠意和智慧去說話」，能夠說出一些「經得起他一生回味」的話，能夠識得出兒子的「魁壘拔出之材」，而讓兒子得到一種「知遇的喜悅」。他也會告訴兒子，「讀書會使人的心胸愈來愈開闊，可以上接古人，遠交海外」，而且要懂得知福惜福，「勿為閒煩惱耗融心血，專心學業，會使你化煩惱為菩提，菩提就是智慧」，讓兒子得以成為學養兼修、福慧俱全的人。

　　等到有一天，兒子長大了，懂得許多事了。或許當他身處「霜餘已失長淮闊，空聽潺潺清潁咽」的空靈時刻，也或許是在某個夜闌人靜之時，凝望著天邊的那一輪明月，而猛然地憶起老師當初的身影，想起當年教室的某個剎那、某個光景，重新回味起老師當初的金玉良言，相信這時他應該就能懂得，什麼叫做師恩浩蕩似海深了。

〈木蘭花令・次歐公西湖[1]韻〉

蘇軾

文本內容

　　霜餘已失長淮闊[2]，空聽潺潺清潁咽[3]。佳人猶唱醉翁[4]詞，四十三年如電抹[5]。草頭秋露流珠滑，三五盈盈還二八[6]。與余同是識翁人，惟有西湖波底月。

寫作背景

　　蘇軾（1037─1101），字子瞻，號東坡居士，四川眉山人。生於宋仁宗景祐三年，卒於宋徽宗建中靖國元年，年六十六。二十二歲受歐陽脩拔擢登進士第，神宗時上書反對新政，與王安石不合，自請外放，任杭州通判；而後改知密州等地；又因烏台詩案，貶為黃州團練副使。哲宗即位，奉召回京。後又因新黨得勢，屢遭貶謫，曾遠貶至惠州、儋州；徽宗時遇赦召還，病死於常州，諡號文忠。與父親蘇洵、弟蘇轍，世稱「三蘇」，有《東坡全集》傳世。

　　其文風汪洋恣肆，明白暢達，曾自謂：「如行雲流水，初無定質，但行於所當行，常止於所不可不止，雖嬉笑怒罵之辭，皆可書而誦之。」其詩則內容廣闊，風格以豪放為主，與黃庭堅並稱「蘇黃」。在詞的寫作上，掃除了晚唐五代

1　西湖：是潁州（安徽阜陽）西湖。歐陽脩在潁州作〈木蘭花令〉：「西湖南北煙波闊，風裡絲簧聲韻咽。舞餘裙帶綠雙垂，酒入香腮紅一抹。杯深不覺琉璃滑，貪看六么花十八。明朝車馬各西東，惆悵畫橋風與月。」
2　霜餘已失長淮闊：寫深秋以後，淮水已漸漸落了。
3　空聽潺潺清潁咽：潁水淺流，水聲潺潺如同嗚咽，引起作者懷念歐公之情。
4　醉翁：歐陽脩自號，在滁州時作〈醉翁亭記〉。
5　電抹：形容流光快得像電一樣，一抹而過。
6　三五盈盈還二八：指十五、十六兩天，月亮由盈滿而虧損。似從古詩「三五明月滿，四五蟾兔缺」變化出來。

以來的傳統詞風，擴大了詞的寫作範圍與意境，開創了豪放詞派，衝破了詩莊詞媚的界限，對詞的革新和發展做出了重大貢獻。此外，策論議辯亦皆擅長，尤其長於說理。

宋仁宗嘉祐二年，蘇軾得到歐陽脩的賞識，開啟了仕途，此後二人不僅在政治上立場相同，更在閒暇之餘以詩文酬唱。直至宋神宗熙寧五年（1072）歐陽脩逝世，蘇軾不僅撰寫〈祭歐陽文忠公〉文，也在不同的時候以詩、文、詞來表達他對歐陽脩的悼念。這闋詞選自《蘇軾詞集》，即是在元祐六年（1091）八月，蘇軾任龍圖閣學士，出知潁州軍州事，時歐公逝世已久，當地人還傳唱歐陽脩的〈木蘭花令〉，蘇軾遊湖，聽到了便和韻以作此詞，表達內心對歐陽脩逝去的哀痛之情。

閱讀鑑賞

上片寫自己泛舟於河上時觸景生情，「霜餘」一詞點明季節和水文狀況：深秋本是枯水季節，加之當年江淮久旱，河道自是縮減，失去了寬闊的氣勢。而第二句的「咽」字則是具體寫出了水淺聲低的情景。首二句以寫實手法，寫出枯水期的淮河景致，這本是自然景象，但蘇軾如今所在之處，昔日也曾是歐陽脩經常遊樂之地，一時間不免感慨萬分，而將河川人格化了。

「佳人猶唱醉翁詞，四十三年如電抹」，二句寫出縱使時間如電光一閃而過，但歐陽脩在潁州居民的心中依舊有著崇高的地位。正因為歐陽脩治理潁州時，為政「寬簡而不擾民」，為百姓興利除弊，故在距離歐陽脩知潁州已四十三年的時候，潁州當地依舊可聽見佳人傳唱醉翁詞。

下片則是抒發感慨和思念之情。「草頭秋露流珠滑」承「四十三年如電抹」而來，寫人生雖如草頭秋露般的明澈圓潤，但瞬間即逝。下句的「三五盈盈還二八」，更是寫出了時光流逝、人事變遷之感。最後兩句表達出懷人傷逝的情感，敘述當年認識歐陽脩的人，到如今也僅剩自己和西湖波底之月。以景結情，含蓄深沉。

隨堂推敲

1. 在這闋詞中，何處最能表現蘇軾內心對歐陽脩逝去的悲傷？
2. 本闋詞何處用到擬人的手法？目的為何？
3. 蘇軾因為眼前所見的景色，觸發內心的情感而寫下這闋詞。請問你有無觸景生情的經驗？是什麼樣的經驗呢？
4. 在求學的過程中，你最懷念的是哪個階段的哪位老師？為什麼？

閱讀安可

下列作品一是學生寫出對老師的懷念，另一則是寫老師對學生的回憶。

1. 琦君〈似海師恩〉

　　民國二十五年，我卒業高中時，遵嚴父之命放棄了進入北平燕京大學外文系的美夢，進了杭州之江大學中文系。為的是得以追隨浙東大詞人夏承燾先生，讀書學詞。

　　第一天上課時，夏老師在黑板上寫了「瞿禪」二字，對我們說：「這是我的號。因為我清瘦，雙目瞿瞿、又多鬚。鬚與禪音相近，故號瞿禪。但禪並非一定指佛法，禪也在聖賢書中，詩詞文章中，更在日常生活中，都要細心體味。」

　　老師的話初聽似乎很玄，但後來聽他講解名篇，或追隨他遊山玩水時，他常將禪理寓於平易又富情趣的比喻中，使我們自自然然地心領神會而不覺其玄了。我們最喜歡他以濃重鄉音朗吟詩詞，凡經他吟唱過的，便能入耳不忘。也就學著他抑揚頓挫的調子吟唱起來，一面回味老師慢條斯理的啟迪。他說讀書會使人的心胸愈來愈開闊，可以上接古人、遠交海外。讀到入神時，覺得作者會從書中伸手與你相握，那一份莫逆於心的歡慰是無言可喻的。

　　他對弟子的期望是溫而厲。曉諭我們：讀中外名著，都應勤作筆記，從其中體認的不僅是文字上的技巧，更重要的是如何砥礪志節，也正是陸放翁所說的「書外有工夫」。

　　恩師名言，時時在心。回憶抗戰初期，四所基督教聯合大學在上海公共租界慈淑大樓復校，得以弦歌再續。瞿禪師依然是飄飄然一襲青衫，授課時總予人以「長風不斷任吹衣」的灑脫而穩定的感覺。（「長風不斷」是他自況的得意之句）那時我因遠離故鄉常抑鬱不能自遣，習作〈惜紅衣〉詞中有「愁到眉山，絲絲都凝碧」之句，有一位同學因思親賦〈金縷曲〉云：「只道慈親眉不展，到今朝我亦眉雙聚。」恩師看了卻笑嘻嘻地說：「你們年紀輕輕的怎麼要強作愁地皺眉頭，凡人哪裡能事事如意，但越當藉此磨練心志。你們能在戰亂中安定地讀書就是幸福。千萬惜福，勿為閒煩惱耗融心血，專心學業，會使你化煩惱為菩提，菩提就是智慧。」

　　上恩師的課，從不感到沈悶。因他常喜歡穿插點自嘲的笑話。有一次，他唸了首十七字詩：「老師有三寶：太太、鋼筆、錶。莫再想兒子，老了。」引得全堂大笑。他也常化繁為簡地用三個字指點我們：寫文章的要訣是傳「真」、傳「神」與傳「情」。才能引人共鳴。讀書時思維要「精」，務求深入了解；理念要「新」，不受前人思想侷限；心情要「輕」，見賢思齊固然難得，但求好之心不必太切，以免心理負擔，要樂讀而不是苦讀。我最喜歡的是他作筆記的「三字訣」。他說本子要「小」，以便隨身攜帶，記的字數要「少」，記其精義是訓練文字技巧之一法。更有一個「了」字，就是對所讀之書深切的領悟。

　　「三字心傳」，使我們永誌不忘。

　　恩師不僅以詩詞文章教，亦以日常生活教。有一次我們一同

擠電車，因受司機惡言諷刺而生氣，他卻笑嘻嘻地說：「想想他整天開車多辛苦？哪像我們幾分鐘就下車一路談笑的輕鬆。若能設身處地一想，就不會生氣反而同情他了。」他充滿人情味的教誨，使學生們一生受用不盡。

最有趣的是他幽默地說自己很笨，才不得不用功讀書。他解釋「笨」字是「本」上加竹，「竹」是書冊，表示讀書是做人的基本。我真但願能做一個飽讀詩書的笨學生，到今朝也不至碌碌無成，有負恩師厚望了。

在畢業時，他預贈我們每人同樣的一副對聯：「欲修到神仙眷屬，須做得柴米夫妻。」誨諭我們將來成家以後，要能體認夫妻同甘共苦的滋味，才是真正的神仙眷屬。

畢業後我回到故鄉永嘉，恩師不久即轉任浙大教授而去了雲和。師生睽違中，他仍常賜書勉我讀書習字不可一日間斷。四子書仍當多多溫習。他自覺平生過目萬卷，總以為論孟為最味長。他讀了西洋名著小說，就勉我：「以汝之性情身世，亦當勉為此業，期以十年，必能有成。」可是多少個十年飛逝了，我卻未能寫出一部長篇小說來，為今已兩鬢飛霜，真不知拿什麼告慰恩師在天之靈。

恩師的《天風閣學詞日記》，七十年中雖歷經兵亂而無一日間斷，在北平先後由繼室吳聞師母整理出十年的日記，印行傳世。此不朽之作，不僅是詞學上的極大貢獻，尤可以從其中體認一代詞宗一生為人論學的嚴謹態度。

吳聞師母遵遺命將恩師骨灰分一半安葬在浙江淳安縣的千島湖風景最美之處，另一半則移回樂清，與元配師母葬於雁蕩山麓。我不免追憶恩師一首〈鷓鴣天〉詞中句：「拋卻西湖有雁山，扶家況復住靈岩。」靈岩即雁蕩山，他也曾一再地說「不遊

雁蕩是虛生。」可見他對千島湖與雁蕩山都是一樣的心愛。名湖名山都有幸，恩師在天之靈亦當無憾了。

令人傷痛的是吳聞師母不及完成整理遺著工作，在一年後因心臟病突發而逝世了。

前年我回大陸，專程到杭州驅車至千島湖祭拜恩師之墓。看墓碑上刻有恩師簡歷，由吳聞師母與另一位王蘧常老師具名。用隸書寫的一副對聯：「雁蕩天風，宇宙神遊詞筆見。滄茫煙水，湖山睡穩果花香。」可以想見恩師對雁蕩名山的神往。

那一天氣候陰寒，我在墓地俯仰低徊。想到師母與王老師都已先後作古，慨嘆「青山本是傷心地，白骨曾為上塚人。」緬懷往事，翹首雲天，焉得不淚下沾襟呢？

說明

　　本文為琦君懷念其師夏承燾之作，敘述老師上課時的言行舉止、對學生的關懷。作者筆下的夏承燾，在「清瘦、雙目瞿瞿、多鬚」的外表下，在滿腹經綸之外，也有著「灑脫而穩定的感覺」，溫柔而敦厚的心腸，作者巧妙地以具體事例交織出恩師同時兼具經師與人師的形象。例如在戰火漫天的時代，撫平莘莘學子們因思鄉思親而深鎖的雙眉；更以體貼他人的心，提醒學生為鎮日辛苦的公車駕駛設想；針對學生個人特質，給與適當的鼓勵與指點。而令人動容的是，這份師生之情並未隨著學生的畢業而消失，在書信往來中，處處可見老師對她的期許。文章最後則記恩師在詞學方面的貢獻，由著作見其治學、論學的嚴謹態度。琦君以樸實無華的筆觸，道盡自己對老師永恆的懷念。

2. 徐國能〈沒人借我彩色筆〉

說明

　　每年固定寄來的一封信、一張圖，喚起老師的回憶。作者以小說筆法，寫下一位國小美術老師與學生的故事。新任的美術老師發現在眾多色彩斑斕的作品中，只有一個人的作品從來不上色，經由導師的說明，才明白這學生從不將作品上色的理由。爾後在美術老師的觀察與引導之下，該名學生的才能逐漸展現於外，長大後在畫壇擁有一席之地。特別的是這個故事並非單純地寫師生之情，全文的情感鋪陳極淡，反是以老師的角度寫下對學生的觀察、對教育現場的省思、對美術教育的理念，字字句句可見一位老師對教育的熱忱。正因為他的熱忱，改變了一個學生可能的命運，同時也透過這個學生，讓老師繼續保有對教育的熱愛。文末作者將老師比喻為風，學生就是羽翼，期許每位老師都能成為學生背後那雙有力的推手，引導學生飛向更遼闊的天空。這不也是另一種師生之情的表現嗎？

分組活動

　　師生情緣：海倫‧亞當斯‧凱勒是舉世聞名的美國作家與教育家，幼年時期因為急性腦炎導致失明與失聰。當所有人都對她的教育束手無策時，幸好有安妮‧蘇利文耐心的教導她，開啟她與世界溝通的大門。請在看完「奇蹟締造者」影片後，寫下自己的心得，再與組員們相互觀摩，推出一位組員的作品上臺分享。

寫作鍛鍊

1. **譬喻格修辭鍛鍊**：徐國能在〈沒人借我彩色筆〉中，認為老師就像是一陣大風，學生就像羽翼，二者相互信任，便能使學生有著寬廣的未來。那麼你認為老師與學生還可以像什麼，也可相互信任，讓學生走上康莊大道呢？

　　例：我想所有的老師都是積厚的大風，背負著純潔有力的羽翼，讓

他們浮出地心引力的限制，最後終能飛向極遠處，那淡成透明的無限晴空。

→我想所有的老師都是＿＿＿＿＿＿＿，背負著＿＿＿＿＿＿＿，
讓他們＿＿＿＿＿＿＿＿＿，最後終能＿＿＿＿＿，那＿＿＿＿
＿＿＿＿＿。

2. 寫作：請以「老師的畫像」為題，撰寫文章一篇，文長約500字。

【分組討論單】班級：＿＿＿＿＿　組別：＿＿＿＿＿　報告者：＿＿＿＿＿＿

組員簽名：＿＿＿＿＿＿＿＿＿＿＿＿＿＿＿＿＿＿＿＿

問：「**師生情緣**」：海倫‧亞當斯‧凱勒是舉世聞名的美國作家與教育家，幼年時期因為急性腦炎導致失明與失聰。當所有人都對她的教育束手無策時，幸好有安妮‧蘇利文耐心的教導她，開啓她與世界溝通的大門。請在看完「奇蹟締造者」影片後，寫下自己的心得，再與組員們相互觀摩，推出一位組員的作品上臺分享。

答：

請沿虛線剪下

【寫作鍛鍊】　　　　　　　　　　日期：＿＿＿＿＿＿＿

系級：＿＿＿＿＿＿　學號：＿＿＿＿＿＿　姓名：＿＿＿＿＿＿

〈送曾鞏秀才序〉

欧陽脩

文本内容

　　廣文[1]曾生，來自南豐，入太學，與其諸生群進於有司[2]。有司斂群材[3]，操尺度[4]，概[5]以一法，考其不中[6]者而棄之。雖有魁壘拔出之材[7]，其一累黍[8]不中尺度，則棄不敢取。幸而得良有司，不過反同眾人嘆嗟愛惜，若取捨非己事者。諉[9]曰：「有司有法，奈不中何！」有司固不自任其責，而天下之人亦不以責有司，皆曰：「其不中，法也。」不幸有司尺度一失手，則往往失多而得少。鳴呼，有司所操果良法邪？何其久而不思革也？

　　況若曾生之業，其大者[10]固已魁壘，其於小者[11]亦可以中尺度，而有司棄之，可怪也。然曾生不非同進，不罪有司，告予以歸，思廣其學而堅其守。

1　廣文：廣文館的簡稱，唐代國子監下七學之一。這裡是指宋代應試士子講習之所，義同太學。

2　有司：指主管考試的禮部及其試官。

3　斂群才：收聚眾多的人才。斂，蒐集。

4　操尺度：掌握標準。尺度，此指衡量文章的標準。

5　概：古代量穀物時，刮平斗斛的器具。後引申為刮平或削平之意

6　不中：不合標準。

7　魁壘拔出之材：正直磊落，技能出眾的人才。

8　累黍：輕微的重量或體積。

9　諉：推卸、推託。

10　大者：指品德修養。

11　小者：指文章技巧。

予初駭其文，又壯其志。夫農不咎歲而菑播[12]是勤，其水旱則已，使一有獲，則豈不多邪？

　　曾生橐[13]其文數十萬言來京師，京師之人無求曾生者，然曾生亦不以干[14]也，予豈敢求生，而生辱[15]以顧予。是京師之人既不求之，而有司又失之，而獨余得也。於其行也，遂見於文，使知生者可以弔[16]有司之失，而賀余之獨得也。

寫作背景

　　歐陽脩（1007－1072），字永叔，號醉翁，晚號六一居士，吉州廬陵人（今江西省永豐縣）。自幼聰敏過人，刻苦力學，二十四歲時中進士，經歷仁宗、英宗、神宗三朝，官至翰林學士、參知政事。熙寧四年以太子少師致仕，歸隱於潁州，次年卒，諡號文忠。

　　為人剛正無私，且喜提攜後進，曾鞏、王安石、三蘇皆出其門下。文學方面，詩、詞、文皆有所長。其詩風格平易，以文為詩，題材廣泛，奠定宋詩基礎；其詞清妍婉約，不脫花間派風格。散文方面受韓愈影響甚深，為韓愈、柳宗元所提倡之古文運動的繼承者，對古文的發展有重大貢獻。為文力求嚴謹，但不模仿韓愈尚奇好異的風格，提倡古雅簡淡之古文，行文流暢自然，一掃宋初文壇纖麗、險僻的西崑、太學之風，實為一代文宗。

　　本文選自《歐陽文忠公集》。曾鞏，字子固，深得歐陽脩賞識，於慶曆元年參加進士考試。但由於當時錄取的標準是以四六駢體文為主，曾鞏因而名落孫山。歐陽脩對此深感不平，於是在曾鞏回鄉之前，寫了這篇贈序，序中批評了當

12　菑播：耕地播種。菑，鋤草，音ㄗ。
13　橐：音ㄊㄨㄛˊ，用袋子裝藏。
14　不以干：不用這些文稿來干謁權貴。干，求取、營求。
15　辱：謙詞，猶言承蒙。
16　弔：哀傷、憐憫。

時科舉考試的選文標準，表達出對後輩的提攜關愛之情。

閱讀鑑賞

　　全文分成三部分。首先，歐陽脩交代了曾鞏的籍貫與身分後便直接切入核心所在——科舉之弊在於選文標準的只重形式而不重內容。換言之，即便考生具有高度才學，若形式不合乎要求，最終仍舊是名落孫山。作者在此拋出疑問：「有司所操果良法邪？何其久而不思革也？」質疑當時選文的標準與法度是否真能為國舉才。

　　第二部分先談曾鞏的學問與才智已然完備，而有司卻黜落之，這點令人疑惑，也點出有司囿於法度的僵化思維。接著論及曾鞏的品德，強調對落榜之事，曾鞏不埋怨有司、不非議一同參加考試的考生，只想回鄉再充實學問。歐陽脩於此以農夫耕田做為比喻，隱含著對有司的責備，對曾鞏的賞識。

　　第三部分著重強調自己和曾鞏的關係。說明曾鞏之才無人可識，也不攀附權貴、博取名聲，只有自己能發掘出曾鞏的才華，是以寫下這篇贈序相送。並於文末指出寫作動機在於讓世人明白有司囿於法度的缺失，讀者卻也能讀到隱藏在文字背後對曾鞏的愛才、惜才之情。

隨堂推敲

1. 如果你是曾鞏，要如何面對考試落榜的情況？
2. 除了像歐陽脩提出考試制度的弊端外，還可以用什麼樣的角度安慰曾鞏落榜的心情？
3. 對於現行的考試制度，你是否也與歐陽脩有相同的想法：「有司所操果良法邪？何其久而不思革也？」你認為要如何改革？
4. 請找出文中使用「對偶」的句子，並說明其用意為何。

閱讀安可

下列作品皆是學生描述老師的形象。

1. 魯迅〈藤野先生〉

　　東京也無非是這樣。上野的櫻花爛漫的時節，望去確也像緋紅的輕雲，但花下也缺不了成群結隊的「清國留學生」的速成班，頭頂上盤著大辮子，頂得學生制帽的頂上高高聳起，形成一座富士山。也有解散辮子，盤得平的，除下帽來，油光可鑑，宛如小姑娘的髮髻一般，還要將脖子扭幾扭。實在標致極了。

　　中國留學生會館的門房裡有幾本書賣，有時還值得去一轉。倘在上午，裡面的幾間洋房裡倒也還可以坐坐的。但到傍晚，有一間的地板便常不免要咚咚地響得震天，兼以滿房煙塵斗亂，問問精通時事的人，答道：「那是在學跳舞。」

　　到別的地方去看看，如何呢？

　　我就往仙臺的醫學專門學校去。從東京出發，不久便到一處驛站，寫道：日暮里。不知怎地，我到現在還記得這名目。其次卻只記得水戶了，這是明的遺民朱舜水先生客死的地方。仙臺是一個市鎮，並不大；冬天冷得利害；還沒有中國的學生。

　　大概是物以稀為貴罷。北京的白菜運往浙江，便用紅頭繩繫住菜根，倒掛在水果店頭，尊為「膠菜」。福建野生著的蘆薈，一到北京就請進溫室，且美其名曰「龍舌蘭」。我到仙臺也頗受了這樣的優待，不但學校不收學費，幾個職員還為我的食宿操心。我先是住在監獄旁邊一個客店裡的，初冬已經頗冷，蚊子卻還多，後來用被蓋了全身，用衣服包了頭臉，只留兩個鼻孔出氣。在這呼吸不息的地方，蚊子竟無從插嘴，居然睡安穩了。飯食也不壞。但一位先生卻以為這客店也包辦囚人的飯食，我住在

那裡不相宜，幾次三番，幾次三番地說。我雖然覺得客店兼辦囚人的飯食和我不相干，然而好意難卻，也只得別尋相宜的住處了。於是搬到別一家，離監獄也很遠，可惜每天總要喝難以下咽的芋梗湯。

從此就看見許多陌生的先生，聽到許多新鮮的講義。解剖學是兩個教授分任的。最初是骨學。其時進來的是一個黑瘦的先生，八字鬚，戴著眼鏡，挾著一疊大大小小的書。一將書放在講臺上，便用了緩慢而很有頓挫的聲調，向學生介紹自己道：

「我就是叫作藤野嚴九郎的……。」

後面有幾個人笑起來了。他接著便講述解剖學在日本發達的歷史，那些大大小小的書，便是從最初到現今關於這一門學問的著作。起初有幾本是線裝的，還有翻刻中國譯本的，他們的翻譯和研究新的醫學，並不比中國早。

那坐在後面發笑的是上學年不及格的留級學生，在校已經一年，掌故頗為熟悉的了。他們便給新生講演每個教授的歷史。這藤野先生，據說是穿衣服太模糊了，有時竟會忘記帶領結；冬天是一件舊外套，寒顫顫的，有一回上火車去，致使管車的疑心他是扒手，叫車裡的客人大家小心些。

他們的話大概是真的，我就親見他有一次上講堂沒有帶領結。

過了一星期，大約是星期六，他使助手來叫我了。到得研究室，見他坐在人骨和許多單獨的頭骨中間——他其時正在研究著頭骨，後來有一篇論文在本校的雜誌上發表出來。

「我的講義，你能抄下來麼？」他問。

「可以抄一點。」

「拿來我看！」

　　我交出所抄的講義去，他收下了，第二三天便還我，並且
說，此後每一星期要送給他看一回。我拿下來打開看時，很吃了
一驚，同時也感到一種不安和感激。原來我的講義已經從頭到
末，都用紅筆添改過了，不但增加了許多脫漏的地方，連文法的
錯誤，也都一一訂正。這樣一直繼續到教完了他所擔任的功課：
骨學、血管學、神經學。

　　可惜我那時太不用功，有時也很任性。還記得有一回藤野先
生將我叫到他的研究室裡去，翻出我那講義上的一個圖來，是下
臂的血管，指著，向我和藹的說道：

　　「你看，你將這條血管移了一點位置了——自然，這樣一
移，的確比較好看些，然而解剖圖不是美術，實物是那麼樣的，
我們沒法改換牠。現在我給你改好了，以後你要全照著黑板上那
樣的畫。」

　　但是我還不服氣，口頭答應著，心裡卻想道：

　　「圖還是我畫的不錯；至於實在的情形，我心裡自然記得
的。」

　　學年試驗完畢之後，我便到東京玩了一夏天，秋初再回學
校，成績早已發表了，同學一百餘人之中，我在中間，不過是沒
有落第。這回藤野先生所擔任的功課，是解剖實習和局部解剖
學。

　　解剖實習了大概一星期，他又叫我去了，很高興地，仍用了
極有抑揚的聲調對我說道：

　　「我因為聽說中國人是很敬重鬼的，所以很擔心，怕你不肯
解剖屍體。現在總算放心了，沒有這回事。」

　　但他也偶有使我很為難的時候。他聽說中國的女人是裹腳
的，但不知道詳細，所以要問我怎麼裹法，足骨變成怎樣的畸

形，還歎息道：「總要看一看才知道。究竟是怎麼一回事呢？」

有一天，本級的學生會幹事到我寓裡來了，要借我的講義看。我撿出來交給他們，卻只翻檢了一通，並沒有帶走。但他們一走，郵差就送到一封很厚的信，拆開看時，第一句是：

「你改悔罷！」

這是《新約》上的句子罷，但經托爾斯泰新近引用過的。其時正值日俄戰爭，托老先生便寫了一封給俄國和日本的皇帝的信，開首便是這一句。日本報紙上很斥責他的不遜，愛國青年也憤然，然而暗地裡卻早受了他的影響了。其次的話，大略是說上年解剖學試驗的題目，是藤野先生講義上做了記號，我預先知道的，所以能有這樣的成績。末尾是匿名。

我這才回憶到前幾天的一件事。因為要開同級會，幹事便在黑板上寫廣告，末一句是「請全數到會勿漏為要」，而且在「漏」字旁邊加了一個圈。我當時雖然覺到圈得可笑，但是毫不介意，這回才悟出那字也在譏刺我了，猶言我得了教員漏洩出來的題目。

我便將這事告知了藤野先生，有幾個和我熟識的同學也很不平，一同去詰責幹事托辭檢查的無禮，並且要求他們將檢查的結果，發表出來。終於這流言消滅了，幹事卻又竭力運動，要收回那一封匿名信去。結末是我便將這托爾斯泰式的信退還了他們。

中國是弱國，所以中國人當然是低能兒，分數在六十分以上，便不是自己的能力了，也無怪他們疑惑。但我接著便有參觀槍斃中國人的命運了。第二年添教黴菌學，細菌的形狀是全用電影來顯示的，一段落已完而還沒有到下課的時候，便影幾片時事的片子，自然都是日本戰勝俄國的情形。但偏有中國人夾在裡邊：給俄國人做偵探，被日本軍捕獲，要槍斃了，圍著看的也是

一群中國人；在講堂裡的還有一個我。

「萬歲！」他們都拍掌歡呼起來。

這種歡呼，是每看一片都有的，但在我，這一聲卻特別聽得刺耳。此後回到中國來，我看見那些閒看槍斃犯人的人們，他們也何嘗不酒醉似的喝采──嗚呼，無法可想！但在那時那地，我的意見卻變化了。

到第二學年的終結，我便去尋藤野先生，告訴他我將不學醫學，並且離開這仙臺。他的臉色仿佛有些悲哀，似乎想說話，但竟沒有說。

「我想去學生物學，先生教給我的學問，也還有用的。」其實我並沒有決意要學生物學，因為看得他有些淒然，便說了一個慰安他的謊話。

「為醫學而教的解剖學之類，怕於生物學也沒有什麼大幫助。」他歎息說。

將走的前幾天，他叫我到他家裡去，交給我一張照相，後面寫著兩個字道：「惜別」，還說希望將我的也送他。但我這時適值沒有照相了；他便叮囑我將來照了寄給他，並且時時通信告訴他此後的狀況。

我離開仙臺之后，就多年沒有照過相，又因為狀況也無聊，說起來無非使他失望，便連信也怕敢寫了。經過的年月一多，話更無從說起，所以雖然有時想寫信，卻又難以下筆，這樣的一直到現在，竟沒有寄過一封信和一張照片。從他那一面看起來，是一去之後，杳無消息了。

但不知怎地，我總還時時記起他，在我所認為我師的之中，他是最使我感激，給我鼓勵的一個。有時我常常想：他的對於我的熱心的希望，不倦的教誨，小而言之，是為中國，就是希望中

國有新的醫學；大而言之，是為學術，就是希望新的醫學傳到中
國去。他的性格，在我的眼裡和心裡是偉大的，雖然他的姓名並
不為許多人所知道。

　　他所改正的講義，我曾經訂成三厚本，收藏著的，將作為永
久的紀念。不幸七年前遷居的時候，中途毀壞了一口書箱，失去
半箱書，恰巧這講義也遺失在內了。責成運送局去找尋，寂無回
信。只有他的照相至今還掛在我北京寓居的東牆上，書桌對面。
每當夜間疲倦，正想偷懶時，仰面在燈光中瞥見他黑瘦的面貌，
似乎正要說出抑揚頓挫的話來，便使我忽又良心發現，而且增加
勇氣了，於是點上一枝煙，再繼續寫些為「正人君子」之流所深
惡痛疾的文字。

說明

　　本文選自《朝花夕拾》，為魯迅懷念日籍教師藤野嚴九郎所作。文中
首先交代捨棄東京而前往仙臺求學的理由——中國留學生太多，一派多保
有舊時代的觀念，另一派則耽溺於玩樂。此處魯迅不改其犀利筆鋒，間接
地批評了這兩類留學海外的中國學生。而本文主角藤野先生在魯迅眼裡又
是什麼樣的形象呢？作者先寫其外在樣貌——黑瘦、八字鬍、戴眼鏡。再
由他人傳聞與自己親眼所見，帶出藤野先生對生活瑣事不甚用心的形象。
雖然藤野先生對日常生活事物不甚細心，但對於中國留學生魯迅，則展露
其細心、用心的一面。關於這部分可從下列三個方面可看出：修改講義、
指正繪圖、擔憂實習。在這些敘述裡，讀者所看見的藤野先生，是一位十
分稱職的老師，且具備高尚的品德。最終，魯迅決定離開仙臺，藤野先生
知道後，流露出不捨的神情，並叮囑魯迅日後要向他報告近況。至此，讀
者眼中的藤野先生，誠如魯迅所言：「他是最使我感激，給我鼓勵的一
個……他的性格，在我的眼裡和心裡是偉大的。」文章中每每在客觀事件
的敘述後，皆可見到作者自己的直接感受穿插其中，使得主人翁的形象倍

加鮮明深刻，是本文最大的特色。全文以樸實的文字記事寫人，但平凡與高貴、寬闊與狹隘、崇高與鄙吝、溫暖與欺壓、強國與弱國的對比寫法，使文章張力十足，令人動容感奮。本文寫於他們師生分別後二十年，他們失去聯絡甚久，魯迅在書中放置藤野先生的照片，期盼老師有所回應，甚至在魯迅病危時，仍不忘打聽老師的消息；而後魯迅逝世了，藤野先生寫了〈謹憶周樹人君〉一文哀悼他，以有魯迅這樣的學生而自豪。

2. 楊照〈如何對自己誠實〉

說明

全文以作者童年時期學音樂的往事為敘事主軸，由作者的敘述可以看出對於每週學琴這件事是頗有微詞的，但往往因畏懼老師的威嚴與生氣時的憂傷眼神而不敢開口放棄。後來因為一次言語上的頂撞，使得老師逼作者休息一週後再做選擇：是要拿起琴弓繼續學琴，還是就此放棄。老師提醒作者要「對自己誠實」。最終作者選擇了繼續學琴，顯然並沒有對自己誠實。往後學琴的日子，雖然因為老師出國而畫下句點，卻也因為當年嚴格的教導，使作者在多年以後才明白唯有深厚的音樂訓練做為基礎，才能真正領略音樂之美。而當年老師要他「對自己誠實」，無形之中也教導著作者，引導他逐漸去發現在人生的道路上，有許多高牆等著自己去攀爬，而這樣的人生滋味，得靠自己慢慢體會。

分組活動

面對挫折：面對因為挫折而內心失落的學生，老師應該要如何安慰學生，讓學生有被鼓勵的感覺呢？請以小組為單位，分別於愛情、學業、人際關係、親情等四個主題中任選一項，設計情境且進行討論。討論結束後，請每組選派一位同學上臺報告。

寫作鍛鍊

　　寫作：假設你是曾鞏，面對歐陽脩這篇贈序，在「不非同進，不罪有司」的原則下，你會如何回應呢？請撰寫一篇約300字的短文。

【分組討論單】班級：＿＿＿＿　組別：＿＿＿＿　報告者：＿＿＿＿＿

組員簽名：＿＿＿＿＿＿＿＿＿＿＿

問：**「面對挫折」**：面對因為挫折而內心失落的學生，老師應該要如何安慰學生，讓學生有被鼓勵的感覺呢？請以小組為單位，分別於愛情、學業、人際關係、親情等四個主題中任選一項，設計情境且進行討論。討論結束後，請每組選派一位同學上臺報告。

答：

挫折情境敘述

解決之道

✂ 請沿虛線剪下

【寫作鍛鍊】　　　　　　　　　日期：＿＿＿＿＿＿＿

系級：＿＿＿＿＿＿　學號：＿＿＿＿＿＿　姓名：＿＿＿＿＿＿

〈他影響了我一生〉

顏崑陽

文本內容

　　假如，有個人說了幾句話，卻影響了您一生，不管他是什麼樣的人，您大概都不會忘記他吧！

　　在一般學生的心目中，或許他並非很了不起的老師；然而，他的一席話，卻真的影響了我一生。

　　不見他，已經二十多年了；但是，他的影像在我心中卻越來越清明，尤其完成文學博士學業的近些年來，總是時常會想起他。好幾次，我打算到師大附中去詢問他的去處，找他，並且告訴他：「二十年前，您對我說的幾句話，我終於完全做到了。」然而我卻一直躊躇著，只因為害怕最後獲得的消息，是人世滄桑的哀惋。倘若，他還健在，大概已有八十歲了吧！

　　他，賀聖誠，同學們背地裡叫他「老蓋」。學法律，當執業律師；教英文，卻能寫中國古典詩；抽雪茄，卻喝烏龍茶。厚厚的鏡片後面，是一雙因近視而微凸的眼球。兩頰瘦削，笑起來便摺出幾條深刻的皺紋。整齊但不細密的牙齒，牙縫薰染了深褐色的菸垢。五、六月的天氣，卻仍然西裝齊整，但褲腳特別長，以致後跟幾乎拖地了。

　　高二那一年，他陌生地踏進了我們的教室。

「沒見過呀！新來的吧！」他看起來蒼老、瘦弱，站在講台上等著班長喊「敬禮」，微凸的眼睛定定地望著天花板，臉上的表情有些淡漠。雖然，那時候我們是讓全校老師「頭痛」的班級；但是，在沒有弄清他的來路之前，「牛鬼蛇神」[1]們都還不敢蠢動，只是靜靜地察言觀色。

　　他把「賀聖誠」三個字寫在黑板上，然後轉頭哇啦哇啦地說了一大堆英文。我們面面相覷[2]，沒有人弄清楚他說了些什麼。想來，不是他高估了我們，就是我們的英文程度實在太壞了。不過，我們似乎已被他「莫測高深」的英文唬住了。

　　此後，我們發現他還有另一樣本事：懂得許多夾七雜八的軼聞[3]；就連世界上第一雙玻璃絲襪，那一年出廠？賣了多少錢？他都記得清清楚楚。上英文課時，他總會穿插些我們從沒聽過的趣事；因此，我們就背地裡叫他「老蓋」。

　　很反常的是，那一年的英文課，我們並不太吵鬧。聽得懂課的就聽；聽不懂的也瞪著眼睛，靜靜地等待他再說個什麼奇聞怪事。偶爾，有一兩個同學打瞌睡，他並不臉紅脖子粗地大罵，只是溫和地叫他們出去用冷水沖個臉。他自己反倒有些不好意

1　牛鬼蛇神：比喻形形色色的壞人。
2　面面相覷：互相對視而不知所措，形容驚懼或詫異的樣子。覷，音ㄑㄩˋ。
3　軼聞：不見於正式記載的雜談瑣聞。

思的樣子。或許，就因爲如此，我們也不忍心取鬧了。

　　那時，我剃著三分平頭，穿黃卡其制服、黑球鞋，卻沈迷於中國古典詩，不但拼命地讀，更拼命地寫，只是寫了那麼多詩卻沒有人看。同學們流行的是唱英文歌曲，讀愛情小說。在他們群中，那種感覺眞的很寂寞。

　　中學生的週記，有一欄很無聊的「自由記載」。沒什麼東西好寫，我只得每週抄幾首自己作的古典詩進去。有一天，他很納悶地問我：「這些都是誰的詩？我怎麼從沒見過！」我回答說是自己作的。他有些驚愕，似乎不太相信。當時，喜歡老古董的年輕人實在很少。他教那麼多年書，恐怕也還沒碰到過哩！他滿口誇讚說寫得很好，並約我放學後，到他的宿舍聊一聊。

　　宿舍是老舊的平房，大約五坪左右，一進門就聞到一股很濃的雪茄味，東西擺置得有些零亂。爲什麼偌大年紀還不討房妻子，也好照顧生活！他讓我坐下來，自己點了一枝雪茄，在菸煙氤氳[4]中，開始和我談了許多文學方面的知識，並給我看了幾首他的古典詩作品。最後，他很嚴肅地勸我：要認清自己、肯定自己。你眞的非常有文學才華，別管

4　氤氳：煙雲瀰漫的樣子。氤，音一ㄣ；氳，音ㄩㄣ。

唸什麼科系賺錢，一定要讀中文，並且讀到博士學位，一輩子搞文學工作，會有很好的成就的。

那時候，生活上的困苦，使我的心靈一直陷溺在灰暗的沼澤中。寫詩，原來只是因為發洩苦悶的必要；然而，經過他這番的勸勉，我忽然好像看到遠方的一盞明燈，整個人生方向就這樣清楚起來了，篤定起來了。當時，走出宿舍，我真的覺得一種受到知遇的喜悅。

畢業後，曾經回學校去探望過他幾次。後來，聽說他與一個女子相愛，卻遭到女方家人的反對，便帶著那個女子出國去了。從此，便不知道他的消息。唉！我竟然沒有機會看到他擁有一個散發著雪茄菸味而又整潔溫馨的家。

不管他是一個怎樣的老師，對我而言，他的一席話真的影響了我一生。如今，我也教了十多年的書，總覺得老師和所有平凡的人一樣，他得吃飯，也會生病；只不過，他講話不能隨便胡扯，因為可能幾句話造就了一個學生，也可能幾句話斷送了一個學生。即使面對蒙昧無知的孩子，必須用誠意和智慧去說話。孩子終會長大，您所說的話，必須經得起他一生的回味啊！

寫作背景

顏崑陽（1948年—），臺灣嘉義人，國立臺灣師範大學國文研究所博士。曾任國立中央大學中文系教授、國立東華大學中文系教授兼人文社會科學院院長、

淡江大學中文系教授，專擅中國古典美學、文學理論、莊子、李商隱詩。

　　少年時期因興趣而開始探索古典詩的寫作，青年時期與古典詩人張夢機往來唱酬，這段期間所奠定的深厚國學基礎，也成為他散文創作的基石，使得他的散文能博取古今之長，開創新局。其散文風格早期追求浪漫唯美，逐漸轉向對外在世界的探索與批判；後期風格則走向樸實、醇厚。

　　在文學創作方面，顏崑陽不僅擅長古典詩與現代散文，在小說方面也有其成就。曾獲聯合報文學獎短篇小說佳作、中國時報文學獎散文優等、中興文藝古典詩創作獎章、中國文藝獎章散文創作獎章。著作有《顏崑陽古典詩集》、散文集《秋風之外》、《上帝也得打卡》、《手拿奶瓶的男人》、《小飯桶與小飯囚》及短篇小說集《龍欣之死》、學術論著《莊子藝術精神析論》、《李商隱詩箋釋方法論》等約二十餘種。

　　本文選自《現代散文精讀》。在求學的路途上，我們接觸過形形色色的老師，有沒有一位老師，他的一句話或是一個動作，給你帶來深遠的影響呢？在學術研究與文學創作方面皆擅勝場的顏崑陽教授，就曾有過這樣的經驗，因而寫下了這篇文章。

閱讀鑑賞

　　全文可分為三大段落。第一大段落為懷念恩師，強調這二十餘年來對老師的懷念，也暗示著當年老師的一席話，對他有相當深遠的影響。第二大段落則進入了回憶階段，由老師的外型、上課特色、課餘時間對他的鼓勵，將老師的形象由外而內，細細地描繪出來，文字質樸，情感真摯。在人物的描寫上雖使用白描手法，但並不全面敘述，僅挑選幾個方面來寫；同時藉由細節的描寫刻畫出老師外表迂腐，然而內在卻是知識廣博、至情至性的複雜性格。最後回應第一大段落，強調老師的話著實地改變了自己可能的命運，也想起自己同樣身處教育界，對「教師」在言語的使用上給予誠懇的建議。這番建議，對現代教師而言，的確有振聾發聵之效。

隨堂推敲

1. 截至目前為止，是否曾有人說了一句話，或是做了某件事，而影響了你的想法，使你有所改變？
2. 求學階段中最令你懷念的老師是哪一位？理由為何？
3. 顏崑陽認為老師與一般人不同之處為何？這樣的看法完整嗎？
4. 如果你當了老師，你最想教給學生什麼？

閱讀安可

下列作品皆為學生追憶老師之作。

1. 余英時〈猶記風吹水上鱗〉

> **說明**
>
> 　　本文為懷念國學大師錢穆先生之作。全文可分五大段落，首段交代寫作緣起與近期師生之間的互動，由此展開下文。作者將寫作重心放在錢穆先生於香港創建新亞書院時期，由於創建初期學生人數不足20人，校舍簡陋，作者得以親炙錢穆先生左右，逐漸地認識老師在嚴謹教學外的不同面貌。與一般單純懷人憶往之作不同，除了師生之間的互動外，余英時還提及錢穆先生在中國近代學術史上的貢獻，也納入近代著名學者的評價，使得錢穆先生的形象（經師、人師）更為完整。全文不見華麗的辭藻與寫作技法，但對恩師的孺慕之情，於字裡行間傾瀉而出。

2. 余秋雨〈老師〉

> **說明**
>
> 　　許多懷念師長的文章，多半僅止於敘述對單一老師的思念之情。余秋雨的這篇文章，其與眾不同之處在於所懷念的是師長群體。取材自某次參加母校校慶的回憶，主旨在懷念師長，並且歌頌師長們為教育做出的奉獻。全文可分兩個部分，首先寫昔日的回憶，由於政治力的介入，使得教育連帶也受到影響。在余秋雨眼中，那段歲月裡正因為有這麼一群願意為

教育奉獻心力的老師，打開了他的知識視野。第二部分則回到現實，直到年長之時，才明白在過往政治氛圍極度敏感的時代，眼前這群年已耄耋的師長們，為了知識的傳承，承受了多大的磨難，但在孩子面前，他們依然堅強地守著教育這項志業。那一雙雙握在自己手裡的，佈滿皺紋的手，傳遞著對教育的熱忱，讓作者感動不已。最後，作者以自己對老師的感激之情作結。全文文句淺白，但蘊藏在文字背後的情感，不論是老師對學生的犧牲奉獻，或是學生對老師的感激之情，都令人感動不已。

分組活動

　　師生角色互換：全班兩人一組，分單、雙號，輪流擔任老師的角色。TA利用PPT秀出一幅幾何圖形，只有先擔任老師者（單號）可以看到該圖形，並試著以口頭方式指導擔任學生角色者（雙號）畫下該圖形，時間約五分鐘，然後檢視各組的結果；接著，角色互換，並重覆剛才的活動過程，但圖形換成另一幅，五分鐘後再檢視結果。最後，再將全班分五組作心得分享，並各組派一代表上臺報告。此活動可以讓學生體會當老師的辛苦與所需技巧，同時，也可以令其思考當學生應有的學習態度。

寫作鍛鍊

　　寫作：請以「曾經，我的老師」為主題，進行自由命題寫作。內容須寫出師生之間具體的互動，以及自己內心的感受，文長約500字。

【分組討論單】班級：＿＿＿＿＿　組別：＿＿＿＿　報告者：＿＿＿＿＿＿

組員簽名：＿＿＿＿＿＿＿＿＿＿＿＿＿＿＿＿＿

請沿虛線剪下

請沿虛線剪下

【寫作鍛鍊】　　　　　　　　　日期：＿＿＿＿＿＿＿

系級：＿＿＿＿＿　　學號：＿＿＿＿＿　　姓名：＿＿＿＿＿

〈我交給你們一群大孩子〉

吳智雄

文本內容

　　身為一位在大學教授通識課程，尤其是上完大一國文後，就甚少有機會再於課堂上見到同一批學生的老師而言，在三年後，當這群學生要畢業時，能夠在他們的記憶深處再度被翻找出來，大概是要燒香拜佛了。

　　就在度過了幾個沒燒香、不拜佛的平靜年度後，今年，不約而同地，有好幾系的同學來邀請我參加畢業拍照、謝師宴，甚或畢業典禮，內心因這個意外的夏日邀約，逆襲而來了一波波莫名的悸動。一直以為上完他們在學校裡的最後一堂國文課後，這群大孩子馬上會像過境的候鳥般，不知逝向何方；師生之間也會像斷了線的風箏，不知從何接起。但就在即將振翅高飛的時刻，原來他們還記得回來敲敲門，點點頭，送給我一道美麗的弧線，並且說聲珍重再見。

　　四年的光景，或許成熟了他們原本青澀的臉龐，時髦了本來素淨的穿著，但不變的是，爾虞我詐的大染缸還未浸黑他們單純的心。所以在海鷗像前的學士帽下，我看到了一張張歡樂的笑容；在謝

師宴的觥籌交錯間，我聽到了此起彼落的祝福聲。他們正享受著過去四年努力的成果，彷彿未來的世界也會如此這般的迎向他們，什麼高失業率、經濟衰退，似乎都與他們無關。

就暫時拋開一切，享受當下吧！我想。

但，不知怎麼的，心裡同時又仍不免有著絲絲縷縷的、淡淡的──愁。

這樣複雜的心情，不禁讓我想到了張曉風女士所寫的〈我交給你們一個孩子〉這篇文章。文中描述作者在將她的五歲小男孩交給這個社會時，身為母親的種種不安與焦慮。當然了，我不是這些大孩子的父親，如果說我也與張曉風女士有著相同的心情，未免也太過於矯情；但是，那種經過自己手裡而完成的「作品」，在準備要將「它」交出去的那種感受，說也奇怪，我竟然有著心有戚戚焉的體會，那是一種──我交給了你們一群大孩子──的感覺。

這群大孩子在交給你們之後，能夠對社會有什麼樣的貢獻？會成為somebody？還是nobody？而你們又會將他們重新塑造成什麼樣的形貌？圓的？方的？黑的？白的？老實講，沒有人能夠預知。但是，在將他們交出去之前，請千萬相信，身為老師的我，曾經盡力過、挖空心思過……

為了要挽救他們日漸垂釣的頸椎，所以我從

不照本宣科，偶爾聊些八卦；爲了避免把他們與周公送做堆，所以我總是抑揚頓挫，自認十分幽默；爲了要醫治他們的大頭症，所以我會穿插時事，不時強調釣魚臺是我們的。爲了要喚醒他們敬業負責的那顆心，所以我創造了一句名言：學生有蹺課的自由，老師有點名的權利。爲了要讓他們知道寶物不只線上有，所以我極力地想送給他們我在書中所搜尋到的一幢幢黃金屋、一個個顏如玉；爲了讓他們不再張飛打岳飛，魯亥寫成魚豕，所以從考卷上挑出來的錯別字曾經讓我寫了滿滿的一張黑板還不夠。爲了要改善他們只聽得懂魔獸廝殺聲音的聽力，所以我藉助於歌曲、影片等多媒體的優勢；爲了要培養他們條分縷析、侃侃而談的功力，所以我要求每一個人都要上台報告，訓練口條。爲了要矯正他們沈默是金、只吐得出單字單句的習性，所以我會在課堂上不停地丟問題與他們對話討論，希望他們可以多擠出一些銀兩來。爲了要讓他們把握人生的黃金時期，好好規劃未來四年的大學生涯，所以我要他們寫下一篇文章給四年後的自己，並在四年後回寄給他們，提醒他們莫忘初衷。爲了告訴他們除了敲鍵盤、握滑鼠、在五吋發光體上比劃功夫外，手其實還有寫字的功能，所以我常會做一件讓國文老師很痛苦的事情——寫作文，並且還另外開了一門實用中文寫作課來虐待自己。

　　甚至，在他們即將修成正果的最後一堂課中，我會架著攝錄影機，進行著一場告別十三年國文課的儀式。代替所有曾經教過他們的國文老師，苦口婆心地說著最後的叮嚀：希望他們不要放棄閱讀，戰勝自己的惰性，把握今日，腳踏實地；也希望他們用心體會生命，注意態度，和善對人，時時思考，常常反省，不要怕失戀，並記得建立好健康、人脈、財富的人生三本存摺。

　　當然了，在這段過程中，這群大孩子的表現也並非總是盡善盡美。就如同每年的第一堂課，我都會講的一段話：「請各位同學現在先做一個動作，將你們的眼睛環視教室一遍，並且好好記住你所看到的，因為這種在上課鐘聲響起前就已經全班坐齊的情形，只會在今天出現，這是唯一的一次，所以請你們千萬要記住這珍貴的歷史畫面，以後的出席狀況，將會隨著時間的遞增而呈現反比的現象。」雖然，每言必中、屢試不爽的感覺還不賴，但其實更有點討厭，我多麼希望這些揶揄的話都不會成真。只是，人究竟不是神，有些人能體悟浪子回頭金不換的道理，有些人則是大江東去不復返。所以在學期末算總帳的時候，對於該活的活、該殺的殺，該走的會讓他走，該留的也會請他稍等，因為對鬼混的同學心軟，就是對用功的同學不公。一學年六學分，也不是那麼輕易地說給就給的。

好了，裝黑臉、扮白臉、高壓的、懷柔的，該做的都做了，但我不知道這樣到底夠不夠？也不知道五年、十年後，在他們的心底還能存有多少當年的篇章，可以在他們迷惘時發揮指引的效用？更不知道和這群大孩子只結了一年緣分的我，能夠在他們的生命當中產生什麼樣的影響？畢竟，一百零八個小時的課堂時間有限，而人生的旅程無盡；甚至一年三十六週的苦心孤詣，有時還比不上電視裡、網路上那三十六分鐘的磁波灌輸。

但無論如何，這一群曾經在我麾下被用心過、蹂躪過、魔鬼操練過的大孩子，現在要交給你們了。你們要如何處置，我無權置喙，我只希望這輩子永遠都不要聽到這句話：「以前你們的老師是怎麼教的？」

寫作背景

吳智雄（1972－），臺南人，國立中正大學中國文學研究所博士，現職國立臺灣海洋大學共同教育中心教授。學術專長為春秋學、漢代經學、先秦兩漢學術思想、海洋文學、應用文。治學態度嚴謹，研究論述多見於國內著名期刊、學報。偶有散文創作，寫作主題多取材自日常生活見聞，寫親情、友情、師生之情，行文流暢自然，筆端常帶感情。早年亦有古典詩創作，於比賽中屢創佳績。著有《穀梁傳思想析論》、《生命・海洋・相遇——詩文精選》（與顏智英合編）等書，另有學術期刊論文等數十餘篇。

曾獲得國立臺灣海洋大學傑出教學教師、校級教學優良教師、學術優良教師。本文即是在獲得傑出教學教師獎後以幽默卻見深刻用心的口吻，娓娓道出身為教師者對教學品質的堅持、對導引學生的苦心、對社會責任的自我期許等形

象，尤其，字裡行間更透顯出其內在有著一顆對學生回饋極易感動與喜悅的柔軟的心。

閱讀鑑賞

　　許多談師生之情的文章，都是在離校多年後，由學生寫下對老師的思念，但本篇與眾不同之處在於是由老師所寫，寫出自己對學生即將踏出校園，內心產生的諸多複雜感受。

　　首先（1－2段）說明當收到畢業學生邀請時的喜悅和感動，並由眼前學生的純真笑容帶出感觸。接續而來的便是老師為學生擔憂的心情，即使這群大孩子旋即步入社會，依然是師長們心中那群剛進大學校門、單純天真的大一新鮮人（3－7段）。

　　8－10段是全文重心所在。作者寫下在面對這群大孩子時，由知識教育的推廣到人文素養的培育，無不絞盡腦汁的提升教學品質，吸引學生目光，只為了能導引學生探求知識與人生。為此，作者投入了大量的心力與時間，通過長篇的排比句，看見了一位大學老師的形象，也感受到作者為學生所付出的苦心。

　　文末是作者的省思與對學生的期許。面對著這群大孩子，老師不禁反思自己為孩子們所做的這一切是否足夠？尤其是在變遷如此快速的社會裡，所訓練出來的孩子能否有勇氣與做好準備去面對這現實的世界？這群孩子的未來又將如何？無人能知曉。語氣雖然嚴厲，但也流露出對學生的擔憂，也道盡所有老師的心聲。

　　全文文字詼諧幽默，讀來不帶說教意味，然而卻無一不顯現出老師對學生的用心，實是本文高明之處。修辭方面則擅用對偶和譬喻，使得情感自然流露而不造作；大量排比句式的運用，使文意更加明確，節奏明快有致。在亦莊亦諧的文字背後，讓人看見了老師辛苦的一面。

隨堂推敲

1. 你能否認同文中所描繪的大學生形象？理由為何？

2. 作者針對大學生上課的態度，創造了一句名言，請問這名言的內容為何？而在這句話的背後，作者想要表達出什麼樣的意涵？

3. 作者希望大學生能建立三本人生存摺，除了文中所提的健康、人脈、財富外，你覺得還可以建立哪些類別的存摺？

4. 大學國文課對你而言，應該具備什麼樣的意義？

閱讀安可

下列作品皆與師生互動有關。

1. （明）馮夢龍《警世通言・老門生三世報恩》

> **說明**
>
> 　　科舉時代裡，主考官與被錄取的考生之間，彼此以師生相稱，這樣的師生情誼有時比實際有教學關係的師生來得濃厚，例如歐陽脩與蘇軾便是最好的例子。而〈老門生三世報恩〉也是如此，只是其中多了些曲折，加入了宿命論的色彩。一個是屢考不中的老秀才，一個是只想錄取青年才俊的主考官，在一連串的陰錯陽差之下，他們的師生情誼逐漸構築而成。後來在命運的撥弄之下，老學生在仕途上平步青雲，依舊將當年的主考官視為恩師；而老師卻因老病致仕，家族又被他人誣陷。在需要人施以援手的時候，幸得這位老學生出手相救，還了老師一個公道，最後又將老師的孫子訓勉成才。這不也是另一種師生情誼的表現嗎？

2. 陳芳明〈多少年前的鐘聲〉

> **說明**
>
> 　　對學生而言，老師的定位為何？是單純的知識傳授者，又或者是迷航時的引路人？對作者而言，齊邦媛先生具備了這兩種特質。當作者因年輕氣盛，以其固執的想法對整個環境進行衝撞之際，齊先生總是保持著一貫

兼容並蓄的氣度接納作者，並且在師生偶然碰面時，鼓勵作者回到文學的懷抱中，從文學的途徑來展現對臺灣這塊土地的熱愛。時隔多年，作者在彎曲的人生路途中，終於找到自己的方向，而這方向，也正是齊邦媛先生多年來所指引的方向。為此，作者在文末提到：「我能確定，生命中與她相遇是一種幸運。」明確地表達出對師長的感謝之意。

分組活動

好老師V.S.好學生：你覺得一個好老師的條件有哪些？又，一個好學生的條件有哪些？請每位組員寫完後，與小組成員分享，再推派一位同學上臺報告。

寫作鍛鍊

1. **譬喻格修辭鍛鍊**：作者在文中寫道：「這群大孩子馬上會像過境的候鳥般，不知逝向何方；師生之間也會像斷了線的風箏，不知從何接起。」將學生比喻為過境的候鳥，師生情緣比喻為斷了線的風箏。請問，學生以及師生情緣，還可以用什麼樣的物件來比喻？
2. **寫作**：請你從學生的角度，寫一封回饋本課作者的信，文長不限。

請沿虛線剪下

[分組討論單] 班級：＿＿＿＿＿　組別：＿＿＿＿＿　報告者：＿＿＿＿＿

組員簽名：＿＿＿＿＿＿＿＿＿＿＿＿＿＿＿

問：「**好老師V.S.好學生**」：你覺得一個好老師的條件有哪些？又，一個好學生的條件有哪些？請每位組員寫完後，與小組成員分享，再推派一位同學上臺報告。

答：

請沿虛線剪下

【寫作鍛鍊】　　　　　　　　　日期：＿＿＿＿＿＿

系級：＿＿＿＿＿　　學號：＿＿＿＿＿　　姓名：＿＿＿＿＿

請沿虛線剪下

主題四 衣食之愛

導讀　　在谿然靜謐間

　　最近這幾天，孩子的媽不知吃了什麼藥，終於下定決心，抽出時間，搬出那一箱又一箱裝載著兒子嬰幼階段的記憶寶盒，準備花一整天的時間，好整以暇地重溫裡面那一件又一件拼湊起來的美好時光。

　　「你看，這是兒子喝奶時用的圍兜兜，怎麼這麼小啊！」

　　「這件小熊圖案的白色背心好可愛喔！可惜已經有一些黃斑了。」

　　「這件襯衫才穿沒幾次，就已經穿不下了，小孩長得真快，你看，還這麼新！」

　　「這條褲子才穿第二次，兒子就把它摔出一個大洞，常常都這樣，真是討厭！」

　　「原來這件T恤塞在這裡，害我都找不到，不知道現在還穿不穿得下？兒子來，穿穿看！」

　　看著孩子的媽一面慢條斯理地整理著兒子的舊衣服，一面又好似在整理著一段遺忘已久的溫馨過往。聽著聽著，不禁也讓我掉進了記憶的漩渦中。

　　從襁褓時期的母奶，到幼稚園時偷吃的「王子麵」；從連身的嬰兒服，到「一件短大衣」。兒子的出生，或者說每個小孩的出生，每天睜開眼就是穿，張開口就是吃，總是會讓身為父母的疲於奔命，總希望能夠在能力範圍內提供最好的服務。所以我常笑說在那段時間，我才真正體會到什麼叫做「作牛作馬」：孩子的媽作一頭牛，負責製造並供應母奶；而我就是作一匹馬，負責到處奔忙著張羅南北雜貨。雖然給出的衣服或許不是如「鏤金百蝶穿花大紅雲緞」般的「彩繡輝煌」，但至少合時合穿；端出的菜肴當然也不可能是什麼滿漢全席，

但至少在「芳香洋溢」的空氣中，仍能「瀰漫著一種快樂與期待」。就這樣一點一滴的餵養、一分一寸地拉拔，拉拔拉拔著，也拉拔到現在的這步田地。

細數從前，當中的甘苦滋味，也只有經歷過的人才懂，前人所說的養兒方知父母恩，大概就是這種味道了吧！

「終於弄好了！這四袋要送人，那兩袋要投衣物回收箱。多出的一些空間，可以再放其他衣服。」孩子的媽像完成一件重大使命，如釋重負般的說道。

當我手裡提著那兩袋衣物往回收箱的地方慢慢走去時，有種莫名的感覺霎時自心底油然而生，那是一種好像要將兩袋滿滿的回憶硬生生地自腦海裡抽離的感覺，深刻，無奈，而且無力阻止。

人的成長似乎就是如此，不停地一再接收，再不停地遺忘，接收，再遺忘……。試著學習接受這種人生常態，或許在只剩我和孩子的媽大眼瞪小眼的時刻到來時，才能對坐在山林間，曠達且豁然地享受「大瓢貯月歸春甕，小杓分江入夜瓶。茶雨已翻煎處腳，松風忽作瀉時聲」的兩人靜謐時光。

〈林黛玉進賈府〉

曹雪芹

文本內容

　　黛玉方進房，只見兩個人扶著一位鬢髮如銀的老母迎上來，黛玉知是外祖母了，正欲下拜，早被外祖母抱住，摟入懷中，「心肝兒肉」叫著大哭起來。當下侍立之人無不下淚。黛玉也哭個不休。眾人慢慢勸解住了，那黛玉方拜見了外祖母，賈母方一一指與黛玉道：「這是你大舅母，這是二舅，這是你先前珠大哥的媳婦珠大嫂子。」黛玉一一拜見了。賈母又叫：「請姑娘們。今日遠客來了，可以不必上學去。」眾人答應了一聲，便去了兩個。

　　不一時，只見三個奶媽並五六個丫鬟擁著三位姑娘來了：第一個，肌膚微豐，身才合中，腮凝新荔，鼻膩鵝脂，溫柔沉默，觀之可親；第二個，削肩細腰，長挑身才，鴨蛋臉兒，俊眼修眉，顧盼神飛，文彩精華，見之忘俗；第三個，身量未足，形容尚小。其釵環裙襖，三人皆是一樣的粧束。黛玉忙起身迎上來見禮，互相廝認，歸了坐位。丫鬟送上茶來。不過敘些黛玉之母如何得病，如何請醫服藥，如何送死發喪。不免賈母又傷感起來，因說：「我這些女孩兒，所疼的獨有你母親，今一旦先我而亡，不得見面，怎不傷心！」說著，攜了黛玉的

手，又哭起來。眾人都忙相勸慰，方略略止住。

　　眾人見黛玉年紀雖小，其舉止言談不俗，身體面貌雖弱不勝衣，卻有一段風流態度，便知她有不足之症。因問：「常服何藥？如何不治好了？」黛玉道：「我自來如此，從會吃飯時便吃藥到如今了。經過多少名醫，總未見效。那一年，我纔三歲，記得來了一個癩頭和尚，說要化我去出家，我父母自是不從。他又說：『既捨不得她，但只怕她的病一生也不能好的。若要好時，除非從此以後總不許見哭聲，除父母之外，凡有外親一概不見，方可平安了此一生。』這和尚瘋瘋癲癲說了這些不經之談，也沒人理他。如今還是吃人蔘養榮丸。」賈母道：「這正好，我這裡正配丸藥呢，叫他們多配一料就是了。」

　　一語未完，只聽後院中有笑語聲，說：「我來遲了，沒得迎接遠客！」黛玉思忖道：「這些人個個皆斂聲屏氣[1]如此，這來者是誰，這樣放誕無禮？……」心下想時，只見一群媳婦[2]丫鬟擁著一個麗人從後房進來。這個人打扮與姑娘們不同：彩繡輝煌，恍若神妃仙子。頭上戴著金絲八寶攢珠

1　斂聲屏氣：不出聲，屏住呼吸，形容精神集中。斂，收束；屏氣，不敢大聲出氣，屏音ㄅㄧㄥˇ。
2　媳婦：文中指女僕。

髻[3]，綰[4]著朝陽五鳳掛珠釵；項上戴著赤金盤螭瓔珞圈[5]；身上穿著縷金百蝶穿花大紅雲緞窄褃[6]襖，外罩五彩刻絲[7]石青銀鼠褂；下著翡翠撒花洋縐裙。一雙丹鳳三角眼，兩彎柳葉掉梢眉；身量苗條，體格風騷。粉面含春威不露，丹脣未啓笑先聞。黛玉連忙起身接見。賈母笑道：「你不認得她？她是我們這裡有名的一個『潑辣貨』，南京所謂『辣子』，你只叫她『鳳辣子』就是了。」黛玉正不知以何稱呼，眾姐妹都忙告訴黛玉道：「這是璉二嫂子。」黛玉雖不曾識面，聽見她母親說過：「大舅賈赦之子賈璉娶的就是二舅母王氏的內姪女，自幼假充男兒教養，學名叫做王熙鳳。」黛玉忙陪笑見禮，以「嫂」呼之。

　　這熙鳳攜著黛玉的手，上下細細打量一回，便仍送至賈母身邊坐下；因笑道：「天下眞有這樣標緻人兒！我今日纔算看見了！況且這通身的氣派竟不像老祖宗的外孫女兒，竟是個嫡親的孫女兒似的。怨不得老祖宗天天嘴裡心裡放不下。只可憐我這妹妹這麼命苦，怎麼姑媽偏就去世了呢！」說

3　金絲八寶攢珠髻：用金絲製成八種吉祥物，再以各種珠寶裝飾，做成戴在髮髻上的首飾。

4　綰：音ㄨㄢˇ，將長條物盤繞後打結。

5　赤金盤螭瓔珞圈：鑲著螭龍玉石的上等黃金項鍊。赤金，上等黃金；螭，古代傳說中像龍的吉祥動物；瓔珞，玉石；圈，指項鍊。

6　褃：音ㄎㄣˋ，上衣在腋下的交縫處。

7　刻絲：以絲製成，上有花紋圖案的一種織品。

著，便用手帕拭淚。賈母笑道：「我纔好了，你又來招我。你妹妹遠路纔來，身子又弱，也纔勸住了，快別再提了。」

熙鳳聽了，忙轉悲為喜道：「正是呢；我一見了妹妹，一心都在她身上，又是歡喜，又是傷心，竟忘了老祖宗了。該打，該打。」又忙拉著黛玉的手問道：「妹妹幾歲了？可也上過學？現吃什麼藥？在這裡別想家，要什麼吃的，什麼玩的，只管告訴我。丫頭老婆們不好，也只管告訴我。」黛玉一一答應。一面熙鳳又問人：「林姑娘的東西可搬進來了？帶了幾個人來？你們趕早打掃兩間屋子叫他們歇歇兒去。」

說話時，已擺了茶菓上來。熙鳳親自佈讓[8]，又見二舅母問她：「月錢[9]放完了沒有？」熙鳳道：「放完了。剛纔帶了人到後樓上找緞子，找了半日，也沒見昨兒太太說的那個，想必太太記錯了。」王夫人道：「有沒有，什麼要緊。」因又說道：「該隨手拿出兩個來給你這妹妹裁衣裳啊！等晚上想著再叫人去拿罷。」熙鳳道：「我倒先料著了。知道妹妹這兩日必到，我已經預備下了，等太太回去過了目好送來。」王夫人一笑，點頭不語。

---

8 佈讓：席間以匙箸替客人拈菜，稱為佈菜。讓，指勸讓。
9 月錢：工資。

當下茶菓已撤，賈母命兩個老嬤嬤[10]帶黛玉去見兩個舅舅去。維時[11]，賈赦之妻邢氏忙起身笑回道：「我帶了外甥女兒過去，到底便宜些。」賈母笑道：「正是呢；你也去罷，不必過來了。」

寫作背景

　　曹雪芹（約1715-約1763），名霑，字夢阮，號雪芹，又號芹圃、芹溪，祖籍遼陽（今遼寧省遼陽市）。先世原是漢人，後入旗籍。由於曹雪芹的曾祖母為康熙皇帝的保母，曹家因而自康熙二年（1663）起擔任「江寧織造」的監督工作，負責宮廷所需織物的織造與採購。直至雍正五年（1727），其父曹頫因受皇室爭權株連而遭革職抄家，是年，曹雪芹十二歲，其生活從原本的衣食無虞轉為貧乏困頓。

　　他生性放達、好飲酒，工詩善畫，對社會懷抱著高傲自負的態度。《紅樓夢》是他在極為困頓的生活環境下完成的，「字字看來皆是血，十年辛苦不尋常」，這部鉅著費盡其畢生心血，惜其因喪子之痛病逝，終未能完稿。

　　本文選自《紅樓夢》第三回，原回目名為〈託內兄如海薦西賓　接外孫賈母惜孤女〉（程高本），是全書序幕（前五回）的一部分。全文原有三十七段，文中透過林黛玉進賈府後的耳聞目睹，介紹賈府環境及人物，尤其著墨於王熙鳳、林黛玉、賈寶玉等主要人物，藉以突顯小說的主題思想。本文節選其中的第八至十五段，描寫黛玉初見熙鳳時，熙鳳的服裝打扮及語言動作，透過閱讀，讀者得以了解熙鳳的形象及特質。

閱讀鑑賞

　　在小說創作裡，人物出場的描寫是故事開展、人物形象塑造，以及

10　嬤嬤：奶媽。
11　維時：當時。

主題意識呈現的重要部分，本文在《紅樓夢》全書裡，承續前面回目，正面實寫賈府人物形象，進而呈現四大家族興衰的過程，也反映出愛情悲劇的主題。在第三回目裡，第1段至第4段寫林如海請賈雨村護送女兒林黛玉到外婆家——賈府；並且向他的內兄賈政（夫人之兄，黛玉之舅、寶玉之父），推薦賈雨村為其謀官；第5段至第17段寫林黛玉進寧國府和賈母、王熙鳳等人見面，其間描寫王熙鳳、迎春、探春、惜春等人的裝扮儀容，觀察角度由主至賓；第18段至第37段寫黛玉到榮國府，描寫了王夫人、邢夫人、李紈及家人、丫鬟、李嬤等人；最後，描寫寶玉、黛玉見面。

　　本文寫作特色在於從不同角度描寫人物出場。作者細微描寫人物裝扮及行止，配合對話以塑造人物性格。在第8段裡，曹雪芹透過黛玉的眼耳觀察，描寫賈府的多位人物，從大舅母、二舅到珠大嫂子；第9段，簡略帶出賈家三姐妹迎春、探春、惜春，描寫三人各自體態，「其釵環裙襖，三人皆是一樣的粧束」。賈府由盛到衰的最直接也是最好的見證人，便是王熙鳳，接著，第11段裡，作者進而詳細描寫這一位美麗且雍容華貴的女當家。正當黛玉身處人多禮多的賈府，留心屏氣以待時，未見其人，先聞其聲，「只聽後院中有笑語聲」，黛玉對熙鳳的第一印象是「放誕無禮」；不過，「只見一群媳婦丫鬟擁著」，暗示著熙鳳的受寵與潑辣性格。黛玉觀察熙鳳「打扮與眾姐妹不同，彩繡輝煌，恍若神妃仙子。頭上戴著金絲八寶攢珠髻，綰著朝陽五鳳掛珠釵；項上戴著赤金盤螭瓔珞圈；身上穿著縷金百蝶穿花大紅雲窄褃襖，外罩五彩刻絲石青銀鼠褂；下著翡翠撒花洋縐裙」，可看出當時賈府為鐘鳴鼎食之家，極為奢侈華貴，以及王熙鳳艷美而與眾不同的裝扮。隨後，作者又以賈母及黛玉母親角度，以「鳳辣子」、「自幼假充男兒教養的」說明熙鳳的潑辣性格。

　　第12段至第14段描寫王熙鳳與賈母、王夫人及一切的應對，顯示她的逢迎善巧與果斷能幹。如此的人格特質，更加速了賈府的衰敗。在本文裡，作者運用詳略不同的方式介紹小說人物，從王熙鳳與其他人物的描寫

來看，一詳一略，一鋪陳一簡潔，細膩地刻劃重要人物王熙鳳「機關算盡太聰明」的形象，更是小說情節發展推動的成功關鍵。

隨堂推敲

1. 文中以詳略不同的方式介紹人物，其作用為何？
2. 試以白話方式描述王熙鳳的衣著裝扮。
3. 王熙鳳誇讚林黛玉，說：「天下真有這樣標緻人兒！我今日纔算看見了！」請問她真正的目的是什麼？
4. 王熙鳳聽了賈母的話之後，「忙轉悲為喜」，這樣的描寫表現出何種人物形象？
5. 在現實生活裡，如果你認識了像王熙鳳這般性格的人，請說明你的想法及感受。

閱讀安可

下列作品皆與喜愛衣飾有關。

1. （周）韓非《韓非子‧外儲說左上‧桓公好服紫》

　　齊桓公好服紫，一國盡服紫。當是時也，五素不得一紫。桓公患之，謂管仲曰：「寡人好服紫，紫貴甚，一國百姓好服紫不已，寡人奈何？」管仲曰：「君欲止之，何不試勿衣紫也。謂左右曰：『吾甚惡紫之臭。』於是左右適有衣紫而進者，公必曰：『少卻，吾惡紫臭。』」公曰：「諾。」於是日，郎中莫衣紫；其明日，國中莫衣紫；三日，境內莫衣紫也。

說明

本文描寫桓公喜愛穿著紫色衣服，全民隨之仿效，造成其價格昂貴；管仲提議要改變這樣的風氣，就從桓公不穿紫衣，並且厭惡紫色的臭味。果然，到了第三天，境內沒有人再穿紫色衣服。先秦諸子喜以寓言形式傳達其哲學思想或政治主張，韓非透過寓言說明在上位者應當謹其好惡，以身作則，嚴以律己。

2. 鍾怡雯〈梳不盡〉

說明

鍾怡雯以一般人習以為常的梳子為題，運用幽默流暢的筆觸發掘平淡中的理趣。文中寫的「梳」既是梳子（名詞），也是「爬梳」（動詞），頗具趣味。全文分成三部分：1－5段寫梳子對作者的重要性。6－22段寫「髮」，從髮長寫到髮飾，再寫到髮型，最後描寫個人對家鄉女性的回憶。23－28段，又寫回梳子，強調梳與篦的一般功能之外的治病功能。末段緊扣首段，說明梳子在鍾怡雯的「健忘」之下，如孢子般散落四處。通篇看似平凡家常，卻處處可見其女性的細膩和個人獨特的時光觀照，令人讀來餘韻無窮。

分組活動

我是設計師：教師將全班同學進行分組，在限定時間內，請組員推派一位模特兒。由全組組員提供衣飾搭配讓模特兒穿上，並以此設計主題及創作概念。各組完成後，由模特兒上臺展示，設計師上臺分享設計主題及創作概念。

寫作鍛鍊

1. 「對話」鍛鍊：請將下列故事改寫成對話形式。

有一天，媽媽帶著男孩到商店買東西。老闆看到這個可愛的小男

孩,就打開罐子,要小男孩自己拿一把糖果。但是這個男孩卻沒有任何動作。經過幾次的提議之後,老闆親自抓了一大把糖果放進男孩的口袋。離開商店後,母親很好奇地詢問男孩為何不自己抓糖果,而是讓老闆抓。男孩告訴母親,因為知道自己的手比較小,因此拿得少,讓手比較大的老闆幫忙拿,才能拿得更多。媽媽聽了,告訴小男孩,對於別人真心給予的好處,必須心懷感激,不可以貪求,要懂得知足常樂的道理。

2. 請將《紅樓夢》第三回目的舞臺搬演到現代,並以王熙鳳為對象,寫一篇約300字散文。

［分組討論單］班級：＿＿＿＿　組別：＿＿＿＿　報告者：＿＿＿＿＿

組員簽名：＿＿＿＿＿＿＿＿＿＿＿＿＿＿＿＿

問：**「我是設計師」**：教師將全班同學進行分組，在限定時間內，請組員推派一位模特兒。由全組組員提供衣飾搭配讓模特兒穿上，並以此設計主題及創作概念。各組完成後，由模特兒上臺展示，設計師上臺分享設計主題及創作概念。

答：

請沿虛線剪下

【寫作鍛鍊】　　　　　　　　　　　日期：＿＿＿＿＿＿＿

系級：＿＿＿＿＿＿＿　學號：＿＿＿＿＿＿＿　姓名：＿＿＿＿＿＿

〈一襲舊衣〉

簡媜

文本內容

　　說不定是個初春，空氣中迴旋著豐饒的香氣，但是有一種看不到的謹慎。站在窗口前，冷冽的氣流撲面而過，直直貫穿堂廊，自前廳窗戶出去；往左移一步，溫度似乎變暖，早粥的虛煙與魚乾的鹽巴味混雜成薰人的氣流，其實早膳已經用過了，飯桌、板凳也擦拭乾淨，但是那口裝粥的大鋁鍋仍在呼吸，吐露不為人知的煩惱。然後，躡手躡腳再往左移步，從珠簾縫隙散出一股濃香，女人的胭脂粉與花露水，哼著小曲似地，在空氣中兀自舞動。母親從衣櫥提出兩件同色衣服，擱在床上，我聞到樟腦丸的嗆味，像一群關了很久的小鬼，紛紛出籠呵我的癢。

　　不准這個，不准那個，梳辮子好呢還是紮馬尾？外婆家左邊的，是二堂舅，瘦瘦的，妳看到就要叫二舅；右邊是大堂舅，比較胖；後邊有三戶，水井旁是大伯公，靠路邊是⋯⋯竹籬旁是⋯⋯進阿祖的房內不可以亂拿東西吃；要是忘了人，妳就說我是某某的女兒，借問怎麼稱呼你？

　　我不斷複誦這一頁口述地理與人物誌，把族人的特徵、稱謂擺到正確位置，動也不動。多少年

後，我想起五歲腦海中的這一頁，才了解它像一本童話故事書般不切實際，媽媽忘了交代時間與空間的立體變化，譬如說，胖的大舅可能變瘦了，而瘦的二舅出海打漁了。他們根本不會守規矩乖乖待在家裡讓我指認，他們圍在大稻埕[1]，而我只能看到衣服上倒數第二顆鈕扣，或是他們手上抱著的幼兒的小屁股。

善縫紉的母親有一件毛料大衣，長度過膝，黑底紅花，好像半夜從地底冒出的新鮮小番茄。現在，我穿著同色的小背心跟媽媽走路。她的大衣短至臀位，下半截變成我身上的背心。那串紅色閃著寶石般光芒的項鍊圈著她的脖子，珍珠項鍊則在我項上，剛剛坐客運車時，我一直用指頭捏它，滾它，媽媽說小心別扯斷了，這是唯一的一串。

我們走的石子路有點怪異，老是聽到遙遠傳來巨大吼聲的回音，像一批妖魔鬼怪在半空中或地心層摔角。然而初春的田疇[2]安份守己，有些插了秧，有的仍是汪汪水田。河溝淌水，一兩聲蟲動，轉頭看岸草閒閒搖曳，沒見著什麼蟲。媽媽與我沉默地走著，有時我會落後幾步，撿幾粒白色小石子；我蹲下來，抬頭看穿毛料大衣的媽媽朝遠處走去的背

1　大稻埕：埕，閩南語，指空地、廣場。稻埕，指曬穀場。
2　田疇：田地。

影，愈來愈遠，好似忘了我，重新回到未婚時的女兒姿態。那一瞬間是驚懼的，她不認識我，我也不認識她。初春平原瀰漫著神祕的香味，有助於恢復記憶，找到隸屬，我終於出聲喊了她，等我喲！她回頭，似乎很驚訝居然沒發覺我落後了那麼遠，接著所有的記憶回來了，每個結了婚的農村女人不需經過學習即能流利使用的那一套馭子語言，柔軟的斥責，聽起來很生氣其實沒有火氣的「母語」，那是一股強大的磁力，就算上百個兒童聚集在一起，那股磁力自然而然把她的孩子吸過去。我朝她跑，發現初春的天無邊無際地藍著，媽媽站在淡藍色天空底下的樣子令我記憶深刻，我後來一直想替這幅畫面找一個題目，想了很久，才同意它應該叫做「平安」。

　　渴了，我說。哪，快到了，已經聽到海浪了。原來巨大吼聲的回音是海洋發出的。說不定剛剛她出神地走著，就是被海濤聲吸引，重新憶起童年、少女時代在海邊嬉遊的情景。待我長大後，偶然從鄰人口中得知母親的娘家算是當地望族，人丁興旺，田產廣袤[3]，而她卻斷然拒絕祖輩安排的婚事，用絕食的手法逼得家族同意，嫁到遠村一戶常常淹水的茅屋。

3　廣袤：廣大。袤，音ㄇㄠˋ。

　　我知道後才揚棄少女時期的叛逆敵意，開始完完整整地尊敬她；下田耕種，燒灶煮飯的媽媽懂得愛情的，她沉默且平安，信仰著自己的愛情。我始終不明白，昔時纖柔的年輕女子從何處取得能量，膽敢與頑固的家族權威頡頏[4]？後來憶起那條小路，穿毛料短大衣的母親痴情地朝遠方走去的背影，我似乎知道答案，她不是朝娘家聚落，她朝聚落背後遼闊的太平洋。我臆測[5]那座海洋的能量，曉日與夕輝，雷雨與颶風，種種神祕不可解的自然力早已凝聚在母親身上，隨呼吸起伏，與血液同流。我漸漸理解在我手中這份創作本能來自母親，她被大洋與平原孕育，然後孕育我。

　　據說當阿祖把一顆金柑仔糖塞進我的嘴巴後，我開始很親切地與她聊天，並且慷慨地邀請她有空、不嫌棄的話到我家來坐坐。她故意考問這個初次見面的小曾孫，那麼妳家是哪一戶啊？我告訴她，河流如何如何彎曲，小路如何如何分岔，田野如何如何棋佈，最重要是門口上方有一條魚。

　　魚？母親想了很久，忽然領悟，那是水泥做的香插，早晚兩炷香謝天。

　　魚的家徽，屬於祖父與父親的故事，他們的猝

4　頡頏：音ㄒㄧㄝˊㄏㄤˊ，原指鳥飛上飛下，跳躍的樣子；此指不相上，互相抗衡。
5　臆測：猜測。

亡也跟魚有關。感謝天，在完成誕生任務之後，才收回兩條漢子的生命。

　　我終於心甘情願地在自己的信仰裡安頓下來，明白土地的聖詩與悲歌必須遺傳下去，用口語或文字，耕種或撒網，以尊敬與感恩的情懷。幸福，來自給予，悲痛亦然。

　　母親又從衣櫥提出一件短大衣。大年初一，客廳裡飄著一股濃郁的沉香味。臺北公寓某一層樓，住著從鄉下播遷而來的我們，神案上紅燭跳逗，福橘與貢品擺得像太平盛世。年老的母親拿著那件大衣，穿不下了，好的毛料，妳在家穿也保暖的。黑色毛面閃著血淚斑斑的紅點，三十年了，穿在身上很沉，卻依舊暖。

　　我因此憶起古老的事，在海邊某一條小路上發生的。

寫作背景

　　簡媜（1961-），本名簡敏媜，宜蘭縣冬山鄉人，家中世代務農。其成長背景裡，舉凡農村環境的廣大遼闊、風土民情的簡單純樸，親情的和諧溫暖等，孕育了簡媜的性格及文學創作的原型。畢業於國立臺灣大學中國文學系，求學期間就備受肯定，榮獲梁實秋文學獎、吳魯芹文學獎等獎項。創作題材多元，不少鄉土親情、女性書寫、親子教育、社會觀察之作。目前專事寫作，著有《水問》、《好一座浮島》、《老師的十二樣見面禮──一個小男孩的美國遊學誌》等作品。

　　本文選自《女兒紅》，全文共13段，可以看到作者以溫柔而深情的筆觸，藉由母親的衣服讓人回憶起血淚斑斑的過往，細膩而深刻地表現出對母親的懷念之

情。

閱讀鑑賞

　　衣著，不僅能夠藉以蔽身，也給予人們安全、溫暖的感受。簡媜在〈一襲舊衣〉一文裡，描寫母親一件長度過膝的大衣，在經過修改後，成為了母親的短大衣與女兒的背心。這使得原本的大衣，除了裝飾、保暖的基本功能外，也有另一種特屬於親子間的傳承之意存在。文中，孩提時代的簡媜，穿著由母親大衣修改而成的背心，亦步亦趨地跟在母親身後，回到外婆家與親人相聚。回憶起這段歸鄉之路，簡媜認為自己至此時才算真正了解母親。甚至追溯自己熱愛創作，並在自己的信仰中逐漸安頓下來，這些都是母親所能給予她的最好禮物。透過一件舊衣，串起母女之間的另一層關係，使得簡媜對母親與現在的自己，都有著更深一層的認識。

　　文中刻劃出母親的形象以及母愛的溫暖，也是簡媜散文裡，除了《紅嬰仔》之外，描寫母親形象的少數作品。在謀篇布局方面，全文分十三段，作者從物質層面的一襲舊衣，細膩地刻劃與母親之間的情感及傳承意義，由具體的人事之景，引領出抽象的懷舊之情。

隨堂推敲

1. 在本文中，為何作者知道了母親年少時的事蹟後，開始完完整整地尊敬她？

2. 文末，簡媜說那件大衣「穿在身上很沈，卻依舊暖」的原因為何？

3. 衣櫥裡一定有一件令你最喜愛，或是印象最深刻的衣服，請說明其原因。

4. 你是否有過將心愛之物轉贈與他人的經驗？之後的心情又是如何？

5. 在大學「制服日」的活動中，再次穿上高中制服，有著什麼樣的感覺？

6. 請比較本文與林文月〈懷念一襲黑衣裳〉（見「閱讀安可」），兩文在寫法上有何異同之處？

閱讀安可

下列文章皆與衣著描寫有關，但前者較偏於「衣裳」本身的描繪，而後者則更著墨於「褲子」背後故事的敘寫。

1. 林文月〈懷念一襲黑衣裳〉

　　一向喜歡黑色的衣服，所以無論搬幾次家，甚至在旅次中，打開衣櫥，總有一大半各式各樣的黑衣。黑色，以其高雅、穩重，在眾多顏色中，成為我的偏好；唯黑色以其單調，質料與款式也是最須講究。

　　衣櫥就像是衣服的旅館，多少衣服在其中懸掛暫留，也難免遷出離去。其所以離去遷出的理由不外有二：一是穿著者的體重增減變化，衣服不再稱身；二是喜新厭舊，款式過時。多年以來，我的體重無甚大變化，所以眾衣離櫥的原因，蓋屬後者。曾經有過多少件黑色系列的衣裳在衣櫥裡懸掛而又離出？我已經無法計數，對於其中大部分的樣式，甚至亦已不復記得。委實罪過。

　　唯獨有一件黑色衣裳，十分令我懷念。

　　大概是二十年前吧；或許更早，亦未可知。那時的成衣不如現下，百貨公司也尚未大興如今日。臺北的街頭頗有一些小小的家庭式洋裁店。當時我家住現在已夷為大馬路各種車輛飛馳的辛亥路近三總醫院附近，那條消失的巷子稱羅斯福路三段一七八巷。巷口的羅斯福路上有一家建坪大約只六坪左右的洋裁店。一位中年的女師傅，帶領著三、兩個女工勤勤懇懇地營業著。

　　由於地理之便，加以老闆悟性高，而且做工精細，索費不高，那家小洋裁店遂成為我時時光顧的地方。通常都是先在博愛路或衡陽路選購好衣料，再拿到店裡翻看時裝雜誌挑款式。那個年代，臺灣的雜誌似乎還停留在文史與哲學類的單純狀態，未若今日分類專精，所以洋裁店只供日本與歐美的時裝雜誌，屬於本地的付諸闕如。

　　小店的客人有限，老闆保留著大部分老主顧的身材尺寸紀錄，故而只要將款式選定、料子交去，便可指日以待，並無須每回量身。有時候，我並不刻意翻書挑樣，只用口述或畫個大概，敏悟的她也能製做出我心目中的衣裳。

　　那一次，我買回一塊稍具張力的正黑色料子，忽然想到自己加工，使玄墨的底色產生炫麗的效果。於是預先草擬服裝的樣式，拿去小店與老闆商量。我的構想是：在胸前與袖口各鑲緄細細紅邊，並且飾以彩色刺繡，刺繡的部分，由我自己負責，老闆懂我的意思，並且同意我的計劃，遂由她先行剪裁，數日以後讓我取回前胸部分和兩隻長袖。那胸口呈圓弧形狀，兩袖則是袖端張開如同小喇叭的樣式。

　　我在上海日租界讀小學時，四年級以後，男生有木工課，女生則受女紅教育，所以習得一些基本的針線知識。我尤其喜愛法國刺繡。用一套圓形的小木繃子，將布料繃得緊緊，將稍粗的繡線穿在大眼針中，以多種變化的針法繡出花卉、翎鳥等圖樣。後來回到臺灣讀中學，雖然也有家事課，卻形同虛設，沒有實際學到什麼技藝。小學時代訓練出來的刺繡技藝，則令我受用不盡，我始終保留著繡花繃子，遇著有好看顏色的法國繡線，尚且總是忍不住蒐購的。

　　當初構想刺繡，本是一時興起，並未有預先準備的藍圖和

樣本。拿到老闆剪裁好的部分衣料後,便即自胸前那部分著手。在胸前正中央向圓形領口,我用紅色為主,配以黃色、藍色等,繡出由下而上,漸形變小的各色花朵。花蕊一律是淺黃色,枝葉一律是翠綠色。花朵枝葉,全採半圖案化效果,有別於中國湘繡的寫實,較近匈牙利刺繡的趣味。中央的部分完成後,開始繡右側,在正中與肩部之間,另繡一串稍微小些、短些的花葉和枝莖,色彩調配與樣式安排故意使與中央那一串同中有異,以求活潑變化。

中央和右側的刺繡,隨興所至,任意而愉快,但輪及左側,問題就發生了;因其必須與先前所繡的右側對稱。我繡花和寫文章一樣,總不愛打草稿再謄書,喜歡認真下筆,一揮成章。但圖案化的法國刺繡若左右異樣,必然滑稽醜陋,所以只得一針一黹踏襲先前之隨興。費神費時,有倍於前時。

我在張開如同小喇叭的袖端外側,也大略依胸前的安排繡成三串大小的花朵與枝葉。而刺繡袖口的花樣,除了與胸前部分左右對稱有同等苦衷,又因左右兩袖必須完全統一,所以困難更勝於胸前部分的工作。但因為淨黑的布料之上不宜殘留打稿痕跡,便也唯有戰戰兢兢之一途了。

而克服了困難與挑戰,紓展三片繡成的衣料,私自欣賞,不覺得心中充滿了成就的喜悅!

趁黃昏天未暗前,我把繡成的三片送去巷口的洋裁店。老闆和三個年輕的女工看到攤開在裁衣桌上的絢爛刺繡,不禁都暫停手中的活兒,圍觀稱讚起來。

三日後,我依約去取衣。那衣裳懸掛在牆上最明顯的部位,十分引人注目。玄墨正黑的衣料上,因為胸前及袖端的細緻緄邊,與正紅色為主調的彩色法國刺繡相映成趣,高雅中復流露著

豔麗。那正是我心目中的華衣。「好多人來問我們,這衣服怎麼做成的?」老闆喜悅地說:「其實,昨天就做好了。故意多掛一天,讓大家欣賞欣賞。」「真的好看喲!」女工們也歡愉地讚賞。「是你們替我完成的。」我倒有些靦腆起來。彷彿很久以前,小學、中學時期,有時作文或繪畫作品被張貼在教室後頭或禮堂側面的佈告欄裡,走過那附近曾也有過類似的靦腆經驗。

那件衣裳是在迷你裝和布袋裝流行的時代製成,但我要求老闆不要剪裁得太短,以配合我的職業和身分,而小領口及收斂的A字型裙襬,則又可以在任何流行與不流行的時候穿著,所以存放衣櫥裡懸掛了許久。偶在稍稍正式的場合穿著它;甚至在喜慶的場合,亦因其絢爛的刺繡而允當合宜,也曾經帶出國,在一些國際性會議的夜晚聚會裡替我增添過一些風采。

我喜愛那件衣裳,因為它幾乎是我的作品:其實就是我的作品。我已經不記得在衣櫥裡懸掛了多久,其實,也並不是經常去穿著它,有時候甚至好像忘了它的存在;就像一本昔日出版的書,擱置在書架上,並不一定時時去翻閱,但總知道它就在那裡。直到有一天,我把那件曾經花了心血的作品送出去,才猛然意識到永遠失去了它,再也看不到了。書送出去,是可以再買的,縱令絕版的書,也容或有再版的可能;但我的黑衣裳卻沒有再版的可能。

送出黑衣裳,是出於被動狀況。

也是多年以前的事情了。當時為了援助泰北金三角的華裔子弟,臺灣的文壇發起女性作者義賣文學作品以外的「作品」。我受邀贊助,覺得義不容辭。但環顧四周,繁忙的生活中,一時真找不到有什麼可以義賣的非文字的作品,所以便將在衣櫥內掛了多時的那件衣裳交給來收件的人。

　　送出去後，即刻懊悔了。翌日趕到義賣現場，想自己把它買回來，但為時已晚。工作人員告訴我，甫一展出，即有人高價訂購。我只能對那展現於玻璃櫥內熟悉的衣裳投注最後一瞥，悵惘離去。

　　這許多年以來，我時常懷念那件黑衣裳。訂購的人想必是有情義的善心人，然則我的衣裳或者仍安然存在於我所不知道的某一個地方吧。

（選自《回首》，洪範版》）

說明

　　「衣櫥就像是衣服的旅館，多少衣服在其中懸掛暫留，也難免遷出離去」。作者此語，道盡多少人心事。但作者也指出，即便在為數眾多的衣服中，唯有一件黑衣最令她繫念不已。於是作者像是剝洋蔥似地，一層一層地告訴讀者這件令她懷念的黑衣裳，從製造過程的辛苦、完成時的受人讚賞，到最後的不得已捐出、後悔但無濟於事。隨著作者對回憶的描述，讀者在腦海中逐漸浮現出這件黑衣的形影，同時也明白為何這件黑衣會使作者如此難以忘懷。雖然最後林文月永遠地失去了這件為她帶來成就感、增添風采的黑衣，然而末段依舊流露出林氏散文一貫的溫暖情調，強調訂購之人定如她般愛惜那一襲黑衣，稍稍撫平了失去黑衣的落寞之感。

---

2. 顏崑陽〈褲子穿到破洞的童年〉

　　妻正將一疊一疊衣裳打包，準備明天送給某回收衣物的慈善機構。

　　「這兩件孩子的長褲，毛料的，穿不到三次，怎麼就送掉啦！」我摩挲著它，很是惋惜。

　　妻的臉色有些愉悅與無奈，「有什麼辦法！孩子長得太快

了，它又不跟著長。等著穿的衣褲太多了呀！」

　　等著穿的衣褲太多了！我的思緒倏然跌入恍兮惚兮的童年。有一幕塵埋已久的光景，霎時又鮮明起來。

　　八月，還在暑假，早上九點多鐘，陽光非常好。我正抬著一畚箕一畚箕的地瓜籤，鋪撒在曬穀場上。十歲，小學四年級生，農忙時，必須跟在大人們的身旁勞動。我鋪撒著地瓜籤；寬鬆、老舊的灰白色短褲，因為沾濕到地瓜的澱粉汁液，而呈現或點狀或塊狀的蒼黑。這件短褲，是母親用麵粉袋裁製而成的，說不上是內褲或外褲，反正內內外外就只穿一條罷了。這樣的褲子，兩、三條在替換，伴隨我度過幾個夏天，直到它們都「鞠躬盡瘁」。

　　「喂！大頭腦，今天是返校日，老師叫你趕快上學去！」同班的大目孔一邊高喊著，一邊氣喘咻咻地衝進曬穀場。

　　我大吃一驚，丟下畚箕，只遠遠地向母親大叫說「我要去上學」，便和大目孔一起奔向二里外的學校。

　　當我面對講台上的老師，報告為什麼沒有上學的原因時，背後突然有一個女生尖叫，「哇！褲子破個大洞！」接著另一個女生怪著腔調，「你們看，他的屁股！」我慌忙用雙手摀住臀部上那個丟臉的破洞，轉頭，窘然地瞪著一根根彷彿戳向我臀部的手指，以及一個個笑得像河馬哈氣的嘴巴。第一次感到「貧窮」竟然是這樣叫人難堪的事。

　　這樁難堪的事，讓我很長一段時間，不敢靠近女生群，怕他們又笑話我褲子破洞裡的屁股。

　　一九五〇年代，我的童年，沒有多餘的衣褲等著我去穿它，更沒有穿不到幾次就捐出去的衣褲。相反的，是我等著舊衣褲從不知名的遠方捐送到這窮苦的小漁村來。我們只要聽完「耶穌」

的故事，便可領到幾件衣褲。大家都很高興，沒有人嫌它老舊或不合身。這是當初我們所認識到上帝的愛—在褲子穿到破洞的童年。

　　一九九〇年代，我孩子的童年，太多衣褲等著穿，有些穿不到兩、三次便捐給回收衣物的慈善機構；或許在某個遙遠的地方，正有些孩子，就如我的童年，經常等待著有人送來舊衣褲，只是不知道還需不需要聽「耶穌」的故事。

　　我童年褲子上的破洞，隨著年歲的增長而逐漸縫合，並且也不再害怕女生。而我孩子的童年，絕不會穿著破洞的褲子。但是，假如人生總不免有些叫人難堪的「洞」，那麼它既不破在褲子上，將會破在哪裡呢？這金錢如土石流的時代！

說明

　　作者從妻子整理孩子們的舊衣回收寫起，以生動幽默的筆調，回憶起自己在孩提時代的貧窮，即使褲子已經穿到破洞了也沒得替換，不免使人感到尷尬難堪。然而，時代變遷，經濟起飛，作者已釋懷當年的尷尬窘迫。而文末的提問，在金錢如土石流的時代，如果每個人都有破洞，究竟會在哪裡？這個問題，值得我們深思。

分組活動

　　手機王：請各組討論並寫下購買手機時的考慮因素；並且以同組組員裡最低價格的手機，提出這支手機的優點。每組推派一位代表，上臺分享，最後由全班投票選出最物美價廉的手機王。

寫作鍛鍊

1. 譬喻修辭格鍛鍊：

例句：「我聞到樟腦丸的嗆味，像一群關了很久的小鬼，紛紛出籠呵我的癢。」

請模仿例句，並完成下列句子：

「我聞到＿＿＿＿＿的＿＿＿＿＿味，像＿＿＿＿＿，＿＿＿＿＿。」

2. 仿寫：請你以「一襲舊衣」為題，藉物寫情，書寫一篇約500字的散文。

【分組討論單】班級：＿＿＿＿　組別：＿＿＿＿　報告者：＿＿＿＿

　　　　　　組員簽名：＿＿＿＿＿＿＿＿＿＿＿＿＿＿

問：**「手機王」**：請各組討論並寫下購買手機時的考慮因素；並且以同
　　組組員裡最低價格的手機，提出這支手機的優點。每組推派一位代
　　表，上臺分享，最後由全班投票選出最物美價廉的手機王。

答：

請沿虛線剪下

【寫作鍛鍊】　　　　　　　　　　日期：＿＿＿＿＿＿

系級：＿＿＿＿＿＿　學號：＿＿＿＿＿＿　姓名：＿＿＿＿＿＿

請沿虛線剪下

〈汲江煎茶〉[1]

蘇軾

文本內容

　　活水[2]還須活火[3]烹，自臨釣石取深清[4]。大瓢貯月[5]歸春甕，小杓分江[6]入夜瓶。

　　茶雨已翻煎處腳[7]，松風[8]忽作瀉[9]時聲。枯腸[10]未易禁三椀[11]，坐聽荒城長短更[12]。

寫作背景

　　蘇軾（1037—1101），字子瞻，號東坡居士，四川眉山人。生於宋仁宗景祐三年，卒於宋徽宗建中靖國元年，年六十六。二十二歲受歐陽脩拔擢登進士第，神宗時上書反對新政，與王安石不合，自請外放，任杭州通判；而後改知密州等地；又因烏台詩案，貶為黃州團練副使。哲宗即位，奉召回京。後又因新黨得勢，屢遭貶謫，曾遠貶至惠州、儋州；徽宗時遇赦召還，病死於常州，諡號文忠。與父親蘇洵、弟蘇轍，世稱「三蘇」，有《東坡全集》傳世。

1　煎茶：烹茶、煮茶。
2　活水：有源頭會流動的水。
3　活火：有焰的炭火，指新燃猛烈的火。
4　深清：深又清的江水。
5　貯月：月影在水中，瓢兒彷彿把它舀起。
6　分江：從江中取水，江水為之減了分量。
7　煎處腳：煎出了茶腳。茶腳指茶葉在烹煮時散發出來的茶色。
8　松風：茶水倒出時的聲音。
9　瀉：倒出。
10　枯腸：形容思慮枯竭。
11　禁：承受。此處語意用唐代詩人盧仝〈謝孟諫議寄新茶詩〉：「一碗喉吻潤，二碗破孤悶。三碗搜枯腸，惟有文字五千卷。四碗發輕汗，平生不平事，盡向毛孔散。五碗肌骨清，六碗通仙靈。七碗吃不得也，惟覺兩腋習習清風生。」
12　長短更：更鼓的點數多是長更，點數少是短更。

　　其文風汪洋恣肆，明白暢達，曾自謂：「如行雲流水，初無定質，但行於所當行，常止於所不可不止，雖嬉笑怒罵之辭，皆可書而誦之。」其詩則內容廣闊，風格以豪放為主，與黃庭堅並稱「蘇黃」。在詞的寫作上，掃除了晚唐五代以來的傳統詞風，擴大了詞的寫作範圍與意境，開創了豪放詞派，衝破了詩莊詞媚的界限，對詞的革新和發展做出了重大貢獻。此外，策論議辯亦皆擅長，尤其長於說理。

　　這首詩作於宋哲宗元符三年（1100）春，蘇軾當時被貶至儋州（今海南儋縣），詩中描寫了作者月夜在江邊汲水煎茶的細節，具體地反映了被貶至遠方的寂寞心情。

閱讀鑑賞

　　首聯第一句即開門見山，以「活水」和「活火」直接點出主題「煎茶」。第二句寫自己為了要能烹煮出好茶，不管時間已晚，仍舊親自前往江邊汲水。頷聯寫江邊汲水的情景，看著明月倒映在水中，舀起水的時候似乎連明月也一同舀起，裝入甕中。回到居處，又用小杓將甕中之水與月裝入瓶中。此處將汲水分裝的動作，寫的極美，更可顯示出蘇軾清朗高潔的心境。頸聯則寫全神貫注地觀察火候，生動地寫出煎茶的過程。末聯寫茶後不眠，又扣住了謫居生活。喝完茶後，不僅無法解決思慮枯竭的問題，反而想起今昔之比，更令作者難以入眠，只能坐在茶前，聆聽遠處傳來長短不一的更鼓聲。全詩通過描寫詩人從汲水到喝茶的過程，將謫居無聊的生活，生動地呈現在讀者眼前。

隨堂推敲

1. 蘇軾為何在三碗茶之後便無法入眠？你是否也有過「茶後不眠」的經驗？原因為何？

2. 為何頷聯寫出蘇軾汲水的經過，能反映出蘇軾內心世界的清朗高潔？

3. 就你印象所及，茶有哪些功用？

4. 你曾經吃過哪些野菜？當下感受如何？

閱讀安可

下列作品皆由飲食引起回憶。

1. 焦桐〈論牛肉麵〉

說明

> 　　作者以幽默風趣的敘事方式來「論」牛肉麵，充分表現出夾敘夾論的特色。由高中時期的牛肉麵揭開序幕，從一開始對賣麵姐妹的無邊想像，進而踏入了這平民美食的堂奧。多年經驗也令他多所感觸：好吃的店家，其滋味固然令人難以忘懷，但難吃的店家，卻也令人時有誤觸地雷之感。二者對照之下，益發使人認同焦桐所說：「一碗高尚的牛肉麵簡直就像一種祈禱，它不僅讚美我們凡人的舌頭，也彰顯廚師的認真、誠懇，和專業精神。」除了食物的滋味外，焦桐也指出用餐情境之於食物的重要。也許食物本身並不是特別美味，然而與三五好友相聚用餐，那種快樂的氣氛如同魔法一般，使眼前食物的滋味反倒在記憶深處留下深刻的印象。

2. 方梓〈春膳〉

說明

> 　　「過貓」、「川七」、「山茼蒿」，這些菜名是不是耳熟能詳？是否曾出現在餐桌上呢？相信身處於現代社會的你我，都是在傳統市場或超市當中，才能一睹這些菜蔬的芳蹤。這些在長輩口中所謂的「野菜」，一入口，便有些許苦味滿溢在口腔中。對作者母親而言，這苦味也在提醒著過往那糧食匱乏的時代裡，為了求生存，再怎樣苦澀的野菜都得吞入腹中，一如人生，不論有多少苦難，都得去面對。是以作者藉野菜之苦帶入人生之苦，唯有經歷過「苦」，才能珍惜眼前的幸福，故書中提到「沒有人會去記述野菜的歷史，就像沒有人會去訴說困頓的人生，除非苦盡甘來」。

也正是因為苦盡甘來，對於那最後摘取得來的甜美果實，才會更加珍惜。

3. 簡媜〈小管與魚的傷心往事〉

說明

　　每個人記憶中一定有喜歡與討厭的食物，對簡媜而言，小管是她所討厭的。討厭的原因除了小管本身的滋味、外型醜陋之外，父親和小管之間的連接，更是讓她對小管的情感更形複雜。父親車禍現場散了一地的小管，當時簡媜也許不願面對事實，而把整件事情想成是一場夢，以為將小管吃掉，父親就能復活。最終簡媜依舊沒吃小管，理由是「為了保留一份完整的哀傷，以及我父親對小管的渴望」，小管反而成為她思念父親的象徵物。「魚」則是象徵夢想的破滅。當善廚的女同學將一尾吳郭魚煎得赤黃酥脆，簡媜與其他同學都期待能吃上一口，滿足夢想。不過這夢想卻被某位老師魯莽的行為給毀滅了，也在這時，簡媜發現自己無力反抗，只能看著所剩無幾的魚和老師逐漸離去的背影。隨之而來的眼淚與悔恨，簡媜明白這也是成長的苦悶之一。

分組活動

　　美食地圖：請以小組為單位，畫出學校周邊的美食地圖並選出推薦的店家，記得要附上推薦理由，最後請指派同學上台報告，與全班分享。

寫作鍛鍊

　　寫作：在「料理絕配」這部電影中，女主角凱特希望人生也能像烹飪一樣，有食譜可以參考，讓人知道該怎麼過生活，而心理醫生說人生食譜自己寫最合適。請問你的「人生食譜」將會是什麼樣的內容呢？請自訂題目，文長約400字。

請沿虛線剪下

[分組討論單] 班級：＿＿＿＿ 組別：＿＿＿＿ 報告者：＿＿＿＿＿

組員簽名：＿＿＿＿＿＿＿＿＿＿＿＿

問：**「美食地圖」**：請以小組為單位，畫出學校周邊的美食地圖並選出推薦的店家，記得要附上推薦理由，最後請指派同學上台報告，與全班分享。

答：

【寫作鍛鍊】　　　　　　　　日期：＿＿＿＿＿＿

系級：＿＿＿＿＿　學號：＿＿＿＿＿　姓名：＿＿＿＿＿

請沿虛線剪下

〈王子麵之戀〉

甘耀明

文本內容

　　那年春天，我與一位小女孩在一起。她請我吃王子麵，我借她漫畫書，這事情太簡單了，卻一輩子忘不了。當時，我們都還是六歲的幼稚園小朋友，在共享一個春天後，就再也沒有相遇了。

　　如今想來，我根本不記得小女孩的模樣。她是長髮嗎？眼睛大嗎？皮膚是白是黑？是不是有些特殊的習慣，比如愛笑呀！或著因換乳牙而有一口爛牙呢？這我壓根兒都不記得。也許吧！她是有點瘦小，但我的記憶就這麼一點。我記得的她總揣著一包王子麵，放在斜揹的小書包裡，下課時拿出來，用小小的雙手捏碎方正的麵塊，再撕開袋口，取出調味包放入鹽粒、胡椒及碎蔥乾，坐在座位上品嚐。麵塊被壓碎時，像凝固的雲塊終於碎裂，發出淅淅唰唰的細微雨聲。撕開袋口的剎那，芳香的乾麵味洋溢，空氣中瀰漫一種快樂與期待，很有春雨入土的淡淡草味。就這麼一點味道，夠了，足足讓我漫長地懷想，如何與一位小女孩相遇的春天。

　　那年，全家從鄉下搬到苗栗市區，住在「南苗市場」裡的狹小樓房。我們睡在樓上的通舖，樓下的店面則是母親裁縫的店面。每天一大早，我揹

著小書包穿過南北貨行、雜貨店、雞蛋行、布店及濃腥吵雜的魚肆及肉舖，沿著黑污油膩的街道，前往十五分鐘距離的大同國小附設幼稚園上學。課堂上，孩子們坐在排成口字型的椅子上，在格子好大的練習簿上寫下ㄅㄆㄇㄈ，思考：有一顆蘋果的籃子裡又放入一顆蘋果共有幾顆蘋果？十點的下課，老師教唱歌謠後，發放包子、饅頭、餅乾或綠豆湯，孩子們吵雜的吃點心，根本聽不到春雨落在屋瓦上的細索聲。

　　就這樣，在春雨細微遙遠的某個早上，小女孩來到了幼稚園。她讓一位老伯牽著入場，老師安排她坐在我對面的桌椅，跟著全班在格子好大的練習簿上寫下ㄉㄊㄋㄌ，思考：有兩顆檸檬的籃子裡又放入一顆橘子共有幾種水果？下課了，老伯牽著小女孩離開，穿過人聲逐漸乾淨的魚肆及肉舖，走入「南苗市場」內的一家南北雜貨行。喔──原來小女孩住我家附近！於是，我們在上課時交換淡淡的眼神，注意彼此的存在。

　　在那段模糊的季節，她每天都有一包王子麵零食。她學會跟我分享，從袋內抓一把乾麵出來，我也很有默契的雙手合掬，承受那一把滋味。或著，她會留下袋內的幾口的乾麵還有剩餘的調味料，留我品嚐。小女孩會慷慨的與其他同學分享王子麵，還是只與我獨享？我也曾這樣嗎，帶著她在那如今

拆掉改建爲活動中心的瓦房幼稚園遊玩嗎？一起玩蹺蹺板、地球儀或大象溜滑梯，或坐在後院種了幾株尤加利的樹下默坐，聽著蟬鳴隨時序入晚而嘩噪？不記得了，只記得有一回我犯錯，被老師罰站在教室中央，下課了，同學來來往往沒人理，我低頭不語。小女孩跑過來了，唰啦啦響著袋子，我下意識地雙手合掬，在眾人目光下，她勇敢的與我一起吃乾麵，如此勇敢。

　　同一條回家的路上，老伯牽著她走前頭，我只能走在後頭。有時候，她會回頭看我有沒有跟上，以調整她和老伯的腳步。終於在同條路的岔點上，我們分開了，回到各自的家庭與遊戲的國度。

　　那些充滿菜葉、骨渣、魚鱗與積水反光的街道安靜後，兩旁的商家開始湧出男孩，聚集在附近的文昌廟前廣場遊戲。男孩們的遊戲霸道，不讓女孩加入，我們向來談論當時流行的卡通科學小飛俠，一號鐵雄，二號大明，跳過三號珍珍，接著討論四號丁丁，五號阿龍。每個男孩都有各自比附的小飛俠，因爲姓名的關係，我總是喜歡那位亦正亦邪、帶著不合群觀念的阿明。於是，我總是在那些男孩不注意時，離開他們，靠近小女孩的聊天。我有一本科學小飛俠漫畫本，翻閱不下數十遍，至今仍熟記其中的章節，我很高興將漫畫借給小女孩，要一起討論。

　　有時候，我會在閣樓獨自戲耍，聽著母親在樓下踩裁縫機，一陣急速縫紉的針車聲便散開來。那天下午，小女孩跑來了，大喊：

　　「我找甘耀明。」

　　「誰？」

　　「甘耀明。」

　　「我叫叫看。」急索的縫紉聲停了，母親轉頭大喊：「甘耀明，有人來找你囉！」

　　我坐在樓上地板，是如此膽小與害羞，一句話也不敢回應。每次經過小女孩家，我總是遠繞而過，偷偷瞧著她在不在。沒想到她這麼大膽，直接到我家還漫畫書，更大聲呼喊我的名字。

　　母親叫了幾遍後，對小女孩說：「他睡午覺了。你找他什麼事呀！」

　　「我要還他漫畫書。」

　　唉！小女孩的聲音如此雲嫩，我只能伏在地板上聽著她與母親對話，彷彿伏在大岩堡上，捕捉時間的流泉如何穿越層層堅厚蕪漫的阻隔，一聲一字的在我耳蝸深處迴盪。是呀！我仍記得那天午後的全部對話，以及小女孩清楚叫喊我的名字，這是整部默片記憶中唯一軋出聲音的部分，然後又安靜下去，只剩光與影彼此駁雜。

　　這世界上是不是有一種時光機，像漫畫小叮噹中一樣，我只要拉開抽屜進入，坐上魔毯似的機

器，穿過四周如超現實畫中軟糊鬆黏的時鐘，終於會回到那天下午。我會站在樓下，對樓上小男孩大喊：「我知道啦！你別裝睡了，趕快下來吧！」然後帶小男孩與小女孩，穿過積水的街道，到廟口的冰店吃上一碗冰粉圓或豆花。靜靜的，聽著小男孩與小女孩談話，或者小男孩始終安靜與害臊，只把冰品吃得聒聒響，剩下小女孩一直用雲嫩的聲音抱怨：「你裝睡，你裝睡，你裝睡……。」這樣，或許那個小男孩會記下更多的東西，即使是安靜溫柔的畫面也好。然而，這個世界沒有時光機，但時間卻持續運轉，不久後的某個午後，小女孩轉學到另一座都市，小男孩也慢慢長大了。長大的日子裡，小男孩，或者說男孩吧！總對那天下午的裝睡頻憾，他知道，那時應該從樓上的梯口懸出一顆頭顱，說：「呀！我沒裝睡。」然後又說：「我覺得妳很勇敢喔！竟然跑到我家來。」但只是事後諸葛的懷想，永遠帶著淡淡惆悵。

　　長大後的男孩與女孩，會不會？曾經在某個地方相遇過而不知。會不會？在某班都市的捷運上，男孩正坐在女孩的對面，彼此相顧一眼後，眼神故意錯開，那種小時候不顧裝扮、容貌、身材及地位的相契相識畢竟不能延續下來，終究要錯開當初的記憶。會不會？在某個等紅燈的路口，男孩與女孩各自戴著全罩式安全帽，彼此看了一眼，微

笑，再微笑，然後綠燈亮了，身後的一百台汽機車迫鳴，男孩與女孩不得不騎著機車前行，在彼此落差的速度中，終究要越拉越大。會不會？在某個戲院……。

　　這真的太像愛情小說的橋段了，但我竟然曾認真地如此猜測與模擬。

　　我仍清楚記得最後一道關於小女孩的記憶。那時，我們在市場漫遊，在街廊的盡頭，有人大聲叫了我。我跑過去，那位男孩說：「你怎麼跟女生在一起。如果你跟她在一起，就不要跟我們玩。」我清楚記得這一句，但當時不知如何抉擇。我站在街廊的這頭，背後湧入的光在幾尺前便頓停，她站在遙遠的那頭，全然是一枚小小的剪影。那密閉的街廊，左邊第一家是鐘錶店，第二、三家是倉庫，第四家是賣廉價化妝雜品的；街廊右邊是牆，掛滿各種形狀的時鐘，絕不是超現實主義中那種軟糊鬆黏的樣子，秒針還滴滴答答響著，一格格往前跳動。

　　她真的期待我一起遊市場，如此專注。

　　我也是如此期待著與男孩們一起遊戲，扭頭便走。我知道，明天或後天，我們還會這樣在一起，分享一包王子麵或討論一本漫畫書。

　　但是，沒有了，往後的春雨中都沒小女孩靠近的影子了。

　　我是認真想過她的……。

寫作背景

　　甘耀明（1972－），生於苗栗縣獅潭鄉，畢業於東華大學創作與英語文學研究所。曾任劇場工作者、記者、中學教師，也曾參與文建會與德國柏林文學協會主辦的「臺德文學交流合作」，而於2011年10月代表臺灣作家在柏林駐村一個月。目前擔任靜宜大學兼任講師、作文班教師。

　　寫作題材廣泛，從青少年成長、鄉野傳奇到時事的諷諭皆有涉獵，被李奭學譽為「千面寫手」。作品中常融入客家的語言文化及傳說習俗，以極富想像的文字書寫、寫實中又摻雜魔幻的風格魅力，與伊格言、童偉格等人同被視為臺灣新鄉土的代表作家。著有短篇小說集《神祕列車》、《水鬼學校和失去媽媽的水獺》、《喪禮上的故事》，長篇小說《殺鬼》、《邦查女孩》，散文《沒有圍牆的學校：體制外的學習天空》（與李崇建合著）。

　　回憶童年時光，哪一項零食令你印象深刻、記憶猶新呢？對甘耀明而言，是有著黃色外包裝的王子麵，這不起眼的零食，背後隱藏著一段純純的童年回憶。本文選自《流動‧光影─靜宜大學‧閱讀與書寫‧生命敘事文選》，寫作者回憶童年時期一段青澀且短暫的戀情，生命中的一段小小缺憾。

閱讀鑑賞

　　首二段為楔子，且作者試圖告訴讀者在他的印象中，小女孩的形象早已模糊，印象最深刻的竟是小女孩隨身攜帶的王子麵。關於小女孩，作者在進入正文後先仔細描繪所處的環境，由住家周圍到學校，然後帶出原來那每天帶著王子麵的小女孩，就住在他家附近，只是他們從未見過彼此。

　　隨著回憶越陷越深，作者曾與小女孩一同做過的事情愈來愈多。然而對作者與讀者而言，小女孩的面貌始終是模糊不清的，即便是小女孩勇敢打破孩子們心裡「羞羞臉，男生愛女生」這類莫名其妙的想法，只要是作者尚未意識到「愛情」的可能性時，小女孩的面貌將會一直模糊地存在。

　　回憶總是令人惆悵，而現實往往最為殘酷，用這樣的角度來看作者最後一次與小女孩相處的回憶，的確是如此。在友情與愛情之間，作者選擇了前者，天真地以為未來還有機會可以跟小女孩一起共享王子麵和漫畫。

然而這短暫的愛戀如風如煙，一消逝便再也回不來了。

　　本文可視為極短篇小說。極短篇小說的特色在於情節單一，敘事焦點往往只集中在一人身上，且情境刻畫比人物還重要。閱讀時若能掌握住這些要點，便不難理解為何小女孩的面貌如此模糊了。

隨堂推敲

1. 小時候最愛的零食是什麼？有沒有專屬於它的特殊回憶？
2. 為何小女孩的面貌在作者的印象中始終是模糊的？
3. 如果你是小女孩，在最後一次與作者見面時，想對他說什麼話？
4. 作者在文中如何寫聲音？這些聲音的描寫具備了什麼樣的功能？

閱讀安可

下列作品皆與飲食有關。

1. （清）曹雪芹《紅樓夢‧櫳翠庵茶品梅花雪》

說明

　　延續前一回的熱鬧飲宴，劉姥姥在此回依舊是以甘草人物的形象出現。也正因為有劉姥姥，突顯出賈府在飲食方面的講究。而這講究之處不僅在食物，就連食器也相當考究，如酒杯（竹根套杯、黃楊木套杯）、茶器（如妙玉所擁有的珍貴古玩）。藉此，曹雪芹寫出了賈府的富貴奢華。此回中最有名的食物為茄鯗。在鳳姐與賈母眼中，這僅是一道茄子料理；但在劉姥姥眼中，這與她味覺經驗中的茄子風味並不相同，二者之間有著天壤之別。尤其是聽完鳳姐敘述茄鯗作法後，劉老老只能搖頭讚嘆，強調「倒得十來隻雞來配他，怪道這個味兒」！同以茄子為料理主體，富貴人家與農村百姓所烹煮出的風味截然不同，在這短暫的對話中，作者點出了貧富之間的極大差距。若說劉姥姥與賈母是貧富差距的象徵，那麼同為富貴中人的寶玉、寶釵、黛玉，在妙玉的櫳翠庵中，則是藉由品茗而點出了雅俗之別。妙玉雖是出家人，但本身乃官宦人家女兒，且出家後不久又受

賈府供養，故她的日常生活用度不似一般僧尼，由她所擁有的茶具，便可知品味不凡。在品茗方面，妙玉也自有其堅持：梅花殘雪、雅致茶器。再者，除了對外在器具的追求，妙玉也將喝茶與品茗分隔開來，認為「一杯為品，二杯即是解渴的蠢物，三杯便是飲驢飲牛了。」曹雪芹藉由此回，將當時貴族們對飲食文化的講究，描寫得淋漓盡致。

2. 徐國能〈第九味〉

〔說〕〔明〕

　　藉烹飪之特殊生命軌跡的描寫，表現作者對飲食況味的領悟，並帶出酸、甜、苦、辣、鹹、澀、腥、沖八味之外的「第九味」。此味非由生理感官可得，若非嘗遍眾味，閱盡人世，終難得其門而入。作者由「技」而入於「道」，從「食之味」烘托出「人生之味」，點出「飲食即人生」的哲理。作者雖寫散文體裁，但卻巧妙運用小說筆法，同時嫻熟地駕馭文字，恰到好處地述說一個完整故事。而所謂作者能由技（術）而入於道（理），在於寫味道卻以之類比為人（君王后妃）或物（秋菊冬梅）之理，最後更隱約顯出人生的變化、滄桑之理。篇名為〈第九味〉，作者卻只說了八味，甚至連到最後第九味也未明白指出，留予讀者諸多想像，自始至終都緊扣著讀者的想望。

3. 柯裕棻〈鹽酥雞〉

〔說〕〔明〕

　　上一次吃鹽酥雞，是什麼時候的事呢？誠如作者所言，這是一項「風靡全台」的食物，要說有什麼特色，一時半刻還真不知這項庶民美食有什麼特色，一如作者提到：「這其實就是個油炸攤子，……食材選項各攤都相似。」但這隨處可見的，沒有什麼特色的美食，竟也能擄獲許多人心。令作者訝異的是這項美食竟然在飲食文學的殿堂裡缺席，沒有人對這類小吃略作說明，不免勾起了作者的好奇心，便有了這篇文章的誕生。眾所周

知，鹽酥雞是道不健康的料理，人們常在醫藥相關新聞上讀到這類食品對健康的危害，可是美食當前，該沉淪或是跳脫，倒也讓人難以抉擇。由此，作者聯想到政治。素日裡人們對政治也許是冷默的，但是一到選舉時總會產生莫名的狂熱，這就像鹽酥雞，明知傷身，卻又往往身陷其中，沉迷不已。

分組活動

　　食物接龍：由教師或TA命題，以一種食物的名稱作為開頭，每組即以接龍方式接續下去，時間以10分鐘為限。時限內完成最多組數的隊伍即可獲得優勝（與食物有關即可，可以是菜名或食材，但限制須為同音同字。各組寫在大海報上，然後一一在台上展示成果，最優勝組有獎品。）

　　例如：玉米→米香→香腸→腸粉→粉絲→絲瓜→瓜仔肉→肉骨茶→茶碗蒸→蒸蛋→蛋花湯→湯包→包心菜

寫作訓練

　　寫作：甘耀明的〈王子麵之戀〉是藉食物寫童年回憶。請你也依循此路線，找出回憶中那道帶給你獨特感受的食物。請以「記憶中的味道」為題，撰寫一篇約500字的散文。

【分組討論單】班級：＿＿＿＿＿　組別：＿＿＿＿＿　報告者：＿＿＿＿＿

組員簽名：＿＿＿＿＿＿＿＿＿＿＿＿＿＿＿＿

問：「**食物接龍**」：由教師或TA命題，以一種食物的名稱作為開頭，每組即以接龍方式接續下去，時間以10分鐘為限。時限內完成最多組數的隊伍即可獲得優勝（與食物有關即可，可以是菜名或食材，但限制須為同音同字。各組寫在大海報上，然後一一在台上展示成果，最優勝組有獎品。）

例如：玉米→米香→香腸→腸粉→粉絲→絲瓜→瓜仔肉→肉骨茶→茶碗蒸→蒸蛋→蛋花湯→湯包→包心菜

答：

請沿虛線剪下

【寫作鍛鍊】　　　　　　　　　日期：＿＿＿＿＿＿

系級：＿＿＿＿＿＿　學號：＿＿＿＿＿＿　姓名：＿＿＿＿＿＿

請沿虛線剪下

主題五 居止之愛

導讀　　緊緊相繫的心

　　在一對兒女接連向這個美好世界報到後，為了給這對地球新人類一個家，找尋一個合適的房子，一個得以安身立命的房子，便成為假日時我和老婆最主要的行程了。

　　只是，談何容易！

　　一個能讓人滿意的房子，縱然不是高樓廣廈千萬間，但至少也得要有擋風蔽雨的堅固；即使沒有「屏山獻青，畫巒滴翠」的山水景色，但至少也要讓人有「安全溫暖」的感覺，讓「生命可以在這裡停留一段時期」。再加上採光要佳、通風要好、格局要方正、交通要方便、地段不能太偏僻、生活機能也不能太差等等這些基本條件。還有，最重要的一點，必須要能夠配合口袋的深度；否則，一切免談。

　　就在這些必要條件與充分條件的相互搭配下，尋尋覓覓，再尋尋覓覓，從市區到郊區，從這市到那縣，我們終於覓得了一個會讓人嘴角上揚的房子。

　　「這間房子妳覺得怎麼樣？」第一次看屋時，我對著老婆說道。

　　老婆微笑的回答說：「看看孩子們，你就知道了。」

　　看著孩子們從進屋後就開心地樓上樓下的跑，我和老婆會心一笑，彼此都知道——就是它了。

　　那是一間兩層樓的舊公寓，雖然外表不甚起眼，但「左右皆林木相虧蔽」，「澄川翠榦，光影會合於軒戶之間，尤與風月為相宜」；更重要的是，它能讓我們感受到「形骸既適」，「觀聽無邪」，熟悉、親切、安全。它，不僅是一個硬體的房子，更是一個確確實實的「家」了。

　　有時，我們喜歡「窩在家裡」，「讀自己喜歡的書，聽自己喜

歡的音樂」，做自己喜歡的事。有時，我們也愛背起行囊，一家子往海洋航去，向山林走去。看看「奇峰錯列，眾壑縱橫」；聽聽林鳥嗝啾，淙淙細流。因為大自然有「山椒水湄悠悠蕩蕩的雲彩，兀自端然盤坐的高山，若老龍鱗的道旁青松，如詩如畫的彩蝶，霏霏的香霧，露衣的落葉」；也可以看到「峭壑陰森，楓松相間，五色紛披，燦若圖繡」、「山高風鉅，霧氣去來無定」的奇景。我想，唯有見識過自然界的鬼斧神工，「才能虛心涵泳，學習與自然及一切生命相依相生，和諧共處」；更能藉此「回歸一切生命與存在的本源」，「從自然的原始面貌裡尋找失落已久的自我」，進而「安於沖曠」，「沃然有得，笑傲萬古」。

　　窩著，有自己尋覓已久才看對眼又能輕鬆自在的兩層家；走著，有蘊育了數十億年才造就出如此氣象萬千的地球家。兩層家有它的舒適與親切，地球家有它的驚奇與壯闊。從今以往，我們都知道，不管窩著，還是走著，我們都會有自己的家，也都會相互擁有一直緊緊相繫的心。

〈滄浪亭記〉

蘇舜欽

文本內容

　　予以罪廢無所歸，扁舟南遊，旅於吳中，始僦舍[1]以處。時盛夏蒸燠[2]，土居皆褊狹[3]，不能出氣，思得高爽虛闢[4]之地，以舒所懷，不可得也。

　　一日過郡學[5]，東顧草樹鬱然，崇阜廣水[6]，不類乎城中。並水[7]得微徑於雜花修竹之間，東趨數百步，有棄地，縱廣合五六十尋[8]，三向皆水也，杠[9]之南，其地益闊，旁無民居，左右皆林木相虧蔽，訪諸舊老，云：「錢氏有國，近戚孫承祐之池館也。」[10]坳隆勝勢[11]，遺意尚存。予愛而徘徊，遂以錢四萬得之，構亭北碕[12]，號「滄浪」焉。前竹後水，水之陽又竹，無窮極，澄川翠榦[13]，光影會合於

1　僦舍：租屋居住。
2　蒸燠：悶熱如蒸。燠：音ㄩˋ，悶熱。
3　褊狹：音ㄅㄧㄢˇ ㄒㄧㄚˊ，狹窄，狹小。
4　高爽虛闢：高大清爽、空曠遼闊。
5　郡學：或稱儒學，指明代的府學、州學、縣學。
6　崇阜廣水：山高水闊。
7　並水：沿著水邊。並：依傍。
8　尋：古代八尺稱為「一尋」。
9　杠：音ㄍㄤ，獨木橋。
10　錢氏有國，近戚孫承祐之池館也：唐代末年，錢鏐佔據了吳越之地，國富兵強；其後，他的皇親國戚孫承祐在子城的西南邊建園造館。
11　坳隆勝勢：低窪高隆構成美好的地勢。坳：音ㄠ，低窪。勝：美好的。
12　碕：音ㄑㄧˊ，曲折的堤岸。
13　澄川翠榦：清澈的流水，翠綠的竹幹。

軒戶之間，尤與風月爲相宜。

　　予時榜[14]小舟，幅巾[15]以往，至則灑然忘其歸，箕[16]而浩歌，踞而仰嘯，野老不至，魚鳥共樂，形骸既適則神不煩，觀聽無邪則道以明，返思向之汩汩榮辱之場，日與錙銖利害相磨戛[17]，隔此眞趣，不亦鄙哉！

　　噫！人固動物耳！情橫於內而性伏[18]，必外遇於物而後遣[19]，寓久則溺[20]，以爲當然；非勝是而易之[21]，則悲而不開。惟仕宦溺人爲至深[22]，古之才哲君子，有一失而至於死者多矣[23]，是未知所以自勝之道。予既廢而獲斯境，安於沖曠[24]，不與眾驅，因之復能見乎內外失得之原[25]，沃然有得，笑傲萬古。尚未能忘其所寓目，用是以爲勝焉[26]。

14　榜：音ㄅㄥˋ，此處當動詞用，使船前進。

15　幅巾：古代以縑全幅所做的頭巾，亦稱為「襆頭」。在此指閒散者的裝扮。

16　箕坐：兩腳張開而坐，形狀像畚箕。

17　磨戛：音ㄇㄛˊ ㄐㄧㄚˊ，兩物相摩擦。

18　情橫於內而性伏：人的慾望本來潛伏在內心。

19　必外遇於物而後遣：碰到外在的事物必定會動心。

20　寓久則溺：久而久之則沈溺其中。

21　非勝是而易之：不加以克服而改變它。勝：克服；是：此，指沈溺在慾望之中；易：改變。

22　唯仕宦溺人為至深：只有做官的慾望，是最令人深溺其中的。

23　有一失而至於死者多矣：偶然陷入名利之中而喪失生命的人，是很多的。

24　沖曠：外指空曠遼闊的環境，兼指內在淡泊虛靜的心境。

25　原：根源。

26　用是以為勝焉：藉由欣賞滄浪亭的優美景致，以克服對於名利富貴的慾望。是：此，指滄浪亭的美好景色；勝：戰勝、克服。

寫作背景

蘇舜欽（1008－1048），字子美，祖籍梓州銅山（今四川中江），曾祖父時移家開封。宋仁宗景祐元年（1034）進士，歷任蒙城（今屬安徽）、長垣（今屬河南）縣令，入大理評事，范仲淹薦為集賢校理、監進奏院。蘇舜欽勇於議論朝政，為官直言不諱。歐陽脩在〈湖州長史蘇君墓志銘〉中云：「位雖卑，數上疏朝廷大事，敢道人之所難言。」當時宰相杜衍與范仲淹等人執政，眾人力圖革新，卻遭保守派反對。由於蘇舜欽為杜衍之婿，被保守派視為政敵。慶曆四年（1044）時，蘇舜欽遭御史王拱辰構陷彈劾，指其於進奏院祠神時，用鬻故紙公錢宴請賓客，以「監守自盜罪」削職為民。蘇氏因此閒居蘇州，後再起用為湖州長史，慶曆八年（1048）十二月卒。

蘇舜欽平生推崇韓愈、柳宗元，詩與梅堯臣齊名，美稱「蘇梅」，被贊為宋詩「開山祖師」，著有《蘇學士集》（又名《蘇子美集》）16卷。

本文選自《蘇學士集》，是作者遭受政治打擊以後所作的。滄浪亭在今江蘇省蘇州市城南，是中國長江以南歷史最悠久的園林。北宋慶曆五年（1045），蘇舜欽購得園址，建亭並名為「滄浪」，作〈滄浪亭記〉，自號「滄浪翁」。

閱讀鑑賞

「滄浪之水清兮，可以濯吾纓；滄浪之水濁兮，可以濯吾足」，蘇舜欽以《孟子・離婁》和《楚辭》所載〈孺子歌〉之意，為亭命名。通過閱讀本文，得以了解作者購園築亭始末及其抒發生活的具體感受；也反映出作者寄情山水、忘懷得失榮辱、鄙視官場且傲然自得的高尚情懷。

全文分為四段，文章約可分為兩個部分來看。第1、2段著重於記敘，說明在購亭之前，對於高爽虛辟之地從「思得」、「不可得」而最後終於「得之」的歷程。一方面寫原本寓居環境的惡劣，間接透露罷官的憤懑及鬱悶，為後文買地築亭以及文末的議論作鋪墊。接著，詳細敘寫發現和購置空地並築亭的經過，帶出蘇州一片美好山水。作者和多數在政壇挫敗的文人一樣，將心靈寄託從政治環境轉向自然，透過山水美景以自我昇華。環境的幽靜淡雅，使作者「灑然而忘其歸」，進而暫時忘卻在政治上

所遭遇的挫敗。第3、4段作者先細緻描寫其悠閒自在的生活情境，「箕而浩歌，踞而仰嘯，野老不至，魚鳥共樂」，外在生活的閑逸自在，日積月累地深化作者內在的生命態度。接著筆鋒一轉，從寫景抒情轉至議論，透過今昔生活經驗的比較，反思過去汲營名利的鄙俗，了解人生真正的快樂，心情則由先前的苦悶轉變為樂觀悠閒。最後一段，則將議論落實至自身經驗，慶幸罷官後找到清淨住所，得以淡泊名利、傲然自得，實為因禍得福，也點出創作本文的旨意。

　　這篇文章深受柳宗元山水遊記的影響，文句精練，風格峻峭。然而，作者並非單純的模仿，看似為了記亭而作，文字之間更彰顯自身的生命情懷。滄浪亭是作者寄情所在，也是全文推展的關鍵。本文的寫作特色在於敘事、抒情、議論三者合一，先是敘事寫景，再抒情議論。結構層次分明，藉描寫自身經驗以抒發隱退的情懷，其中所展現的生命領悟與深度，足以為後世景仰學習。

隨堂推敲

1. 試簡述作者寫作本文的原因為何？
2. 請指出文中描寫滄浪亭周遭美好山水的部分，並用白話文重新敘述一遍。
3. 作者在文末提到「予既廢而獲斯境，安於沖曠，不與眾驅，因之復能見乎內外失得之原，沃然有得，笑傲萬古」，你對這段話有什麼感想？
4. 當你遇到挫折時，有什麼樣的心理感受？你通常用什麼方式來轉移注意力或者昇華自我情緒呢？

閱讀安可

下列兩篇作品，皆見生活四周處處為美。其一蘇舜欽〈初晴遊滄浪

亭〉，描述作者在夜雨初晴後的所見所聞，詩中可見詩人生活情致；其二鍾怡雯〈迴盪‧在兩個緯度之間〉一文，描述作者在南洋及臺北兩個不同時空的都市情感及記憶重塑。

1.（宋）蘇舜欽〈初晴遊滄浪亭〉

　　　　夜雨連明春水生，嬌雲濃暖弄陰晴。簾虛日薄花竹靜，時有乳鳩相對鳴。

說明

　　作者描寫雨後初晴時，所見所聞滄浪亭的優美景致。詩中句句寫景，未有一字言情，而文字間充分流露出作者的自在閑逸之趣，以及對滄浪亭的由衷喜愛之情。

2. 鍾怡雯〈迴盪‧在兩個緯度之間〉

說明

　　鍾怡雯為馬來西亞華僑，作者透過描寫飲食、交通、語言、氣候，以及周遭人事喜悲、生活百態等這些看似不起眼的日常生活，彰顯其生命歷程迴盪在吉隆坡及臺北兩個不同城市之間，藉以進行城市情感與記憶的重塑。作者在異鄉臺北裡使其自我安住，經過字裡行間的記憶建構，臺北成為她第二個家鄉。

分組活動

　　我是家鄉大使：請上網搜尋資料，或以個人經驗，寫出家鄉的風土人情、名勝古蹟，或是美食特產。（至少列出三項）

寫作鍛鍊

1. **摹寫格修辭鍛鍊**：請運用摹寫法來描述今天的國文課堂，並註明為何種摹寫。

2. **寫作**：張潮《幽夢影》書中說：「文章是案頭之山水，山水是地上之文章。」李白〈春夜宴桃李園序〉也說：「大塊假我以文章。」偉大的作品，往往是自然和人生的刻畫。請以「校園之美」為題，寫一段300字以內的短文，須有三種以上的摹寫技巧。

［分組討論單］班級：＿＿＿＿　組別：＿＿＿＿　報告者：＿＿＿＿

　　　　組員簽名：＿＿＿＿＿＿＿＿＿＿＿＿＿＿

問：我是家鄉大使：請上網搜尋資料，或以個人經驗，寫出家鄉的風土人情、名勝古蹟，或是美食特產。（至少列出三項）

答：

請沿虛線剪下

【寫作鍛鍊】　　　　　　　　　　日期：＿＿＿＿＿＿＿

系級：＿＿＿＿＿＿　學號：＿＿＿＿＿＿　姓名：＿＿＿＿＿＿

請沿虛線剪下

請沿虛線剪下

〈遊黃山日記後〉（節選）

徐弘祖

文本內容

　　戊午¹九月初三日出白岳²榔梅庵，至桃源橋。從小橋右下，陡甚，即舊³向黃山路也。七十里，宿江村。

　　初四日。十五里，至湯口⁴。五里，至湯寺⁵，浴於湯池。扶杖望硃砂庵⁶而登。十里，上黃泥岡。向時雲裡諸峰，漸漸透出，亦漸漸落吾杖底。轉入石門⁷，越天都⁸之脅⁹而下，則天都、蓮花¹⁰二頂，俱秀出天半。路旁一岐¹¹東上，乃昔所未至者，遂前趨直上，幾達天都側。復北上，行石罅¹²中，石峰片片夾起，路宛轉石間，塞者鑿之，陡者級¹³之，斷者架木

1　戊午：明神宗萬曆46年，西元1618年。
2　白岳：指齊雲山，中國四大道教名山之一，位於安徽省黃山市休寧縣城西十五公里處。
3　舊：指上次（萬曆44年）遊黃山。
4　湯口：安徽歙縣西北的小鎮，在黃山腳下，是前往湯泉必經之路，因湯泉而得名。
5　湯寺：唐代的湯院（靈泉院）、宋代的祥符寺，因靠近湯泉，故俗稱湯寺。
6　硃砂庵：慈光寺之舊名。
7　石門：黃山石門峰為三十六大峰之一，在光明頂東北，峰頂兩壁夾峙如門，故名。
8　天都：黃山主峰之一，海拔1810公尺，絕壁峭岩，極為險峻，山頂有「登峰造極」等石刻。
9　脅：側，旁。
10　蓮花：黃山主峰之一，海拔1860公尺。在文殊院前看蓮花峰，其形如初綻蓮花，故名。。
11　岐：通「歧」，分岔。
12　罅：ㄒㄧㄚˋ，空隙、隙縫。
13　級：動詞，指造階。

通之，懸者植梯接之。下瞰峭壑陰森，楓松相間，五色紛披[14]，燦若圖繡。因念黃山當生平奇覽，而有奇若此，前未一探，茲遊快且愧矣！

　　時夫僕俱阻險行後，余亦停弗上。乃一路奇景，不覺引余獨往。既登峰頭，一庵翼然[15]，爲文殊院[16]，亦余昔年欲登未登者。左天都，右蓮花，背倚玉屏風[17]。兩峰秀色，俱可手攣[18]。四顧奇峰錯列，眾壑縱橫，眞黃山絕勝處。非再至，焉知其奇若此！遇遊僧[19]澄源至，興甚勇。時已過午，奴輩適至，立庵前，指點兩峰。庵僧謂：「天都雖近而無路，蓮花可登而路遙。只宜近盼天都，明日登蓮頂。」余不從，決意遊天都。挾澄源、奴子，仍下峽路。至天都側，從流石蛇行而上，攀草牽棘，石塊叢起則歷[20]塊，石崖側削則援崖。每至手足無可著處，澄源必先登垂接。每念上既如此，下何以堪？終亦不顧。歷險數次，遂達峰頂。惟一石頂，壁起猶數十丈，澄源尋視其側，得級，挾予以登。萬峰

14　紛披：盛多，散亂。
15　翼然：鳥翅膀張開。本文指屋簷翹起，似鳥兒凌空欲飛。
16　文殊院：寺名，在天都、蓮花兩峰之間。今已不存，改建爲玉屏樓。風光奇美，俗諺：「不到文殊院，不見黃山面。」
17　玉屏風：即玉屏峰，因山勢東西橫亙，正擋北風，有如屏風，加上山石色白如玉，故名。
18　攣：同「攬」。
19　遊僧：四處雲遊的和尚。
20　歷：踰越。

無不下伏，獨蓮花與抗[21]耳。時濃霧半作半止，每一陣至，則對面不見。眺蓮花諸峰，多在霧中。獨上天都，予至其前，則霧徙於後；予越其右，則霧出於左。其松猶有曲挺縱橫者，柏雖大幹如臂，無不平貼石上，如苔蘚然。山高風鉅，霧氣去來無定。下盼諸峰，時出為碧嶠[22]，時沒為銀海。再眺山下，則日光晶晶，別一區宇[23]也。日漸暮，遂前其足，手向後據地，坐而下脫。至險絕處，澄源併肩手相接。度險下至山坳，暝色已合，復從峽度棧以上，止文殊院。

寫作背景

　　徐弘祖（1587-1641），明代地理學家、旅行家與散文家，是中國以旅行為畢生志業的第一人。其名弘祖，字振之，號霞客，江蘇省江陰縣人。自幼好學，博覽群書，尤其鑽研於地經圖志。一生淡泊功名，不入仕途，而忘情山水、遊山成癖。從二十二歲至五十六歲過世為止的三十四年時間，他在不受朝廷委派及沒有公費資助之下，隻身走遍大半個中國，足跡遍及江蘇、安徽、貴州、雲南等十六個省。他四處訪幽尋壑，洋洋灑灑地寫出一篇篇的旅行日誌。這些作品，經過後人整理，被編輯成四十餘萬言的鉅著《徐霞客遊記》。此書詳實記錄中國的山川勝景、水文氣象、風土民情，深具科學價值，更是優美的旅行文學作品。

　　本文選自《徐霞客遊記》。〈記黃山日記後〉一文，原有六段，本文節選其中的1~3段，描寫徐霞客重遊黃山的前兩天行跡。文中介紹黃山瑰麗絕倫、美妙多姿的景致，讀者透過閱讀徐霞客的親身經歷，得以了解黃山之美及遊賞之徑。

21　抗：對等。
22　嶠：ㄐㄧㄠˋ，高而尖的山。
23　區宇：疆域。

閱讀鑑賞

黃山，向來以「奇」著稱，有云「五嶽歸來不看山，黃山歸來不看嶽」，極言黃山之奇美，實為五嶽之首。徐霞客第一次遊黃山，稱之為「奇山」，描述峰石「爭奇並起」，遊覽黃山時「俯窺輾顧，步步生奇」，稱黃山松為「奇品」。也因為徐霞客對黃山有如此的眷戀，加上第一次並未遊天都、蓮花二峰，因而重遊黃山一償宿願，並寫下這篇文章。

本文描寫徐霞客重遊黃山前兩天攀登天都峰的行跡。全文可分為兩個部分：首先，在他離開白岳山後，循著上一回登上黃山的路，到江村投宿，第二天抵達湯口，登上黃泥岡，攀越天都峰的山腰；接著，徐霞客從一條他不曾經過的岔路前進。他是文壇上第一位全面且生動地描述攀登天都峰的艱難，以及站在峰頂所見與眾不同奇觀的作家。沿途山勢險峻，卻因為作者好奇探勝的心理，遂和雲僧澄源一同冒險攀登天都峰，文字之間趣味盎然，景致優美。站在峰頂遠望，群峰伏於腳下，眼前雲霧來去，與山下呈現截然不同的光景。由於無路能走，下山比上山更加困難，直至天黑才回到文殊院。

本文的寫作特色在於作者仔細敘寫個人登山歷險的具體經驗，並且對所見景致做了深刻的刻畫，包括山頂奇景、天都峰上的氤氳景致、雄偉博大的氣勢，以及挺拔曲直的古松。通篇文字神采飛揚，精鍊流暢，能藉描寫自然之景，以抒發自得之情，情景交融，是一篇成功的記遊散文。

隨堂推敲

1. 請找出本文中敘寫黃山「奇」處的文字。

2. 在本文中，徐霞客雖知天都峰無路可攀，卻仍欣然前往。請說出他如何征服沿途的陡峻山勢？

3. 韋莊在〈菩薩蠻〉中寫道：「人人盡說江南好，遊客只合江南老。」請你仿效韋莊之意，回顧你曾到訪過的舊遊之地，何處是最令你難忘的？將該地填入「人人盡說□□好，遊客只合□□老」。

□□中可以是地名，也可以是國名，並說明填寫此處的理由為何？

4. 臺灣花東地區，因為交通不便，成為人們靜心休憩的世外桃源；在政府與民間持續開發之下，每逢假期，車潮人潮壅塞，淨土已不復見。試問：你對此有何看法？

閱讀安可

下列兩篇文章的寫作緣起都是心有所待。其一是周玉晨〈十六字令〉，描寫女主角因心有所待，而長夜難眠；其二是陳大為的〈海圖〉，透過對海圖的描繪，對比漁民生活與外界想像的差異。

1. （元）周玉晨〈十六字令〉

眠，月影穿窗白玉錢，無人弄，移過枕函邊。

說 明

　　以月影描寫長夜難眠之景，詞的開頭以「眠」為首句，雖然只有一字，卻能總攝整闋詞。使人讀來，雖未能獲知主人翁在等待什麼，卻能感受其在漫漫長夜裡難眠之情。

2. 陳大為〈海圖〉

　　時間是十月，風從深藍色的鹽分中徐徐醒來，南洋軟化成半透明的水母，雪色的長灘披上風季的新裝，像極了旅遊廣告的浪漫畫面，裡頭蘊含著許多不可盜掘的海龜故事。我來到這海龜的原鄉想畫一幅雄渾的海圖，還沒有決定是寫實或寫意的，只有朦朧的腹稿在腹中游移。但我的動機十分單純，一半源自鄉愁，一半基於藝術。

　　想畫一幅會唱歌的海圖，確實有著技巧上的難度，而且該用什麼觀點切入？想了好久好久……。先縮小海的內容和岸的結構？再放大鷗的蹤跡還是人的起居？其中的比重很難取捨。我印著兩行互相辯論的足跡走過長灘，沙沒有表示意見，椰樹兀自梳理她的亂髮，彷彿我的困擾只是我自家頭上的跳蚤，彼此風馬牛不相及。

　　足跡按著橢圓型的軌道，回到你熱情款待的高腳屋。階梯露出和藹的笑容，難道它竟然知道我餓了，用誘胃的鹹魚氣息循循地導引我的思緒，我拾階而上，一步一鹹魚。飯後，你替我找來幾隻重甸甸的貝殼當紙鎮，我把五乘八尺的畫紙攤成好大好大的一幅，向你預告我浩瀚的海圖。成群的鹹魚竄入我的嗅覺深處，產下一顆顆靈感，左思右想，還是從魚開始吧。

　　「沒有魚便沒有海洋。」這句話沒有誰說過，因為不必說，你認為首要解釋的是漁火。漁火是美麗的欺詐，用童話般的純真畫面誘殺了魚，卻道貌岸然地浪漫了詩人與情人的感性眼睛。我們鍾意的只是漁火的相，相是輕易動人的美感，它質地優良，富有任意詮釋的彈性；又像一根弦，演奏歡愉也演奏憂傷。我對漁火的了解是純畫面的，跟上當的魚群一同上當，我們都活在視覺的層次裡。但我寧可如此，為沿海的生命狀態保留一分動人的美感。即使它是偽裝的。

　　「誰會白白地去戀愛海洋？」你的話在甲板上風開來，我膚淺的誤讀宛如紙鷂斷線而去……抓也抓不回。確實，如果沒有魚，海不過是一盆空虛的水，凶險的水。是魚賦予海洋存在價□，是魚聯婚了凶險的水和冒險的人類。這裡明顯擺著一個邏輯：因為有魚——所以你生活在這裡——所以我來找你充實我的作品。你的話都很實在，像一碗白米飯，平時吃下去不會品嘗，

只有在必須單獨面對它的時候，才會細心地去感受其中的玄機。就這樣，我的思維被你一匙匙地餵飽了，想不出反駁的話。「魚的斤兩等於一家四口的飽暖。」是的，我同意你這說法。漁火確是一盞美麗的欺詐，網只關心魚獲量，其餘的都交給船，船在擔心著浪。

不時有一兩牆較大的浪闖過來，船的筋骨因疼痛而發出木質的呻吟，撞疼了我的神經，大口大口地吞噬我的鎮定。浪，因為諧音而有了狼的個性，狼牙偽裝成詩篇裡常開的浪花，還釋放野百合的芬芳……。遊客的耳膜聽到的只會是優美的重奏，船上的心房卻聽見岸上家屬的緊張！除了一句「習慣了」，你還能表示什麼？上了舢舨，大漢都成了準幽靈，我感到瞳孔失去收放的功能，所有學問地位在此歸零，管你是項羽是劉邦，都一樣，皆無助如俎上的魚，乖乖躺著聆聽隨時頒佈的天命！你走過來拍拍我的肩膀，我們坐進船艙，千百次逼真的經驗、瀕死的凶險，具象成蛟龍在我心臟裡翻騰，冷汗是另一種失控的浪濤，我的驚怖在波動的油彩中沉溺，文學膚淺的筆觸隨那月光粉碎……

月光碎在浪裡像忍者的暗器，不斷襲擊我可憐的過敏神經。這時候，風雖僅僅三級，浪高只有半米，但我真的急著上岸，急著脫離你的回憶上岸，就等魚肚翻白了東方。

「岸的面積必須加大，最好佔四分之三。」你母親這麼建議我的海圖。討海的丈夫如同離殼覓食的螺，無論多魁梧都是脆弱的，她說。我悄悄窺探她角膜上那清晰的漢子影像，有點像你但又不是你，應該是你過世三年的父親吧，我想。可是悲慟的海葬怎也葬不掉悲慟本身，你在她的憂患裡重謄著感傷的族譜，把父親的宿命傳抄給自己，另一場海葬迫近她眼睛。對一位如此善良的老婦而言，這個宿命性的悲劇未免太殘忍，我心中有了一個念

頭，似太極慢慢醞釀成兩儀，似母魚悄悄地孕育千百顆剛成形的希望。我細細地琢磨復琢磨。

　　你妻子在屋前補著網，補著風和陽光。我走過去，她騰出半張石凳請我坐下，風從東北吹來，掀起她的長髮並指出幾根鰛白的歲月。其實她的年齡與我相近，上帝似乎給她太多的艱難。我們從一些瑣事聊起，她的土語夾雜水草和蚌的氣息，她說我的視覺得長出猴子的四肢，爬到可以眺望的椰樹頂端眺望，才能看見你們在魚市幫手的孩子，他還穿著國中的校服，當然是去年的。他的成績單長期被紅字佔領大半，所以就退學了。雖然他的名和字皆是水部的臣子，但並不表示船艙裡一定要有他的位置。很無奈的，我的意見在她嘴角默默擱淺。可能她也如此擱淺過希望，在生活的冷酷嘴角。拂過我憂慮的獨白，風往西南吹去，吹過每一株椰樹被歲月弓成不同弧度的身姿，以及從不堅持立場與形態的叢草。風，吹過岸的全部面積。

　　中午，你們父子倆從魚市廉價地回來，五官有點扁，自尊一角崩裂、幸好沒發炎！靈魂的苦澀隨即蒸發成戶外的雲，把一切的不愉快全部卸除，卸得乾乾淨淨，彷彿螺肉回到螺殼一樣快樂。高腳屋比地表高出兩米多一點，這小小的海拔竟能將你從辛酸裡暫時拔起，每天從海上從魚市回來家裡高高地團聚。我發現這裡才是你自足的食邑，只有在這裡你才是一名可以發號施令的小小諸侯，割據一片不起眼的領土，擁抱著自己的萬物，以及自己的面目。

　　才坐下來聊了那麼兩句，聊到今天的成績、昨天的大魷魚。村長笑瞇瞇地走進來，跟你低談了幾聲，你很為難的說有事要出去。嗯，你去忙你的吧，我自己招呼自己。步出客廳，獨坐在向晚的陽台，我用工筆畫下屋頂慵懶的亞答、屋底喧嘩的雞鴨；視

覺漸漸被夜色逼回眼前，聽覺自然地膨脹起來，往各種聲源網羅過去，地籟混淆了天籟，我把諸多情結像鳥巢雜亂地搬了進來，把雷的平仄、風的脾氣，把溫差的種種暗示⋯⋯

　　草稿完一頁又一頁，漸漸疲倦，疲倦鬆懈了鼓膜也開放了鼻腔，放肆的魚腥從四面八方游過來，它們很好奇，忍不住發問：「我們將被畫進歷史嗎？」「你有杜撰人魚和王子的故事嗎？」還說它們能引申出一堆微言一堆大義，更能推算村子的規模和底細。但我真的太累，慣用的術語有點僵硬，大師們的理論皆不合時宜，筆懶懶的，雨也懶懶的⋯⋯睡去。

　　「別把內陸畫進海圖。」你竟然這麼説！唉，水的智商把你襁褓在這裡了，你的生命型態不自覺地慢慢兩棲，連意識都裹滿戀水的魚鱗。千萬別怕，千萬別武斷猜想，內陸沒有你想像中的那般可怕，肯謀生自有可謀生的地方。假設內陸是一叢撲朔迷離的狂草，那我便是手執開山刀，企圖勸動鱷魚去定居山巔的嚮導。鹽風悠悠蝕過我的思慮，你默默橫臥在已入眠的長灘，夜色浸泡著我們剛才的爭執，我還在構想出刀的招式，鹽風悠悠蝕過⋯⋯

　　就這樣，舌頭先圓滑過辭令，萬萬不能有半點詩的質地，像端一盤都市小説的肌理，我措辭謹慎且保持相當的水分，先深入講解電梯洋酒紅綠燈，再演算你或你孩子的翅膀與鵬程，加幾道偉人故事，幾道身邊歷史。鮮明，宏觀，又形而下，看你被我一刀一刀削落的表情，十足一座彈盡糧絕的危城，我口若懸河還提供夠你養魚的水分！將你對內地的畏懼一一擊殺完畢。前後一個半小時，我環環相扣，句句埋伏又字字狙擊，像極了莊子提過的庖丁。我已在你的城府裡插下大旗，轉變生活模式的大旗，虎符也交到你手裡，至於這條路怎麼個走法，最後還是得看自己。

「路在腳下開始，一如海在槳下，」我沒有把這句話句號起來便離開，語言的刀鋒回鞘，留下你最後一口氣，去回答自己。

時間是三月，風往淺藍色的鹽分裡徐徐睡去。某個微雨的下午，收到你托沙鷗銜來的片語，片語很抱歉地站在案前像失約的孩子，其實這樣也未必不好，你有你的逍遙，我有我的苦惱，這樣也未嘗不好……。起碼你還是一尾活潑潑的沙丁魚，帶著你的小魚往海洋游去，我只能遠遠地祝福你。對了，我的海圖快完成構圖，會的，我會把你深深地畫進去（其實我早已把你預定……）。我倒是有點擔心這隻沙鷗，能否將這麼沉重的話，完完整整地帶給你，不會因為途中的一尾大魚而扔棄。

說明

　　作者雖然身在臺灣，卻心繫故鄉，文中藉由構思繪畫一幅海圖，將傳統漁民生活的實際困境，和外界旁觀者對海洋的美麗想像，進行真實且深刻的對比。文中「南洋」、「海龜的故鄉」、「高腳屋」等詞彙，帶有強烈的區域色彩，也點出作品的背景設定在故鄉的海邊，是馬華創作的鄉土書寫。

分組活動

　　背包ㄎㄜˇ：旅行時，你會帶什麼東西出門？每個人都有自己的旅行哲學。蘇東坡說：「竹杖芒鞋輕勝馬，誰怕？一簑煙雨任平生。」為了偶爾的不時之需，我們常常在背包裡放入各式各樣所需物品。攜帶的物品越少，負擔越輕，生活也就更輕鬆。準備背包，便成為旅行前的另一堂心靈課程。

　　假設你即將計畫一趟十天的旅行，背包裡除了盥洗用具及換洗衣服

外，只能放進十樣物品。請問你會攜帶哪些物品呢？並請分別說明攜帶的原因。

寫作鍛鍊

1. **轉化格修辭鍛鍊（擬人）：**

   「風從深藍色的鹽分中徐徐醒來，南洋軟化成半透明的水母，雪色的長灘披上風季的新裝。」

   上列文句是以擬人手法描述南洋的海上風光。請你也以擬人法造句，描寫令你印象深刻的臺灣海上光景。

2. **寫作：**有人說「失了眠的夜，是最純粹的安靜」。請由此延伸，自訂題目，寫一篇約300字的散文。

[分組討論單] 班級：＿＿＿＿＿ 組別：＿＿＿＿＿ 報告者：＿＿＿＿＿＿

　　　　　　組員簽名：＿＿＿＿＿＿＿＿＿＿＿＿＿＿＿

問：「**背包ㄎㄜ丶**」：旅行時，你會帶什麼東西出門？每個人都有自己的旅行哲學。蘇東坡說：「竹杖芒鞋輕勝馬，誰怕？一簑煙雨任平生。」為了偶爾的不時之需，我們常常在背包裡放入各式各樣所需物品。攜帶的物品越少，負擔越輕，生活也就更輕鬆。準備背包，便成為旅行前的另一堂心靈課程。

　　假設你即將計畫一趟十天的旅行，背包裡除了盥洗用具及換洗衣服外，只能放進十樣物品。請問你會攜帶哪些物品呢？並請分別說明攜帶的原因。

答：

請沿虛線剪下

【寫作鍛鍊】　　　　　　　　　　日期：＿＿＿＿＿＿

系級：＿＿＿＿＿　　學號：＿＿＿＿＿　　姓名：＿＿＿＿＿

請沿虛線剪下

〈把「房子」變成「家」〉

蔣勳

文本內容

　　之前談過每天可以怎麼吃東西，怎麼穿衣服，能夠看待食、衣成為生活裡面的美，讓自己一天的三餐都能吃出生活品味，讓自己身上每一天穿的衣服、鞋子都能有自己生命的風格在裡面，也特別強調這些美，點點滴滴遍佈在生活裡，才構成生活真正的價值。

　　這些「美」不需要太昂貴的價值，而是必須要「用心」。

　　所謂的「用心」是，你關心你自己的食物、你關心你的衣服，它就會有一個風格出來，不必跟別人比較，要有自己的自信。大餐館裡昂貴的料理，不見得比得上路邊很認真做出來的一碗擔仔麵。一件名牌衣裳，也不見得比得上母親雙手織出來的一件毛衣。所以我們特別強調的生活美學，是希望能夠從很樸素、很健康的物質基礎上，發展出自己的生命風格。接下來除了食、衣以外，我想大家知道人生的四件大事裡，我們要進入到非常重要的一環，就是住。

　　提到住，大概想到的就是房子。你有沒有一

個房子居住在其中？你可能是單身，可能你也有妻子、丈夫、孩子一起住著。人類歷史當中，房子的記憶其實非常的久遠。大家可能聽過古代神話裡的「有巢氏」。當時人類開始模仿樹上的鳥，因為鳥住在鳥巢裡，是一個窩，所以他們模仿鳥巢做出一個窩，這一類的人就被稱為「有巢氏」。

我們不太能夠想像神話傳說裡講的有巢氏時代，到底是多麼久遠以前，可是大概一萬年以前，人類都還是穴居的，住在山洞裡面或者很簡陋的一種居住環境，等到他們真正懂得去蓋一個房子，有一個建築這樣的形式出來，其實是非常非常晚的事情。

譬如說在考古的遺址上去挖掘像夏朝的宮殿、房子，都還非常難找到。商朝、周朝開始有了一些比較完整的城市、居住環境的一些規模出來，所以我們特別希望在談到住的部分，能夠擴大到人類長久的一個居住經驗，這個居住經驗有其歷史背景、漫長的文化淵源，同時也跟我們自己今天居住的環境有關。

我們去過一個城市，其實除了對那一個城市裡面料理的記憶，或者那個城市當中一般人穿衣服的記憶以外，很重要的一個記憶，是關於建築的記憶。我們會說我最近去了巴黎，巴黎好美喔！那個城市真是美極了！當你說巴黎很美，其實你指的基

本上是建築，也就是居住的環境很美。

　　或是最近去日本的京都，京都的廟宇、京都的寺廟，然後周邊一些老的建築好美。我們又碰到居住的問題了！我們會發現我們對城市最重要的一個觀感，常常來自於對居住環境的評論。

　　同樣的，我相信很多朋友一定跟我一樣聽過有點不舒服的一句話，就是很多人會說：「臺北怎麼那麼醜。」或者「臺灣的城市怎麼那麼難看。」我已經不只一次聽過這樣的話，其實剛剛聽到的時候會產生反感，覺得我們的城市真的這麼醜嗎？其實對於一個城市的美感，如果是說京都很美、巴黎很美，通常是因為那個城市有一個風格。例如日本的京都，你會感覺到所有的街道佈置、廟宇寺院，以及每一座建築的屋簷、色彩、造型，中間有一種協調感，所以在旅遊當中，也許只待幾天而已，可是這幾天連貫下來對整個城市的印象其實並不深入，因為停留的時間並不久，可是至少它有一個門面。

　　所謂「門面」，就是一種建築的印象。

　　可能有一個朋友來我們家，在客廳坐一坐，或者你招待他用餐，在家裡餐廳坐一坐，他並不會很深入你的家庭，可是他大概在你家坐一坐吃個飯，已經會出去跟別人說：「這個人家不錯喔！擺飾很有自己的風格，也乾乾淨淨的，東西都放得很規矩。」

　　這種印象被稱爲「門面」。就像巴黎，我們在巴黎旅遊一段時間後，會覺得城市迷人的地方有塞納河兩邊的建築，它們構成一種風格和統一，甚至橫跨在塞納河橋上的橋樑，都構成一種風格。

　　回過來看看臺北呢？高雄呢？台南呢？新竹呢？

　　我們忽然會覺得如果我們是一個外來者，我在這些城市裡面待幾天，到底得到什麼印象？我想今天譬如說一個城市推出摩天高樓，說自己擁有全世界最高的樓─這並不是一個印象。印象是我在幾天當中經過的街道、橋樑、建築，所有加起來的一個風格，這個風格其實沒辦法說清楚到底是什麼？譬如我常常問朋友說：「你說巴黎美！巴黎美在哪裡？京都美！京都美在哪裡？」其實不是很容易說出來的。可是整體印象講起來這些城市有一種統一的風格，就是我們講的style。我們前面講過穿衣服也是如此。你頭上的帽子、腳上的鞋子、上衣跟下面的褲子或者裙子，它中間有互相搭配的關係。其實美，就是找到其中的一種和諧。所以我們說風格style，這個風格是跟人統一的，同樣的，城市印象、居住環境，也是在找這個協調性。所以有時候我在想，我居住的城市眞的這麼難看嗎？這麼不美嗎？我可以帶我的朋友說：「你看我們的總統府，它是日本統治臺灣時代留下來的建築，這個建築是

由森山松之助[1]設計，當時仿造了歐洲某些巴洛克[2]的元素，然後又使用臺灣紅磚的材料，我覺得它並不是一個很難看的建築。」

　　可是問題是：總統府和周邊其他建築所形成的關係又是如何？我們就觸碰到臺灣為什麼不美的原因，因為它整個大環境當中摻雜了太多外來元素，而這些外來元素本身沒有產生出風格的一致性。所以一個外來者在臺灣待了一兩個禮拜後離開，沒有辦法留下對臺灣建築風格上感動的力量。情形既然如此，我們就應該去改善居住的環境，創出風格來。

有親切感的「窩」字

　　晉朝的大詩人陶淵明有兩句詩很有名：「眾鳥欣有託，吾亦愛吾廬。」[3]這十個字的意思是樹上所有的鳥都活得非常快樂，為什麼呢？因為牠們在黃

1　森山松之助：（1869- 1949），日本建築師，活躍於日治時代的臺灣，曾負責臺灣總督府營繕技師任內設計，並監造許多官廳建築。

2　巴洛克：巴洛克建築著重於色彩、光影、雕塑性，起源於十七世紀的義大利，以羅馬人文主義的文藝復興建築為基調，加入華麗誇張及雕刻元素，藉以顯現國家與教會的專制主的豐功偉業。

3　眾鳥欣有託，吾亦愛吾廬：出自〈讀山海經〉：「孟夏草木長，遶屋樹扶疏。 眾鳥欣有託，吾亦愛吾廬。 既耕亦已種，時還讀我書。 窮巷隔深轍，頗迴故人車。 歡然酌春酒，摘我園中蔬。 微雨從東來，好風與之俱。 泛覽周王傳，流觀山海圖。俯仰終宇宙，不樂復何如。」

昏的時候可以回到窩裡去，牠們在樹上有一個巢；就像我們今天有了一個家，所以會覺得很安全、很快樂。

詩人陶淵明看到樹上所有的鳥都有自己的巢、自己的窩，這麼快樂的生活著，所以他領悟到我也愛我自己的家。這是陶淵明詩句中非常感人的十個字，就是從大自然、從鳥類的生存、從鳥類有窩有巢來想像到我們自己也像鳥一樣，我們的家就是我們的窩。

其實我蠻喜歡「窩」這個字。現在一般人有時候不太用這個字，可是有時我跟很親的朋友會說：「哎呀！這麼冷的天氣，我真希望窩在家裡。」

那個「窩」的感覺，你特別會覺得因為它有個親切感，你所熟悉的空間、你所熟悉的環境；尤其天氣冷的冬天，你會覺得有一個被窩，又是「窩」這個字，都讓你覺得有安全感；然後你可以窩在那邊，讀你自己喜歡的書、聽你自己喜歡的音樂，那種開心就是你有一個熟悉的環境。

我常常跟很多朋友說，陶淵明講的「眾鳥欣有託，吾亦愛吾廬。」臺灣今天應該拿來做為愛自己居住環境的兩句很重要的觀念，若翻譯成白話文，「吾亦愛吾廬」的意思，就是「我愛我的家」。

怎麼做到「我愛我的家」？我相信在某一段時期，也許我們會覺得房子是你花錢購買的，或者我

租來的一個房子，你會覺得它只是你白天上班、出去玩、見朋友回來窩在那裡的一個小地方，所以你也不在意它。如果你不在意它的話，這個房子跟你沒有很密切的關係、沒有這種情感。

我就發現朋友大概可以分成兩類：有一類的朋友他不喜歡你到他家裡去，如果有事情要辦，他總是說：「我們要不要到附近的哪一間咖啡店碰面？」甚至有時候會說：「我們在哪一個超商的門口談談事情，然後你把東西交給我，我把東西交給你就好了。」我會覺得很納悶，我想：「這個人不就住在附近嗎？他為什麼不邀請我到他家裡坐坐，喝一杯咖啡，然後再談事情。」這是一類的朋友，就是你永遠對他住的環境不了解、不清楚，你也覺得他不太希望別人去他的家，好像他寧可在外面活動。所以都市裡才會出現很多咖啡廳、小茶店，讓人可以應酬或交際。

可是事實上有另一類朋友，你會覺得剛認識沒多久，他就希望你到他家去，他會很得意地告訴你這個家是怎麼怎麼佈置；不管這個房子是他自己買的、或者正在交貸款、或者租來的，可是你感覺他住在這裡不管一年或兩年，至少他要把這個家處理到自己喜歡的狀態。他會告訴你他從哪裡選到的床單、在哪裡買的書架，書在書架上如何歸類，然後他的音響放在哪裡，餐廳是怎樣佈置的，在哪買的

餐具。

　　其實，房子並不等於家，房子是一個硬體，必須有人去關心、去經營、去佈置過，這才叫做家。

　　有些人只有房子，並沒有家。

　　大家也許還記得好萊塢一部電影《E.T.》，當那個外星人發出「Home」這個字的時候非常感人，很多人都被那個發音感動了。我想不管英文裡的「Home」或者我們所說的「家」，其實都要以「人」做為主體。

　　可能很多人已經不太了解「家」這個字是如何構成的了：上面有一個屋頂，裡面有一頭豬。我們會覺得很有趣，為什麼屋頂裡面是一頭豬？大概在古老的文字學當中，認為家裡除了人以外，還會養家畜、像雞、鴨、魚、豬等，這樣才會像一個家了。家庭會有副業、家裡會產生情感，不只人在其中覺得安全、溫暖，連動物在這裡也覺得安全、溫暖。

　　小的時候，我們家裡養了很多雞、鴨、鵝、豬。雞、鴨、鵝都採放養的形式，白天牠們跑出去在河邊池塘裡覓食，黃昏就自己回來。黃昏時站在門口，會看到鴨子排成一列搖搖擺擺地走回來，那個時候你會感覺到「家」真的是非常溫暖的地方。

　　當時我們住的其實是爸爸的宿舍，院子裡種了樹，黃昏時鳥都會回到樹上。也許今天很多人住

在公寓裡，對這種家的感覺較陌生，可是譬如你養了一隻狗，遛狗之後那隻狗很興奮地要跑回去的地方，就是家。

但家，絕對不等於房子。

一棟大公寓雖然空間很大，戶數很多，但有些是屬於別人的，對你來說沒有意義。可是有一個空間，哪怕只有三十坪、十八坪、十坪，可是它是屬於你自己的。你的生命要在這裡停留一段時期，這個才叫做家。

我特別希望在住的美學裡，首先你必須對家有認同感，它才會開始美；如果你覺得它只是一個房子，對你沒有太大的意義，不過是花錢買來的一個殼子，遲早你也會離開它，這樣就不會產生情感了。所以我希望居住環境中，大家能夠先把房子變成家，再開始去營造一個空間的美學。

我們在生活美學裡，提到了跟我們息息相關的居住的美學—如何把自己的房子變成一個家，我在這裡並沒有強調這個房子必須很大，必須很豪華或很昂貴。我在自己所居住的城市多年來認識很多的朋友，也經由這些朋友認識了他們的家，各種不同形式的家。

七〇年代我剛剛從歐洲讀完書回來，當時臺灣經濟剛剛起飛，很多舊房子陸續被拆掉了。那時敦化南北路附近變成新開發很重要的東區，蓋起了多

座大樓，賣得非常昂貴。

　　當時這個昂貴的地段有一座古老的建築叫做
「林安泰古厝」[4]，因為此區的開發而面臨到被拆除
的命運。由於很多建築學者、歷史文化學者出面呼
籲，最後「林安泰古厝」被保存下來，但卻是整個
拆掉以後，重新建在基隆河邊。它被遷移了位置，
因為它阻隔了這個城市的現代化。

　　我想這裡我們其實碰到一個問題：如果今天
在巴黎，有人要發展巴黎最中心區域，就是聖母院
所在的位置，賽納河裡面的那個島，那可是最昂貴
的地段。若是拆掉一個老教堂，蓋起一座三十層或
一〇一層的大樓，那麼大家不是都發了嗎？如果這
樣考慮的話，我相信全巴黎的人、或者全法國的人
可能都要出面抗議，因為他們會覺得城市的美觀被
破壞了。

　　美到底是什麼？我們在這裡了解到，巴黎為什
麼會美？因為城市的記憶被保留下來了，所有過去
人生活的遺址、遺跡都未被毀壞掉。

不斷清除記憶的城市

　　這個時候我們開始了解到為什麼許多外國人到

4　林安泰古厝：臺灣知名的閩式古宅，原名「安泰厝」，為中國福建泉州安溪林欽明之子林志
　能所建。

臺灣，對臺灣城市沒有印象，因為我們的城市是一個不斷消除記憶的城市，我們所有的房子在七○年代、八○年代當中，輕易地被拆除，因為一轉手它們就可以變成土地上昂貴的或是建築上昂貴的一個收入，所以為了發財、為了土地上的買賣，或者房子上的買賣，其實我們讓一個城市變得醜陋了，今天即使要彌補，已經是非常困難的事。

以臺北為例子，過去的淡水河是臺北的母親，這條河流養育了很多人長大。最早時淡水河行船可以一直上溯到萬華。萬華，就是艋舺，在平埔族語言中，艋舺就是船的意思。當時萬華成為繁華的商業區，但隨著後來這條河流被人們丟棄的廢物堆積、淤淺，船只能行到延平北路大稻埕這一帶，大稻埕於是繁榮起來。慢慢這條河流再度淤淺，迪化街這個地方船也上不來了，大龍峒又變成新的繁華區。

我們可以看到這一條河流有它的歷史、有它的記憶；如果你依序在萬華、大稻埕、迪化街、大龍峒找一些老建築，你可以看到這一個城市居住在歷史年輪，其實跟巴黎的塞納河一樣地美。可是曾幾何時，我們把整個城市的重心從西區移到了所謂的東區，整個西區是棄養狀態，就是這個老母親已經老了，我們不要她了，丟棄她了。所以這個城市之所以不美，是因為人的感情消失了。而在東區，一

個可以繁榮、富有的城市正被重新營造。

可是我們一再地強調，物質的財富不一定等於美，所以這個島嶼上的城市一個一個變成醜陋的城市，因為這其實是一個薄情的島嶼，它沒有過去的記憶，它對過去沒有感謝。

我們也才了解到日本的京都為什麼美，京都可以把一千年以前接受唐代文化的一個城市整個延續下來。

大家看到京都像棋盤形式的平面圖，就是模仿當時唐代長安城的格局，到今天都沒有被破壞掉。那些古老的寺廟，南山、東山重要的文化區，即使在發展現代化的過程當中，都是沒有被隨便毀損掉的歷史記憶。

當我的目的地是京都時，我會先搭乘飛機到大阪，大阪的飛機場是一個現代化美麗的飛機場；然後我坐火車到京都，那兒的火車站是一個現代化的火車站，可是這些現代化不影響到值得尊敬的古老建築。

我的意思是，科技的方便讓我坐飛機到大阪，之後再坐火車到京都，然後可以看到古老的歷史跟文化。可是今天如果我們有一個最現代化的飛機場，接下來要讓大家看到臺灣的什麼？如果大家來過以後都覺得這個島嶼的城市都不好看，不要再來了，那麼建再好的飛機場都沒有用。

其實我們希望提醒大家，我們因為富有而糟蹋了自己的城市、自己的居住環境，現在應該如何彌補過來。

在新竹，一個曾經被荒廢的古老城門，經過了現代建築師的重新改造，設計成一個美麗的城門，周邊也設立幾處廣場，有很多文化的活動，這就是新竹人的驕傲，因為這個城市中，一個曾經被遺棄的風景又重新被重視了。

或者說，許多人在新竹長大，從初中、高中，一直到上班，都在同一間戲院裡看電影。但是這老戲院隨著歲月沒落了，而今天經過文化人的重視，戲院重新被裝修保存下來，祖孫三代可以一起感念這間戲院，這是新竹的記憶重新被找回來了。所以我相信今天也許大家覺得臺灣這個城市還不美，可是開始美起來了，也許從新竹這樣規模不大的城市慢慢找回了一些記憶，那麼我們的居住環境、生活品質已經在改善中，並非處於絕對消極、絕望的狀態。大家現在至少應該停止對美麗古蹟的毀損，付出更多的關心將它們保存下來。

人人願意回家

還是反覆地想跟大家唸一唸陶淵明的詩：「眾鳥欣有託，吾亦愛吾廬。」走到大自然裡，看到所

有的動物都有牠們的窩、鳥都有牠們的巢，所以也會想到自己是不是有一個溫暖的家，一個你願意回去的家。

有時候你會覺得有的朋友這麼忙碌，忙碌到他自己也不願意回到那個家，他當然對這樣的一個房子不會產生情感。所以我們一再強調食、衣、住、行，真正的基礎其實是在家的「營造」。即使你是獨居，也應設法把家營造好，因為你一定有朋友、有親戚，你可以邀請他們來家裡坐一坐，當大家都愛你的家的時候，你也會愛自己的家。

我自己在很早就領悟了「家的意義」。

七〇年代我剛回臺灣工作的時候，有一個很天真的想法，覺得自己在忠孝東路四段上班，也應該在附近找房子，生活才會方便。那個聘用我的老闆很好，他說：「這樣好了！你在一樓上班，我二樓剛好空著，你就住在二樓吧！」我覺得這樣太方便了，真是幸運得不得了，居然找到一間房子剛好就在上班地點的樓上。我的老闆就將二樓跟一樓打通，設一個旋轉梯下來，我每天根本不需要到街上去。下班，就走旋轉梯上到二樓；上班，就從旋轉梯下來。

可是大概兩個禮拜後我開始覺得不對勁，因為我發現我的職場領域跟家的私領域沒有辦法分開來。我在自己家裡可能已經上床在棉被裡窩著了，

忽然想到剛才雜誌內某些部分好像應該修改，棉被一掀我就走旋轉梯下來，又開始忙編務，結果弄得公私不分沒日沒夜。

就在那時我體悟到：家有一個很重要的功能，是讓你離開職場，我們在工作上的認真和專心，其實必須要有休息的時候。

我在臺灣有很多朋友從事美術工作，他們都在自己家裡作畫。可是我發現巴黎大部分的畫家是將家和畫室分開的，因為他們覺得回到家裡就不要再去想進行中的作品，其實是比較健康的生活態度。

我特別要強調，過去我們常常覺得居住環境只想一件事就好，就是方便性。

像七○年代賣房子的廣告很好玩，會不斷說服你買下這間房子有多麼划算，因為靠市場、靠近車站、靠近學校、靠近醫院，靠近每一個地方……如果再惡意一點地想，最後好像應該靠近殯儀館，出生到死亡都很方便──當然這是開玩笑的話，我的意思是：一個家到底應該「靠近」什麼？

七○、八○年代賣房子的訴求以方便為主，但情況已經有所轉變了，現在很多房屋廣告的訴求是：打開窗，你可以看到一片山、或一條河……大家的觀念已不同於以往。

像我，就越搬越遠。

從開始上班二樓通一樓，後來搬到臺北市東區

近郊坐公車約二十分鐘的「翠湖新城」社區，再遷移到我現在已經住了二十多年的地方。

　　那房子在河邊，當時還沒有關渡大橋，我坐著渡船過河去買這間房子；我也很高興每天下班可以坐三分鐘的渡船回家，別人說這樣不會很不方便嗎？我覺得不會。我覺得上完班應該休息的時候，坐一段渡船，跟那個划船的人聊聊天，那是多麼開心的事。

　　這是我對家的解釋，家跟職場是有所分別的，你愛這個家，所以你願意回到這個家。

　　我觀察到現在很多朋友不願意回家，下了班覺得沒有地方可以去，所以也許泡在小酒館，或去卡拉OK唱唱歌都好，就是不要回家。家應該要去經營，尤其結了婚，有配偶、孩子之後，你更應該回家，因為家是一個重要的地方。

　　如果這個家變成妻子不願意回來，丈夫也不願意回來，我想你絕對知道有一天你的孩子也不願意回家了。

　　我有很多二十歲左右的學生，很多人會覺得這年紀的孩子整天愛泡在迪斯可或電動玩具店裡，不想回家；可是我也知道有的孩子，因為家裡有母親或父親非常認真地經營著家，他們是願意回家的。

　　記得小時候我很願意回家，因為我母親永遠在那個家裡跟我講很美麗的故事，永遠在那邊編織很

美麗的毛衣，做非常好吃的晚餐─我每次都意外今
天的晚餐居然是這等模樣。

　　其實那個年代經濟條件不好，並沒有山珍海
味，可是她可以將麵食變化萬千，每天回到家裡，
沒有想到媽媽怎麼又把麵切成不同形狀出來。因為
她關心這個家，所以這個家裡每一個人都願意回
家。所以我相信居住環境的美，第一個是「願意回
家」。願意回家以後，這個居住環境才會開始好起
來。

　　我還會再深入來談談居住的品質，例如我們
工作的環境、住家的環境，也包括整個城市的大環
境。之前有一段時間大家只顧著弄好自己的家，造
成外在公共的環境非常糟糕，現在我們可能也要注
意到社區內如何共同經營出一個理想的社區環境，
接著城市的公共品質也就會得到改善。相信慢慢地
我們的城市會有更多的外國朋友前來，離開時會留
下一句讓我們感動的話：「你們的城市眞美，我會
再回來的。」

　　我相信有一天我們一定會贏得這句讚揚的話。

寫作背景

　　蔣勳（1947－），是臺灣知名畫家、詩人與作家。出生於西安，父親為福建
長樂人，母親為陝西正白旗貴族，戰後舉家移居臺灣，畢業於中國文化大學歷史
學系和藝術研究所，於1972年到法國留學，1976年返臺，以花卉、水景繪畫著
名。

在繪畫創作與教學工作之餘，曾擔任臺灣早期美術刊物《雄獅美術》的主編輯，更長年在文學創作上努力耕耘。出版多本詩集，曾獲得全臺灣小說比賽第一名、中國時報新詩推薦獎、吳魯芹文學獎等獎項。著有《只為一次無憾的春天》、《孤獨六講》等數十本作品。

本文選自《天地有大美》。在作者眼裡，「房子」與「家」是截然不同的，房子是硬體，必須有人去關心、去布置過，才算一個家。當然，「家」是以「人」為主體的，我們必須對「家」有認同感，並使其成為一個溫暖而充滿愛的空間，使自身的生命在此停留一段時間，它才具有「家」的意義。

閱讀鑑賞

莊子說：「天地有大美而不言。」作者談美，不是從繪畫藝術切入，不是從音樂表演談起，而是從生活裡的「用心」說起。本文分為四個小節。篇首提出食衣住行的美，點點滴滴遍布在生活裡，便是美。這些美不需要昂貴的價值，只需要用心。其中，住是生活美學裡重要的一環，建築是構成城市榮景很重要的一部分，因為建築物是門面，是第一眼印象，也是標誌著財力與技術的象徵，屋宅之美需要在建築與建築間構成協調性。談到這個問題，也會碰觸到臺灣為何不美的原因，因為它整個大環境當中摻雜太多外來卻無法產生一致性的元素。其次，是「有親切感的『窩』字」，以陶淵明的詩起頭，說明「家，絕對不等於房子」，房子是一個硬體，必須有人關心、經營，必須要使生命停留在其間一段時期，具有認同感，這樣才叫家。第三小節「不斷清除記憶的城市」，談到許多外國人來臺灣，對臺灣城市沒有印象，因為我們的城市是一個不斷消除記憶的城市。並以京都為例，說明大家應該停止對古蹟的毀損，付出更多的關心將它們保存下來。第四節是「人人願意回家」，再次以陶淵明的詩起頭，強調食衣住行的基礎是在家的「營造」，因此，居住環境的美，第一個是「願意回家」。文末以改善城市的公共品質、建築印象，正面期許作結。

全文以陶淵明的「眾鳥欣有託，吾亦愛吾廬」起頭，說「我愛我的家」，由小見大，由實入虛，無論是自己的住處，或是臺灣都是「家」。「家」是需要用心去經營的，是一個屬於自己、讓自己有歸屬感的空間，生命要在這裡佇足一段時期，「家」不是房子，而是擁有者情感的依歸。

有了對家的「用心」，因此，作者說：「美，就在我們生活中。」這不就是莊子所說的「天地有大美」嗎？

隨堂推敲

1. 閱讀文章後，你覺得生活品味是甚麼？與你在閱讀文章前的理解，有何不同？
2. 對你來說，甚麼是「家」？它應該具備哪些條件？
3. 你對臺北的城市印象為何？有甚麼值得稱許之處？有甚麼需要改進之處？請提出個人見解。
4. 如果有外國人問你，臺灣最值得去的地方，而且只能說一個，你會回答什麼內容？並說明理由。

閱讀安可

從住家走到戶外，一切的身體移動都能使我們的眼簾攝入不同的風景，令我們的生命更加多彩多姿。下列兩篇文章皆與行旅有關，可以燃起我們行走世界的動力。

1. （北魏）酈道元《水經注‧江水》（節選）

自三峽七百里中，兩岸連山，略無闕處。重巖疊嶂，隱天蔽日，自非亭午夜分，不見曦月。至於夏水襄陵，沿泝阻絕，或王命急宣，有時朝發白帝，暮到江陵。其間千二百里，雖乘奔御風，不以疾也。春冬之時，則素湍綠潭，迴清倒影。絕巘多生

檉柏，懸泉瀑布，飛漱其間。清榮峻茂，良多趣味。每至晴初霜旦，林寒澗肅，常有高猿長嘯，屬引淒異，空谷傳響，哀轉久絕。故漁者歌曰：「巴東三峽巫峽長，猿鳴三聲淚沾裳。」

説明

　　本文以百餘字總攬長江三峽七百里的地貌特點，並隨著四季推移，展現不同的景物風光，從不同的角度突顯了三峽的險峻幽趣。透過視覺與聽覺的摹寫，示現長江三峽的勝景。文末以漁歌側面烘托：「巴東三峽巫峽長，猿鳴三聲淚沾裳。」峽谷中的淒清空寂不但激起漁夫的悲歌，也帶給讀者身歷其境之感，彷彿親見長江三峽山高谷深、遮天蔽日之景，實屬旅行文學的佳篇。

2. 張讓〈旅人的眼睛〉

説明

　　在本文中，張讓以細膩的筆觸，將全文分為八個小節，全面且深入地談論旅人應該以「生活之眼」捕捉真實，並且存在於當下所處。作者分享個人對於旅行的看法：「我要看我想看喜歡看的，以自己的方式，自己的步調。」指出個人理想中的旅行是「慢」，是「體會」，應該和生活一樣，順自己的本性。文中，作者也提到自己對於「旅行的意義」觀念的改變，從「離開」變成「心境的轉換」，讓自己能夠進入了時間，成為那個地方的一部分。而如此的改變，一切源自旅人的那雙生活之眼。

分組活動

　　厝厝用心：在臺灣這塊土地上住著不同族群，其各自擁有獨特的文化及生活方式；在族群交流的過程裡，使得臺灣傳統建築類型多樣且饒富文化意涵。然而，隨著社會發展，紅色磚瓦的傳統屋舍與農業生活形態也正在快速凋零衰敗。即便政府立法規定保存了一些具有歷史價值及傳統特色

的古厝古蹟，但是部分卻因政府政策或是屋主個人翻修而遭到破壞。

　　請教師先介紹臺灣古厝常見的建築風格，如閩南式、日式、巴洛克等，再以「○○古厝」（例如：「基隆許梓桑古厝」）為題，請同學討論其建築風格的元素，並且說明判斷的依據為何？

寫作鍛鍊

1. **錯綜之交蹉語次修辭格鍛鍊**：下列是為了避免行文呆板單調，所以刻意使用交蹉語次的修辭技巧。請依照例句進行還原及解釋。

   如：「重巖疊嶂」（《酈道元〈三峽〉》）

   還原：重疊巖嶂。

   解釋：重重疊疊的山峰像屏障一樣

   (1)「隱天蔽日」（《酈道元〈三峽〉》）

   　　還原：

   　　解釋：

   (2)「林寒澗肅」（《酈道元〈三峽〉》）

   　　還原：

   　　解釋：

2. 熱門觀光景點在每年龐大旅遊人口的造訪下，對自然生態及當地居民可能造成負面衝擊，唯有保育觀光資源才能永續觀光產業的經營。生態旅遊並不單是認識野生動植物生態的遊憩過程，它的最終目標是保育旅遊當地自然生態與文化傳統的觀光資源以延續觀光產業，根據這個原則，生態旅遊有這樣的定義：「生態旅遊是一種具有環境責任感的旅遊方式，保育自然環境與延續當地住民福祉為發展生態旅遊的最終目標。」

   請同學以「綠色旅遊」為題，寫一篇約500字的論說文，思考我們能有什麼樣具有環境責任感的旅遊方式。

【 分組討論單 】班級：＿＿＿＿ 組別：＿＿＿＿ 報告者：＿＿＿＿

組員簽名：＿＿＿＿＿＿＿＿＿＿＿＿

問：「厝厝用心」：在臺灣這塊土地上住著不同族群，其各自擁有獨特的文化及生活方式；在族群交流的過程裡，使得臺灣傳統建築類型多樣且饒富文化意涵。然而，隨著社會發展，紅色磚瓦的傳統屋舍與農業生活形態也正在快速凋零衰敗。即便政府立法規定保存了一些有其歷史價值及具有傳統特色的古厝古蹟，但是部分卻因政府政策或是屋主個人翻修而遭到破壞。

請教師先介紹臺灣古厝常見的建築風格，如閩南式、日式、巴洛克等，再以「○○古厝」（例如：「基隆許梓桑古厝」）為題，請同學討論其建築風格的元素，並且說明判斷的依據為何？

答：

【寫作鍛鍊】　　　　　　　　　　日期：＿＿＿＿＿＿＿

系級：＿＿＿＿＿＿　學號：＿＿＿＿＿＿　姓名：＿＿＿＿＿＿

請沿虛線剪下

〈山中無歲月〉

廖玉蕙

文本内容

微雨中，重新回到十里紅塵。

揹著沉沉的背包，站在馬路邊兒，等著招計程車。眼觀咆哮競馳的車輛，耳聽喧囂嘈雜的市聲，我小心翼翼的兜住自玉山上攜回的滿袖山雲，像個鄉巴佬似的，忘了招車的手勢，心情竟是《李伯大夢》[1]後的惶然。

山中三日，難不成真是人間數年麼？

當我掙扎喘息地用著久被物質文明嬌寵的雙腳踩上玉山的最高峯時，心情意外的不是征服的快樂，而只是想痛快的哭他一場。

度水入林、含崖吐谷的白雲，在腳下往來湊合，淡淡輕輕。我終於也爬上了東亞的屋頂。像我這樣的女子，從來小山也未曾爬過一個。未登山前就鬧了不少笑話，被所有親朋好友預言將只能在山腳等候別人歸來的人，居然也在不十分落後的情況下，登上了海拔三千九百五十二公尺的高峯上，難怪先行上山而躊躇滿志的羅智成要長嘆：

---

1 李伯大夢：美國作家華盛頓・歐文的作品。內容敘述一位樵夫在某次打獵時，聽見有位老翁叫他的名字，因而跟著老翁一起走，並一起喝酒玩樂，閉眼歇息而進入夢鄉。等他睡醒時，發現時間已相隔二十年，他的妻子已去世，一切人事全非。

「唉！連廖玉蕙都爬上來了，我是愈來愈沒有成就感了。」

登山的心情，原不自登山伊日始。打從鄭重決定參與這次征程，便在眾人交相威嚇聲中夜夜失眠。偶然幸而入眠，夢中不是亂石欺人，便是巨巒相逼。最糟糕的是：成行前夕，我試穿借來的幾斤重登山鞋在客廳和廚房間來回踱步，方知舉步維艱。每一邁步就是一番掙扎。更可笑的，背包打理完畢，上得身來，但覺眼花背駝，全非平日慣常見到的登山者那般雄姿英發。

然而，無論如何，我還是上來了。說實在的，非關體力，全仗意志。

由玉山國家公園管理處解說課陳課長一段精彩絕倫的簡報展開序幕。

在該處提供的諸多協助下，我們由水里直奔山中。一路行來，但見蓁蕪掩徑，絕壑猿啼。在眾人頻頻驚呼讚嘆聲裡，攔道的松鼠慌忙沒入蔓草中，而各色花果則展開笑靨，夾道歡迎。

第一，夜宿東埔山莊。

遠近濃淡的雲氣隨著四闔的暮色逐漸消散。我盤腿趺坐，靜對一山無語，塵煩熱惱在眺眼盡碧中，渙然冰釋[2]。

---

2 渙然冰釋：像冰遇到熱般的消融。

　　入夜後，室外林木森森，溫度急遽下降；屋裡人影幢幢[3]，人手一杯熱茶。蒼白的日光燈，成了羣山中唯一的溫暖。不知不覺的，遂團團圍坐高談。忘了是誰提議講鬼故事的，似乎是詩人商禽起的頭吧！一則則讓人震懾屏息的鬼怪傳奇被繪影繪聲的敘說著，魑魅狐妖的魔影在山林小屋裡流蕩遊走。……忽然，細瘦高長的李泰祥閃動著因感冒未癒而發紅的大眼，幽幽地自黝黑的內室走出，奇異緩慢的語調，配上誇張有致的動作，荒唐嚇人的情節流過室內，徐徐蛇行越出窗櫺，窗外參天的長林和沉默的蒼巖似乎都隱隱聳動起來。

　　翌日，羣山在鳥啼中甦醒。

　　我們背上行囊，向高山芒、玉山箭竹蒙密縈夾的山道前進。沿途，鐵杉、褐毛柳、刺柏……等，各自以萬種的風情誘人耳目。莽莽林木間，屢見寒鴉驚飛，發出怪異的叫聲，而各種小巧可愛的鳥類也不甘示弱的在枝上婉轉輕啼。我由此特別感覺到，山林之所以教人著迷，固然是由於它擁有壯觀奇偉的林木，其實，若無蝴蝶、鳥類、獼猴……等靈動的昆蟲飛禽點綴其間，便不免要遜色幾分。

　　奇險的棧道在崎嶇的山路間迤邐展開，每一踏步都是一種選擇，一種判斷。起初，我們拉著手，

3　幢幢：音ㄔㄨㄤˊ，晃動的樣子。

戰戰兢兢的摸索前進，唯恐，稍一失足，便成千古遺恨。而這樣的小心翼翼終於也成陳跡，在回程時，我驚訝的發覺，棧道於我，竟如自家樓梯，豪邁的腳步已無須絲毫的踟躕。再困難的挑戰，只要經歷，便了無畏懼，我如是想。

行抵西山南稜附近，赫然看見一大片膚如凝脂、潔逾敷粉的白木林巍然屹立半空中，是那麼的教人觸目心驚。據說，這本是臺灣鐵杉、冷杉的混合林，因為火災焚燬而僅留幹椏，雖歷經多年，卻仍昂首挺立，頗有寧死不屈的氣概，這或者亦是大自然的另一種傲岸吧！

隨行解說的人員告訴我們，本省森林火災平均每年發生次數超過一百五十回，其中人為因素佔七成以上。有的是造林工人烘烤飯盒而引致，有的是火車機關頭所冒火星而引起。民國五十二年，在鹿林山附近發生的一場延燒十四天的森林大火，就是獵者打獵所肇禍。據當時救火人員引述，在稜線處見成羣山羌、長鬃山羊、水鹿等原生動物逃命飛躍，狀至驚心動魄。火災不僅毀壞地表、地被物之有機生命，使表土裡露而根部崩壞，尤有甚者，更會導致生產力降低，景觀破壞，而生態體系也將隨之瓦解，鳥獸失棲，造成非常嚴重的後果。人們都知道「星星之火可以燎原」，而燎原的結果，卻常為人們所漠視。近年來，生態保育呼聲日高，其

實，應由觀念著手，由基礎教育紮根。

火災到底還屬無心之過。更甚者，大約近一世紀以來，人類汲汲營營濫取資源的結果，已導致青山綠水盡付濁流的地步。森林的無度採伐，徒留斑駁大地而致水旱頻生；硬體文明的發展，剷除了絕大部分的國土天然保安層的植被，也因而引發山崩、路阻、落石頻繁、水旱迭起。昔日開發所得的短暫收益，潛伏了後代子孫必須承受大地追繳的滾滾複利，如果我們再不能從其中找到教訓，則後果何堪設想，畢竟我們只有一個地球。

入山愈深，愈覺背包的沉重。為了應付山中多變的天候，我們分別準備了四季的衣裳。路途未行過半，女生們紛紛丟盔卸甲，只剩了輕便衣物及雨具隨身，其餘概由管理處體貼的隨行人員代勞。我堅持在背包裡收留季季的一件薄毛衣，企圖因著這個象徵性的負擔，使我免於「百無一用」的自責，聊算此行之功德一件，此事想來，無非又是阿Q[4]。

排雲山莊終於在千呼萬喚後出現於波瀾壯闊的雲海裡。我甚至來不及細看排雲的長相，便急急歪倒在它懷裡。

嘴唇發白，雙腿麻木不仁、汗下如雨，因著細

---

4 阿Q：魯迅小說《阿Q正傳》裡的主角，其形象為自滿、自欺欺人，以精神勝利法自我安慰。

雨而黏貼的頭髮，我不用照鏡子，就看到了自己的狼狽，有生以來，從來沒有過的辛苦。跌跌撞撞的仆倒在山莊爐火前的剎那，心裡只有一個疑惑：登山人如此辛苦，到底為了那樁？抬眼往窗外望去，一隻停棲於冷杉上的酒紅朱雀也正側頭望著我，彷彿和我遙遙地打著招呼。

又恢復到久遠以前沒電的歲月。

七點左右，所有人都在床上就位完畢。不知是被鄭寶娟無端的焦慮所感染，抑或氣壓變化的關係，大夥兒雖然為了培養翌日攻主峯的體力而致力於入睡一事，卻都只是徒勞。黑暗中，除了不時因輾轉反側而引發的床板格格作響聲外，只有一蓬極其微弱的爐火靜靜地訴說著它的一生。

缺少了五光十色，神思頓覺無比清明。閉目凝神之際，日間所見的山容樹色，彷彿忽落枕上——山椒水湄悠悠蕩蕩的雲彩，枝葉間穿梭啁啾的林鳥，兀自端然盤坐的高山，若老龍鱗的道旁青松，如詩如畫的彩蝶……還有霏霏的香霧，霑衣的落葉。我驀地[5]想起孔子所說的：

「天何言哉！四時行焉，百物生焉，天何言哉！」[6]

5　驀地：突然地。

6　天何言哉！四時行焉，百物生焉，天何言哉：語出《論語‧陽貨》。意謂上天何曾說過什麼？春夏秋冬四季運行，一切生物自然生長，又曾說過什麼？

　　於是，白日的疑惑遂得自解。登山人凌虐自己的雙腳，原是爲了與大自然相親，爲了回歸一切生命與存在的本源。也許可以這樣說，爲了從自然的原始面貌裡尋找失落已久的自我。

　　爲了觀看難得一見的日出勝景，第一批人馬在梁景峰老師的號召下，進行拂曉出擊，可惜因中途下起小雨，裝備不足，鍛羽而歸[7]。

　　天明，第二批人，前仆後繼，直攻主峯。通過了茂密的冷杉林後，滿目盡是高不逾丈、盤根虬幹、斜拖曲結的玉山圓柏和玉山杜鵑、玉山小檗等低伏的灌叢。爲了抗拒高山上強勁的風速，它們長得低矮柔軟，順風傾倒，果眞印證了「柔弱生之徒，老氏誡剛強」[8]的哲理。

　　再往上爬，亂石危綴，險阻難行，崩坍的稜脊幾無落足之處，我們一步一停的喘息前進。幸好天公作美，未下雷雨，否則，光憑意志，恐怕也不濟事。

　　終於登上了頂峯。

　　我疲累的匍匐在于右任先生銅像前，心中百感交集。凜冽的山風拂過臉頰，只覺塵土面目，爲之洗淨。回首來時路，但見屏山獻青、畫巒滴翠，忘

7　鍛羽而歸：受挫、敗興而歸返。鍛羽：鳥類羽翼受傷折損。
8　柔弱生之徒，老氏誡剛強：語出崔瑗〈座右銘〉。柔弱的人因為具有韌性，不易被摧折，是適合生存的一類；老子認為，剛強容易被折毀，不如柔弱者容易生存，因而以剛強為戒。

了誰說的，山中無歲月，真好。

　　昔人登泰山而小天下[9]，我是見識過了玉山，才知虛心涵泳[10]，學習與自然及一切生命相依相生，和諧共處。

寫作背景

　　廖玉蕙（1950－），臺中市潭子區人，當代著名散文作家，曾任大學教授，教授小說、戲劇、散文創作等課程。早期以「唐生」、「柳映堤」為筆名，曾獲中山文藝獎、吳魯芹散文獎等，也曾擔任過《幼獅文藝》月刊編輯。創作體裁以散文為主，也有一些小說創作，在文學創作及教學研究方面，都能維持一定的數量及品質。著有《不信溫柔喚不回》、《後來》、《賭他一生》等作品，多篇文章被選為課本教材及各種選集。

　　廖玉蕙認為「人生行道上處處俱是驚詫與歡喜，大時代裡，即使是小人物也有屬於他自己、卻又返照他人的說不完的故事」。因此，她的散文創作，多以尋常生活為題，描寫臺灣本土社會現狀及生活經驗，總能寫出一般人不易發現的另一面，將市井小民的心聲表露無遺，無論敘事或議論，都可見其幽默且樸實的寫作風格。

　　本文選自《對荒謬微笑》，記敘作者登臨玉山前的心情、途中所見所感，以及登頂後的感動。

閱讀鑑賞

　　本文以作者攀登玉山的經歷為題材，運用倒敘手法，娓娓敘述其登山前的心路歷程、沿途的所見所感。作者以流利婉轉的筆調，細膩描繪沿途

9　登泰山而小天下：登上泰山的山頂俯瞰，天下也顯得微小。語出《孟子‧盡心》：「孔子登東山而小魯，登泰山而小天下。」

10　虛心涵泳：虛懷若谷，反覆思考體會。

的自然景觀以及所見森林大火的痕跡，引發她對於環境保護的思考。描寫文字生動明快，全文結構嚴謹細密，層次分明。

　　全文可分四大部分。第1至4段，作者從登山後回到城市，回憶登山的情境，有恍若隔世之感；第5段至第8段描寫登山之感，認為自己是憑藉意志力而得以登頂；第9段至第30段，以倒敘手法從玉山管理處人員在登山前的解說開始描寫，紀錄三天裡的沿途山色景致；其中，第16段至第18段裡，描繪所見森林大火的痕跡，也充分顯現作者對於環境保護的想法；第31段至第33段，描寫作者登頂後，因而生起「登泰山而小天下」的虛心涵泳。

　　作者以自然流暢的語言，具體描寫自己攀登玉山的經歷，字裡行間透露出作者深厚的古典文學素養，文中可見她靈巧生動的運用經典語錄，讀之令人神往，是一篇情景交融的遊記散文。

隨堂推敲

1. 本文中作者描寫玉山沿途的景致為何？請舉出你印象最深刻的文本內容加以說明。
2. 文中提到有七成的森林大火來自人為，試問你對此有何看法及建議？
3. 本文作者善於援用經典名句，請找出五個文本例子。
4. 請分享你個人的登山經驗。
5. 如果有機會讓你攀登臺灣百岳，你最想與何處相遇？並請說明理由。

閱讀安可

下列兩篇作品都是以「旅行」為題材，並從其中體悟出人生智慧。

1. （南朝宋）謝靈運〈遊赤石進帆海〉

　　首夏猶清和，芳草亦未歇。水宿淹晨暮，陰霞屢興沒。周覽
倦瀛壖，況乃陵窮髮。

　　川後時安流，天吳靜不發。揚帆采石華，挂席拾海月。溟漲
無端倪，虛舟有超越。

　　仲連輕齊組，子牟眷魏闕。矜名道不足，適己物可忽。請附
任公言，終然謝天伐。

説明

　　本詩描寫謝靈運在遊南亭後，在永嘉境內遊覽山水之況。全詩分為三
部分，從「首夏」句至「況乃」句，描寫倦遊赤石，而興起帆海的念頭；
「川後」句至「虛舟」句描寫帆海的經過及對海的觀察（因太廣無邊際，
所以看不出它漲落的痕跡；因船空不載物，所以能輕快迅速）；「仲連」
句以下，抒寫觀海所興發的哲理思維，透露作者適己順天之想，恬適之感
油然而生。是一首情理豐富、自然精美的自然山水詩。

---

2. 謝旺霖〈行路難〉

説明

　　本文描寫作者在風雪交加中從海拔近三千米的魯朗騎越四千七百米的
四季拉山，一部部從身旁掠過的卡車無不回望這孤寂的身影，總是熱心的
招喚想搭載一程，作者一次次的跟自己對話：肉體雖已無法負荷外在酷寒
的考驗，腦袋也分不清楚甚麼是安全與危險，只存在著繼續向前的唯一信
念，這是他一開始就選擇的旅途──貧窮，流浪。於是他拒絕了，用力的
踩踏，在幾近昏迷的狀態下一步步的越過山巔，感動了路人，也感動了自
己。全文充滿堅持、自我突破的激勵力量。

分組活動

　　旅行計畫：請教師讓學生分組討論，完成以下旅行計畫表，再請各組派一位同學上臺分享。

旅行主題	
旅行路線	
計畫時間	年　　月　　日　至　　年　　月　　日
經費預估	①生活費：新臺幣　元 ②交通費：新臺幣　元 ③其他經費：新臺幣　元
參與人員	
旅行動機與計畫內容 1.旅行目的及行程安排 2.旅行期間、地點及進度	

寫作鍛鍊

1. **象徵修辭格鍛鍊：**

   阿Q—其形象為自滿、自欺欺人，以精神勝利法自我安慰。

   請寫出下列人物的象徵性格：

   ⑴五柳先生：

   ⑵差不多先生：

   ⑶唐吉軻德：

   ⑷哈姆雷特：

2. **仿寫：**請你模仿廖玉蕙〈山中無歲月〉一文細膩描繪所見所聞的作法，回顧你的某次難忘旅行，書寫一篇約500字的散文。

[分組討論單] 班級：＿＿＿＿　　組別：＿＿＿＿　　報告者：＿＿＿＿＿＿

組員簽名：＿＿＿＿＿＿＿＿＿＿＿＿＿

問：「**旅行計畫**」：請教師讓學生分組討論，完成以下旅行計畫表，再請各組派一位同學上臺分享。

答：

旅行主題	
旅行路線	
計畫時間	年　月　日　至　年　月　日
經費預估	①生活費：新臺幣　　元 ②交通費：新臺幣　　元 ③其他經費：新臺幣　　元
參與人員	
旅行動機與計畫內容 1.旅行目的及行程安排 2.旅行期間、地點及進度	

請沿虛線剪下

【寫作鍛鍊】　　　　　　　　　　日期：＿＿＿＿＿＿＿

系級：＿＿＿＿＿＿　學號：＿＿＿＿＿＿　姓名：＿＿＿＿＿

請沿虛線剪下

主題六　育樂之愛

容

導讀 坐看雲起時

　　自從住進這個兩層樓的家之後，時光荏苒，轉眼間，一對兒女的日常例行事項，除了吃與穿的基本需求之外，也陸續有了學校生活的加入，尤其是回家功課。

　　「媽咪，這一題要怎麼算？」兒子問。

　　「爸比，這個詞語是什麼意思？要怎麼造句子？」女兒問。

　　這種劇碼可說是天天上演，有時是促進親子和睦的契機，但少數時候，則會成為親子關係緊張的導火線。

　　「不是教過你了嗎？要先乘除，後加減。」孩子的媽一面教，一面說道。

　　「這個詞語的意思在妳的課本上不是有？妳上課都沒有認真聽講嗎？」我回答說。

　　或許只能說，學校課本知識的追求與累積，雖然是根本，所謂「木受繩則直，人受諫則聖。受學重問，孰不順成」，「君子不可以不學」，但過程往往是苦悶的、乏味的。它不像順著本性的自由主動閱讀，是一種「興味到時，拿起書本來就讀」的「真正讀書之樂」；是一種「不忘初衷，不違背讀書之本意，不失讀書的快樂，不昧於真正讀書的藝術」。幸運的，這一點倒是可以在我那一對兒女身上看到。

　　女兒喜歡看小說，不管是中國古典的《西遊記》、《三國演義》，還是西方經典的《白鯨記》、《木馬屠城記》，或是現代的《神奇樹屋》、《科學漫畫》，都在她的小腦袋瓜裡過目了好幾遍。兒子則是從小喜歡植物，愛看花花草草，更愛蒐集各種種子，所以看的書、買的書，都跟植物有關，什麼《種子變盆栽》、《安心蔬菜

園》等等，都是他的架上書，談起植物來，頭頭是道，如數家珍。而他們的共同興趣，則是天文、星球和宇宙，不僅看書，也看相關的影片。

當然了，我也不希望孩子們成為只知有書、不懂生活情趣的書蟲。既要熟讀萬卷書，也要行遍萬里路。所以在「風和日麗，徧地黃金」時，我會帶著他們「越阡度陌」，看「蝶蜂亂飛」，在綠草如茵上，「或坐或臥，或歌或嘯」，享受「不飲自醉」，「各已陶然」之樂。也會在「吹起了乾涼北風」的秋季，帶他們看「稻苗曬出稻穗又曬黃了稻穀，柚子一顆顆曬得結實飽滿，一顆顆曬出溫溫清香」；也會一起坐在海堤上，看「白雲牽拖成藍天遊絲」，看「天空越高，月光一日日清明」，再看「海流始終湍湍」，「白浪綿綿」。或許有一天，可以有機會夜探海洋，看「不同種屬的珊瑚以不同的節奏排放卵囊」，透過手電筒光束的照亮下，看「粒粒卵囊反光發亮，不斷由海底向海面漂升，揮去還來，繁如宇宙星辰」，「彷彿進入神話世界，太空星群任由撥拂」。

一家人一起，在家享受閱讀之樂，出外體驗自然之奇，人生最大的喜悅，大概莫過於此了。

《說苑・建本》

劉向

文本內容

　　孔子謂子路曰：「汝何好？」子路曰：「好長劍。」孔子曰：「非此之問也，請以汝之所能，加之以學，豈可及哉！」子路曰：「學亦有益乎？」孔子曰：「夫人君無諫臣，則失政[1]；士無教友[2]，則失德。狂馬不釋其策[3]；操弓不反於檠[4]。木受繩[5]則直；人受諫則聖。受學重問[6]，孰不順成？[7]毀仁惡士[8]，且近於刑[9]！君子不可以不學！」子路曰：「南山有竹，弗揉[10]自直；斬而射之，通於犀革[11]，又何學為乎？」孔子曰：「括而羽之[12]，鏃而砥礪之[13]，其入不益深乎？」子路拜曰：「敬受教哉！」[14]

1　失政：政治敗壞。
2　教友：相互教誡規勸的朋友。
3　狂馬不釋其策：駕馭急奔中的馬，不能放開手中的馬鞭。狂：疾速。釋：放下。策：馬鞭。
4　操弓不反於檠：已經乾燥定型的弓，不需要再用檠校正。操：即「燥」，乾。檠，音ㄑㄧㄥˊ，輔正弓弩的器具。
5　繩：即繩墨，用來測量直線的工具。
6　受學重問：接受學習，重視發問。
7　順成：順利成就。
8　毀仁惡士：毀棄仁德，厭惡賢士。
9　且近於刑：德性敗壞，接近刑戮。且，將。近，接近。
10　揉：音ㄖㄡˊ，即「煣」，藉由外力使曲木挺直或使直木彎曲。
11　通於犀革：射箭穿透犀牛皮革。通，貫穿。
12　括而羽之：在箭尾加上裝飾的羽毛。括，箭尾。
13　鏃而砥礪之：把箭頭磨利。鏃，音ㄗㄨˊ，磨利。
14　敬受教哉：謹慎地接受指導。

寫作背景

　　劉向（約前77-前6），本名更生，字子政，沛縣（今屬江蘇）人。是漢高祖弟楚元王劉交第四代孫，也是西漢的目錄學家、經學家及文學家。他經常上書勸諫時政得失、外戚專權，直言不諱。漢元帝時為中壘校尉，因直諫得罪權貴而被誣下獄，閒居十多年。成帝時，再次起用，任光祿大夫，領校中祕書，校閱經傳諸子詩賦等書，每校畢一書，便條列其篇目，撮其旨意，錄而奏之，寫下中國最早的分類目錄——《別錄》。另著有《新序》、《說苑》、《列女傳》等書。

　　本文選自《說苑》第二十卷。《說苑》一書共分〈君道〉、〈臣術〉、〈建本〉等二十門，分門別類記纂先秦至漢代的軼聞瑣事，雜以議論，闡述盛衰興亡之理。本文記載孔子以問答方式勸子路向學，說明學習的好處及重要性。

閱讀鑑賞

　　德國哲學家歌德說：「人不光是靠他生來就擁有的一切，而是靠他從學習中所得的一切，來造就自己。」這句話為「貴學」做了最好的注腳。在學生的求學生涯裡，師長們就是希望能協助他們發掘興趣，培養專長，以期未來有更好的發展。在〈建本〉一文中，首先透過孔子的問話引發子路的思考，提出「學亦有益乎」的懷疑，再帶出孔子援例說明學習在修己、治人上的好處；然而，子路對此理並不同意，進而以箭直之竹為譬，認為「又何學為乎」？最後，孔子承續子路的舉例，簡要切理地說明「括而羽之，鏃而砥礪之」能更充分發揮其潛能。文中以直述及譬喻說理，透過師生二人之間的問答互動，層層遞進，清楚深刻地提示學習的重要性，也呈現出孔子循循善誘且因材施教的形象，無怪乎子路會由衷說出「敬受教哉」，並拜謝孔子。

　　現今社會，雖然也有發揮天資而成功的特殊事例，而使人質疑學習是否真的有必要？但古人說：「小時了了，大未必佳。」閱讀本文之後，我們得以了解天資固然重要，但後天的學習更是不可或缺；為學者應努力向學，發揮自我潛能。

隨堂推敲

1. 本文中，孔子問子路「汝何好？」的用意為何？試就所知回答。

2. 從學習的角度來看，子路說的「南山有竹，弗揉自直；斬而射之，通於犀革」是什麼意思？

3. 閱讀本文後，請分別說明孔子與子路對「學習」的見解。

4. 承上題，你對「學習」的看法是什麼？在閱讀文章前後有何不同？請結合個人經驗，分享你的觀點。

閱讀安可

下列兩篇文章都是描寫學習之樂的作品。

1. 席慕蓉〈寫給生命〉

說明

　　本文從作者的平凡生活寫起，層層遞進，道出我們應該努力創造精彩生命的生活態度，是一篇成功的哲理散文。本文分為五個部分，段落之間看似各自獨立，卻又關係緊密、層層遞進。第一部分，首先描寫作者在月光下速寫，提出「生命裡也應該有這樣一種澄澈的時刻罷」的疑問，帶出第二部分的回憶。第二部分，作者喜歡和學生分享自己同學努力成為學有專精的藝術家的故事，提出「在感動的同時，也要學會選擇我們所要的和我們不得不捨棄的」。第三部分是承上啟下的關鍵，一方面是第二部分的例外敘述議論，認為人生總有些沒有極限、天馬行空的天才，我們應該暫時將其擱置一旁。不然，要怎樣才能平息我們心中那如火一般燃燒著的羨慕與嫉妒呢？一方面則帶出面對「嫉妒」的正面力量。第四部分，作者從藝術家的角度談嫉妒，她說「我相信藝術家都是些善妒的人」，「因為善妒，所以才會努力用功，想要達到自己心中給自己擬定的遠景。因為善妒，所以才會用一生的時光來向自己證明 —— 我也可以做得和他們一樣好，甚至更好」。第五部分，作者從喜愛安靜埋首努力的藝術家談起，最後破題，提出「人的自由，在認識了生命的本質之後，原該是無可限量的

啊」，作為全文做出最完美的註腳，使人認同生命應超越束縛、屬於自由的本質。

2. 余秋雨〈書海字潮〉

> **說明**
>
> 　　書海茫茫。古人苦於無書，今人在面對廣大無際的文字海洋時，如何選擇好書來閱讀，是一門值得深思的功課。余秋雨在文中提出個人對於讀書的看法，以及擇取書籍的標準和原因。不僅可以提供讀者參考，也能讓讀者延伸思考，在面對新聞媒體譁眾取寵時，我們應該如何以冷靜而客觀的態度面對，該如何理性選擇，去相信真相，而不是盲目隨從附和、人云亦云，免於淹沒在知識海潮之困中。

分組活動

　　大師養成計畫：首先，教師請同學各自填寫表格一。完成後，再請同學兩兩分組討論，觀察對方從培養「我的興趣」、訓練「我的專長」，到「我未來想成為」的職業之間，是否能逐步銜接？請給予彼此具體的建議，並完成表格二。最後，每一組推派一位組員上臺分享。

表格一：

我的興趣	
我的專長	
我未來想成為	我想成為：
	因為：

表格二：

我的組員是（　　　），他對我要成為（　　　）的身份，
覺得：
他建議並鼓勵我：
我的感想是：

寫作鍛鍊

1. **譬喻格修辭鍛鍊**：《說苑‧建本》裡，以「狂馬不釋其策；操弓不反於檠」、「括而羽之，鏃而砥礪之，其入不益深乎」來比喻學習的重要。除此之外，你認為還能將「學習」比擬成哪些事情呢？

   例如：為學要如金字塔，要能廣博要能高。

2. **寫作**：杜威說：「讀書是一種探險，如探新大陸、如征新土壤。」請以「我的讀書觀」為題，寫一篇演講稿，闡述你對讀書的看法、你選擇書籍的標準、你的讀書方法等，文長至少500字。

請沿虛線剪下

[分組討論單] 班級：＿＿＿＿＿　組別：＿＿＿＿＿　報告者：＿＿＿＿＿＿

組員簽名：＿＿＿＿＿＿＿＿＿＿＿＿＿＿＿

問：「大師養成計畫」：首先，教師請同學各自填寫表格一。完成後，再請同學兩兩分組討論，觀察對方從培養「我的興趣」、訓練「我的專長」，到「我未來想成為」的職業之間，是否能逐步銜接？請給予彼此具體的建議，並完成表格二。最後，每一組推派一位組員上臺分享。

答：

表格一：

我的興趣	
我的專長	
我未來想成為	我想成為：
	因為：

表格二：

我的組員是（　　　），他對我要成為（　　　）的身份，
覺得：
他建議並鼓勵我：
我的感想是：

【寫作鍛鍊】　　　　　　　　　　　　日期：＿＿＿＿＿＿

系級：＿＿＿＿＿＿　　學號：＿＿＿＿＿＿　　姓名：＿＿＿＿＿＿

〈閒情記趣〉（節選）

沈復

文本內容

　　蘇城有南園、北園二處，菜花黃時，苦無酒家小飲。攜盒而往，對花冷飲，殊無意味。或議就近覓飲者，或議看花歸飲者，終不如對花熱飲為快。眾議未定，芸笑曰：「明日但各出杖頭錢[1]，我自擔爐火來。」眾笑曰：「諾。」眾去，余問曰：「卿果自往乎？」芸曰：「非也。妾見市中賣餛飩者，其擔鍋竈無不備，盍[2]雇之而往。妾先烹調端整，到彼處再一下鍋，茶酒兩便。」余曰：「酒菜固便矣，茶乏烹具。」芸曰：「攜一砂罐去，以鐵叉串罐柄，去其鍋，懸於行竈中，加柴火煎茶，不亦便乎？」余鼓掌稱善。街頭有鮑姓者，賣餛飩為業，以百錢雇其擔，約以明日午後。鮑欣然允議。明日看花者至，余告以故，眾咸嘆服。飯後同往，并帶席墊，至南園，擇柳陰下團坐。先烹茗，飲畢；然後煖酒烹餚。是時風和日麗，徧地黃金，青衫紅袖[3]，越阡度陌[4]，蝶蜂亂飛，令人不飲自醉。既而酒

1　杖頭錢：買酒錢。源自《晉書・阮修傳》：「常步行，以百錢掛杖頭，至酒店，便獨酣暢。」其後，因以杖頭錢指買酒錢。

2　盍：何不。

3　青衫紅袖：借指男男女女。

4　阡陌：田間小路。

肴俱熟，坐地大嚼。擔者頗不俗，拉與同飲。遊人見之，莫不羨為奇想。杯盤狼藉，各已陶然。或坐或臥，或歌或嘯。紅日將頹，余思粥，擔者即為買米煮之，果腹而歸。芸問曰：「今日之遊樂乎？」眾曰：「非夫人之力不及此。」大笑而散。

寫作背景

　　沈復（1763-1825），字三白，號梅逸，蘇州（今江蘇省吳縣）人。是清代文學家，擅長詩畫、散文，著有《浮生六記》。沈復的性格爽直，落拓不羈，不事科舉，不慕仕宦，以行商、畫客、幕僚、名士終身。其一生事蹟，多見於《六記》裡，在今僅存的〈閒情記趣〉、〈閨房記樂〉、〈坎坷記愁〉、〈浪遊記快〉四記裡，描寫他與他那穎慧非常、才思雋秀的太太──陳芸，二人伉儷情深，在尋常生活裡常有不尋常的樂趣，怡然自得、恬淡自在。

　　本文選自《浮生六記》。〈閒情記趣〉一文，原有十七段，本文節選自第十七段。描寫沈復夫婦與友人的踏青之樂。透過作者的文人之眼，這看似夫妻之間的平凡生活細節，因而顯得詩情畫意。

閱讀鑑賞

　　本文敘述沈復夫婦與友人的踏青之樂，文章分為四個部分。首先敘述沈復在蘇城菜花黃時前往遊覽，總因無法對花飲酌而苦，而他聰慧的妻子陳芸靈機一動，要友人同出打酒錢，便能準備煮酒的火爐。其次，以沈復與妻子二人的對話，說明陳芸乃是要向市集賣餛飩的人租賃鍋灶煮酒熱肴，再將帶去的砂罐加以巧思，取代原有的鍋子，便也可以煎茶。而沈復即刻與市集餛飩攤子約定次日的租借。接著，敘述同行友人得知陳芸的巧妙安排深表讚嘆，在飯後一行人前往賞花，果真如同原先計畫般暢懷自在地品茗及飲酒熱肴。最後，敘述眾人對陳芸的巧思多所讚譽，盡興而歸。

全文採順敘手法，敘事流暢，文字清麗。其中，運用人物對話，使文章更生動活潑，讀來使人興味盎然。

隨堂推敲

1. 從本文中哪些地方可以看到陳芸有別於一般人的巧思？
2. 從本文哪些地方可以看出沈復與陳芸兩人的生活情趣？
3. 假設你是同行的賞花者，也想要對花飲酌，請提出不同於陳芸的準備方式。
4. 閱讀本文後，請分享你印象最深刻的一次「踏青之樂」。

閱讀安可

下列兩篇作品都是與生活情致相關。

1. （宋）楊萬里〈閑居初夏午睡起〉

　　　梅子留酸軟齒牙，芭蕉分綠與窗紗。
　　　日長睡起無情思，閑看兒童捉柳花。

> **說明**
>
> 　　楊萬里喜愛農村生活，並且擅寫農村題材，在這首詩裡展現無遺。詩中描寫芭蕉初長，綠蔭映在紗窗上，而一旁兒童捉玩著飄飛的柳絮。詩人因懷抱與景物一樣的雅逸情趣，因而起身欣賞眼前美好景致，末句的「閑」字運用巧妙，呼應詩題，也充分顯現詩人的恬靜閑適及對農村的喜愛之情。

2. 蔡珠兒〈說桔〉

　　過年討吉祥，到處是桔樹，金燦耀眼，屋裡還有年桔桶柑，
厚皮粗渣不中吃，也就圖個喜氣。金價飆漲，追不及買不起，擺
點黃澄澄的東西也好，況且桔子好意頭，形聲皆吉，口彩響亮，
自古即是祥物瑞果。

　　柑橘跟荔枝一樣，是中國南方嘉果，但產地更廣，品種更
繁，柑橘橙柚檸檬佛手，朱黃青碧圓扁大小，加上接枝雜交和外
國新種，五光十色，繽紛琳琅。香港就這個好，什麼都舶來，冬
天也百果豐饒，隨便去個菜場超市，除了內地的江西臍橙、永春
蘆柑，還有臺灣椪柑、日本蜜橘、以色列甜柚、美國香吉士，澳
洲橘和西班牙柑，橙黃橘綠，馨香盈鼻。

　　可惜我最喜歡的砂糖橘，已經過季退場，芳蹤杳然。這果
子真是好東西，和荔枝有得比，色味雙美，個頭玲瓏金紅，肉瓣
豐潤柔嫩，甘甜多汁，無渣少籽，蜜味裡暗含幽酸，穠纖恰到好
處，而且皮薄易剝，讓人一粒接一粒，沒法住嘴停手。

　　砂糖橘是廣東特產，肇慶附近的四會最好，每年晚秋到深冬
上市，正是北風乾冷，膚燥唇裂的時節，幸而天賜恩物，有這果
子滋潤濟世。一開始我也懵然不識，看它嬌小橢圓，街市又寫成
「砂糖桔」，我以為是皮緊肉酸的金棗，望望然掉頭而去，走了
寶，過了幾年才知道。

　　問題在這個「桔」字。粵語沒有橘，橘子和桔子都寫成
「桔」，橘和桔同名異物。兩個東西擠在一個名字裡。無獨有
偶，台語也沒有橘，口語和粵語一樣，呼橘為柑，書寫才用橘
字，所以柑和橘同物異名，一種東西倒有兩種名字；至於桔子，
台語則指金橘。

好了，大陸的簡體字，又把橘寫成桔，橘子和桔子更加攪混不清，兩岸三地，名物異同，加煩添亂，愈發糾纏。

柑橘家族裡，柚子胖大，橙子圓身緊瓢，皆明顯易辨，但柑、橘、桔這三樣，就比較難分了，要看大小、圓扁、皮色、滋味，還有歷史淵源。

論資排輩，橘最古老。《尚書》記載「厥包橘柚」，春秋時代，已把江南的橘子柚子包妥上貢。屈原也寫過《橘頌》，「受命不遷，生南國兮」，自比為堅貞不移的橘樹。《周禮》和《淮南子》也有「橘逾淮為枳」，可見兩千多年前，橘子在中國已很普遍。順便說一下，這成語其實大錯，橘和枳不同屬，橘樹移植到北方，除非嫁接或者突變，否則長得再差，也絕不會變成枳。

柑則較後起，原指大些的橘子，東漢許慎的《說文解字》有橘橙柚，還沒有柑，唐宋以後卻很常見，也寫成「甘」，我推想，閩粵呼橘為柑，很可能即承自唐宋的中古音。謝惠連的《甘賦》，杜甫和柳宗元的《甘園》詩，蘇軾的《黃甘陸吉傳》，劉基的《賣柑者言》，拈來皆是，彼時柑子珍奇，常有玩賞酬贈之作，以柑喻世言志的更多。

至於桔，本來和柑橘無關，《說文解字》和《本草綱目》，都解為藥用的桔梗，誰知這字撈過界，後來居上，倒把橘子擠走了，且因有個吉字，紅紅火火備受寵渥。

說桔論柑，總與世俗人情相關，但有一件事，我就搞不懂了。粵語空、凶同音，為避凶諱，把空說成吉，所以香港叫吉屋招租，吉鋪放售，撲空或白忙，則曰「得個吉」，引而申之，桔跟蛋一樣，皆有空洞掛零之意。這麼說來，過年的金桔年桔，其實都是一場空，豈不倒楣晦氣？空即是吉，吉即是空，唉呀，還真深奧咧。

說明

　　蔡珠兒善於書寫生活記文，文字間流露其對於事物背景知識的探究及品味。在本文中，他對於「桔」的描寫，列舉相關品種（柑橘家族）的味道和種類，從文字及語言上探討「桔」和「橘」之異同處。此外，擁有豐富文化底蘊的作者，再從歷代文獻及文學作品中對柑橘之記載，探究其淵源。在作者細緻靈動的筆觸下，「桔」這種常見的果物充滿著文學情調，也使讀者見識到作家的生活興味。

分組活動

　　最美好的一天：有句廣告詞說：「生命，就該浪費在美好的事物上。」教師請學生寫下自己要如何安排「最美好的一天」，分組討論後，每組派一位組員上臺分享。

寫作鍛鍊

1. 雙關修辭格鍛鍊：
   請找出下列句子裡的雙關語，並且說明其所指為何。
   (1)春蠶到死絲方盡，蠟炬成灰淚始乾。（李商隱〈無題〉）
   (2)東邊日出西邊雨，道是無晴還有晴。（劉禹錫〈竹枝詞〉）
   (3)因為分梨故親切，誰知親切轉傷離。（黃遵憲〈山歌〉）
2. 仿寫：蔡珠兒〈說桔〉裡，對於「桔」進行多方描寫，從相關品種的味道種類，以及「桔」與「橘」在文字語言上的同異，使生活中的平常事物充滿著不平常的文學情調。請你以〈說茶〉為題，書寫300字的散文。

［分組討論單］班級：＿＿＿＿＿　組別：＿＿＿＿＿　報告者：＿＿＿＿＿＿

　　　　　　　組員簽名：＿＿＿＿＿＿＿＿＿＿＿＿＿＿＿＿

問：「**最美好的一天**」：有句廣告詞說：「生命，就該浪費在美好的事物上。」教師請學生寫下自己要如何安排「最美好的一天」，分組討論後，每組派一位組員上臺分享。

答：

【寫作鍛鍊】　　　　　　　　　　　日期：＿＿＿＿＿＿

系級：＿＿＿＿＿＿　學號：＿＿＿＿＿　姓名：＿＿＿＿＿

〈讀書的藝術〉

林語堂

文本內容

　　諸位，兄弟今日重遊舊地，以前學生生活的苦樂酸甜的滋味，都一一湧上心頭。不但諸位所享弦誦的快樂，我能了解，就是諸位有時所受教員的委屈折磨、註冊部的挑剔爲難，我也能表同情。

　　兄弟今日仍在讀書時期，所不同者，不怕教員的考試；無慮分數之高低，更無註冊部來定我的及格不及格、升級不升級而已。現就個人所認爲理想的方法，與諸位學友通常的讀書方法比較、研究一下。

　　余積二十年讀書、治學的經驗，深知大半的學生對於讀書一事，已經走入錯路，失了讀書的本意。

　　讀書本來是至樂之事，杜威[1]說：「讀書是一種探險，如探新大陸、如征新土壤。」而佛蘭西[2]也說過：「讀書是『靈魂的壯遊』，隨時可以發現名山巨川、古跡名勝、深林幽谷、奇花異卉。」

　　到了現在，讀書已變成僅求倖免扣分數、留級

1　杜威：約翰・杜威（John Dewey，1859-1952），美國教育家與哲學家。其所提出的兩個重要的教育理念：「持續性」與「實踐中學習」，深深影響當代教育趨勢，即「終身教育」與「做中學」。
2　佛蘭西：指阿納托爾・法郎士（Anatole France，1824-1924），法國小說家，1921年諾貝爾文學獎得主。

的一種苦役而已。而且讀書本來是個人自由的事，與任何人不相干。現在你們讀書，已經不是你們的私事；而處處要受一些不相干的人的干涉，如註冊部及你們的父母、妻室之類。有人手裡拿著一本書，心裡想我將何以贍養父母、俯給妻子，這實在是一樁罪過。

試想你們看《紅樓》、《水滸》、《三國志》、《鏡花緣》，是你們一己的私事，何嘗受人的干涉？何嘗想到何以贍養父母、俯給妻子的問題？但是學問之事，是與看《紅樓》、《水滸》相同。完全是個人享樂的一件事。

你們若不能用看《紅樓》、《水滸》的方法去看《哲學史》、《經濟學大綱》，你們就是不懂得讀書之樂、不配讀書；失了讀書之本意，而終讀不成書，你們能眞用看《紅樓》、《水滸》的方法去看哲學、史學、科學的書，讀書才能「成名」。若用註冊部的方法讀書，你們最多成了一個「學士」、「博士」，即成了吳稚暉先生[3]所謂「洋紳士」、「洋八股」。

我認爲最理想的讀書方法、最懂得讀書之樂

3　吳稚暉：即吳敬恆（1865-1953），一名脁，字稚暉，中國教育家、書法家，曾任中央研究院院士及國民大會代表，是設計及推動現行國語注音符號的重要人物。

者，莫如中國第一女詩人李清照[4]及其夫趙明誠[5]。我們想像到他們夫婦典當衣服，買碑文、水果；回來夫妻相對展玩、咀嚼的情景，真使我們嚮往不已。你想他們兩人一面削水果、一面賞碑帖，或者一面品佳茗、一面校經籍，這是如何的清雅，如何得了讀書的真味。

易安居士於《金石錄》的〈後序〉中，自敘他們夫婦的讀書生活，有一段極逼真活躍的寫照；她說：「余性偶強記，每飯罷坐歸來堂，烹茶指堆積書史，言某事在某書、某卷、第幾頁、第幾行，以中否決勝負、為飲茶先後。中即舉杯大笑，至茶傾覆懷中，反不得飲而起，甘心老是鄉矣！故雖處憂患困窮，而志不屈……收藏既富，於是几案羅列、枕席枕藉，意會心謀[6]、日往神授、樂在聲色狗馬[7]之上……」

你們能用李清照讀書的方法來讀書、能感到李清照讀書的快樂，你們大概也就可以讀書成名，可以感覺讀書一事；比巴黎跳舞場的「聲色」、逸園的「賽狗」、江灣的「賽馬」有趣。不然，還是看逸園賽狗、江灣賽馬比讀書開心。

4　李清照：宋代著名女詞人（1084-1151），自號易安居士，詞作以婉約風格著稱。
5　趙明誠：宋徽宗宰相趙挺之的三子，詞人李清照之夫，著有《金石錄》。
6　心會意謀：心領神會。
7　聲色狗馬：泛指統治階層侈糜浮誇的生活。

　　什麼才叫做「真正讀書」呢？這個問題很簡單，一句話說，興味到時，拿起書本來就讀，這才叫做真正的讀書、這才不失讀書之本意。這就是李清照的讀書法。

　　你們讀書時，須放開心胸、仰視浮雲，無酒且過、有煙更佳。現在課堂上讀書連煙都不許你抽，這還能算為讀書的正軌嗎？或在暮春之夕，與你們的愛人，攜手同行，共到野外讀《離騷經》[8]。或在風雪之夜，靠爐圍坐，佳茗一壺、淡巴菰（tabaco）一盒，哲學、經濟、詩文等史籍，十數本狼藉橫陳於沙發之上，然後隨意所之，取而讀之，這才得了讀書的興味。

　　現在你們手裡拿一書本，心裡計算及格不及格、升級不升級、註冊部對你態度如何、如何靠這書本騙一個較好的飯碗、娶一位較漂亮的老婆—這還能算為讀書、還配稱為「讀書種子」嗎？還不是淪為「讀書孬種」嗎？

　　有人說，像林先生這樣讀書方法，簡單固然簡單，但是讀不懂如何？而且成效如何？須知世上絕無看不懂的書，有之便是作者文筆艱澀、字句不通，不然便是讀者的程度不合、見識未到。各人如能就興味與程度相近的書選讀，未有不可無師自

8　離騷經：戰國詩人屈原的長詩，內容敘述個人生平、理想，以及被流放的抑鬱不平。

通，或是偶有疑難、未能遽然了解，涉獵既久，自可融會貫通。

試問諸位少時看《紅樓》、《水滸》何嘗有人教、何嘗翻字典？你們的侄兒少輩現在看《紅樓》、《西廂》，又何嘗需要你們去教？

許多人今日中文很好，都是由看小說、史記得來的，而且都是背著師長，偷偷摸摸硬看下去。那些書中不懂的字、不懂的句，看慣了就自然明白。

學問的書也是一樣，常看下去，自然會明白，遇有專門名詞，一次不懂，二次不懂，三次就懂了。只怕諸位不得讀書之樂，沒有耐心看下去。

所以我的假定是學生會看書、肯看書，現在教育制度是假定學生不會看書、不肯看書。說學生書看不懂，在小學時可以說，在中學還可以說；但是在聰明學生，已經是一種誣蔑了。至於已進大學還要說書看不懂，這真有點不好意思吧？大約一人的臉面要緊，年紀一大，即使不能自己餵飯，也得兩手抓一只飯碗硬塞到口裡去，似乎不便把你們的奶媽、乾娘一起都帶到學校來給你們餵飯，又不便把大學教授看做你們的奶媽、乾娘。

至於「成效」，我的方法可以包管比現在大學的方法強。現在大學教育的成效如何，大家是很明瞭的。一人從六歲一直讀到二十六歲大學畢業為止共讀過幾本書？

老實說，有限得很。普通大約總不會超過四、五十本以上。這還不是跟以前的秀才、舉人相等？

從前有一位中了舉人，因沒聽見過《公羊傳》的書名，而傳爲笑話。現在大學畢業生就有許多近代名著未曾聽過名字，即中國幾種重要叢書也未曾見過。這是學堂的不是，假定你們不會看書，因此也不讓你們有自由看書的機會。一天到晚，總是搖鈴上課、搖鈴吃飯、搖鈴運動、搖鈴睡覺。你想一人的精神是有限的，從八點上課一直到下午四、五點，還要運動、拍球，哪裡還有閒功夫自由看書呢？

而且凡是搖鈴，都是討厭，即使搖鈴遊戲，我們也有不願意之時，何況是搖鈴上課？因爲學堂假定你們不會讀書、不肯讀書，所以把你們關在課堂，請你們靜坐，用「注射」、「灌輸」的形式，由教員將知識注入你們的腦殼裡。但常人頭顱都是不透水的，所以知識注射普遍不大成功。

但是比如依我方法，假定你們是會看書、要看書，由被動式改爲發動式的，給你們充分自由看書的機會，這個成效如何呢？可以計算一下，假定上海光華、大夏或任何大學有一千名學生，每人每期交學費一百圓，則共有學費十萬圓。

將此十萬圓拿去買書，由學校預備一間空屋置備書架，扣了五千圓做辦公費（再多便是罪過）。

把這九萬五千圓的書籍放在那間空屋，由你們隨便胡鬧去翻看，年底『拈鬮』[9]分配，各人拿回去九十五圓的書。

　　只要所用的工夫與你們上課的時間相等，一年之中，你們學問的進步，必非一年上課的成績所可比。現在這十萬圓用到哪裡去，大概一成買書，而九成去養教授，及教授的妻子、教授的奶媽，奶媽又拿去買奶媽的馬桶，這還能說是把你們的「讀書」看做一本正經的事嗎？

　　假定你們進了這十萬圓書籍的圖書館，依我的方法，隨興之所至去看書，成效如何呢？有人要疑心，沒有教員的指導，必定是不得要領、雜亂無章、涉獵不精、不求甚解。這自然是一種極端的假定，但是成績還是比現在的大學教育好。

　　關於指導，自可以編成指導書及種種書目。如此讀了兩年可以抵過在大學上課四年。

　　第一、我們須知道讀書的方法，一方面要幾種精讀、一方面也要盡量涉獵翻覽。兩年之中，能大概把二十萬圓的書籍隨意翻覽，並知其書名、作者、內容大概，也就不愧為一讀書人了。

　　第二、我們要明白，學問的事，決不是如此呆板。讀書必求深入，而欲求深入，非由興趣相近者

9　拈鬮：遇到不能決定的事情時，由第三者做紙團，當眾拈取，以決定事件的正或反。鬮，音ㄐㄧㄡ，用以抓取決勝負的器具或抽取以卜可否的紙團。

入手不可。學問是每每互相關連的。一人找到一種有趣味的書，必定由一問題而引起其他問題。由看一本書，而不得不去找與之有關係的十幾種書，如此循序漸進，自然可以升堂入室。研磨既久，門徑自熟；或是發現問題、發明新義，更可觸類旁通、廣求博引，以證己說，如此一步一步的深入，自可成名。

　　這是自動的讀書方法。較之現在上課聽講的被動的方法，如東風過耳，這裡聽一點、那裡聽一點，結果不得其門而入、一無所獲，則強似多多了。

　　第三、我們要明白，大學教育的宗旨，對於畢業的期望，不過要他博覽群籍而已，並不是如課中所規定，一定非邏輯八十分、心理七十五分不可，也不是說心理看了一百八十三頁講義、邏輯看了兩百零三頁講義，便算完事。這種的讀書，便是犯了孔子所謂「今汝畫」[10]的毛病。

　　所謂「博覽群籍」，無從定義，最多不過說某人「書看得不少」、某人「差一點」而已，哪裡去定什麼限制？說某人「學問不錯」，也不過這麼一句話而已，哪裡可以說某書一定非讀不可、某種科

10　今汝畫：指劃地自限。語出《論語‧雍也》：「冉求曰：『非不說子之道，力不足也。』子曰：『力不足者，中途而廢，今汝畫。』」

目是「必修科目」。一人在兩年中翻覽這二十萬圓的書籍，大概他對於學問的內容途徑、名著傑作、版本、箋注[11]，總多少有一點的把握了。

現在的大學教育方法如何呢？你們的讀書是極端不自由、極端不負責。你們的學問不但有註冊部訂標準，簡直可以秤斤兩的，這個「斤兩制」，就是學校的所謂「七十八分」、「八十六分」之類，及所謂多少「單位」。

試問學問之事，何得秤量斤兩？所謂英國史的知識，你們百分已知道了七十八分，世上豈有那樣容易的事？但依現在制度，每週三小時的科目算三單位，每週兩小時的科目算兩單位，這樣由一方塊、一方塊的單位，慢慢堆疊而來，疊成多少立方的學問，於是某人「畢業」、某人是「學士」了。你想這笑話不笑話？

須知我們何以有此大學制呢？是因為各人要拿文憑；既要拿文憑，故不得不由註冊部定一標準，評衡一下，就不得不讓註冊部來把你們「秤一秤」。你們如果不拿文憑，便無被「秤」之必要。

但是你們為什麼要拿文憑呢？說來話長。有人因為要行孝道，拿了父母的錢，心裡難過；於是下定決心，要規規矩矩、安心定志讀幾年書，才不辜

---

11 箋注：為古書做的解釋。

負父母一番的好意及期望。這個是不對的，是與遵父母之命、媒妁之言戀愛女子一樣的違背道德。這是你們私人讀書享樂的事，橫被家庭義務的干涉，是想把眞理學問孝敬你們的爸爸、媽媽、老太婆。只因眞理學問，似太渺茫，所以還是拿一張文憑具體一點爲是。

有人因爲想要得文憑學位，每月可以多幾十塊錢。社會對你們的父母說，你們兒子中學畢業讀了三十本書，我可給他每月四、五十圓；如果再下兩千圓本錢，即再讀三十本書，大學畢業，我可給他每月八、九十圓。你們父母算盤一打，說：「好。」於是議成，而送你們進大學，於是你們被秤、拿文憑，果然每月八、九十圓到手，成交易。

這還不是你們被出賣嗎？與讀書之本旨何關？與我所說讀書之樂又何關？但是你們不能怪學校給你們秤斤兩，因爲是你們向他要文憑，學堂爲保持招牌信用起見，不能不如此。且必如此，然後公平交易、童叟無欺。

處於今日大規模生產品（mass production）之時期，不能劃定商貨之品類（standardization of products），學問既然成爲公然交易的商品，學士、碩士、博士既爲大規模生產品之一，自然也不能不「劃定」一下。

其實這種以學問爲交易之事，自古已然。子

張學干祿，子曰：「三年學，不至於穀，未易得也。」（關於往時「生員」在社會所作的孽，可參考《亭林文集》、《生員論》上中下三篇。）

　　到了這個地步，讀書與入學，完全是兩件事了，去原意遠矣。我所希望者，是諸位早日覺悟，在明知被賣之下，仍然不忘初衷、不違背讀書之本意、不失讀書的快樂、不昧於真正讀書的藝術。並希望諸位趁火打劫，雖然被賣，錢也要拿、書也要讀，如此就兩得其便了。

（選自《讀書的藝術》，小倉出版社）

寫作背景

　　林語堂（1895-1976），為中國著名文學家、教育家、語言學家及發明家。福建漳州龍溪人，乳名和樂，原名玉唐，後改為語堂。聖約翰大學英文學士、美國哈佛大學比較文學碩士、德國萊比錫大學語言學博士。曾任教於北京大學、清華大學英文系，並擔任北京大學英文系主任、北京女子師範學院教務長、中華民國外交部祕書等職務。

　　林語堂具有深厚的中國古典文學及英文造詣，編有《開明英語讀本》、《開明英文文法等教材》，提出漢字筆畫、筆順、漢字偏旁部首的觀念，進而研發了「上下形檢字法」；曾向趙元任提出為漢字記音的建議，與幾位語言學家一同制定出「國語羅馬字」，當時曾被作為國家正式推行的注音方案。

　　林語堂一生筆耕不輟，著作等身，在中英文創作及翻譯工作上，皆甚有成就，而在文學創作上的表現更受肯定，曾於1940年和1950兩度獲得諾貝爾文學獎的提名，著有《京華煙雲》、《生活的智慧》、《無所不談》等作品。

　　本文選自《讀書的藝術》，原為林語堂在光華大學的演講稿。他認為讀書原本為至樂之事，應以正確的讀書態度與方法才能享受其中樂趣。

閱讀鑑賞

在政府推行十二年國教的現今，關於「讀書所爲何事」這個問題，每個人心中都有答案。在一、二十年的學習道路上，是苦是樂，也是如人飲水，冷暖自知。

然而，人稱生活大師及文學大師的林語堂，在本文中全面地說明讀書的藝術所在。全文共三十九段，可分爲三個部分。第1～7段認爲讀書原本爲至樂之事，卻因爲人們的各種功利目的，使閱讀這件事情的性質改變、方法改變，而失去了閱讀原有的樂趣，著實可惜；第8～25段推崇趙明誠、李清照夫婦的讀書方法，描述他們夫妻相對品茗校經、吟詠詩文的清雅韻致，說明這才是讀書應有的正確態度及藝術；第26～39段明確提出個人對於讀書及面對學校文憑制度時該有的態度及方法，指出學習應該捨棄功利目的而出於自動，才能眞正享受讀書的樂趣。

本文能以輕鬆明快的筆調來說明讀書應有的態度及藝術，不流於說教。文章一開始敘述作者因舊地重遊而回憶學生生活的苦樂酸甜，也因而能了解及同情現在學生的喜悲感受，然後才進入正題，說明演講的主題。這種在進入演說正題前，先引起聽眾認同與共鳴的方法，是一種成功的溝通術。進入正題後，他引用杜威及佛蘭西的話（言例），強調讀書原爲至樂之事，來對比現今學子學習的苦悶（事例），藉以突顯問題所在。進而談到趙明誠夫婦讀書的情況（事例），與現今學子的學習方式進行比較，提點學子只要改變學習的方式及態度，便能享受讀書之樂。最後，具體提出個人讀書的三個方法以收束全文。全文論述條理分明，思路清晰，層層遞進，夾議夾敘，兼采言、事之例，深具說服力及感染力，使人讀來，不覺有嚴肅枯燥之感。

這篇演講稿所提示的內容，在教育普及化的今日，仍值得我們深思，並予以落實在學習的殿堂裡。

隨堂推敲

1. 林語堂提出的讀書方法有哪些，請指出並詳加說明。
2. 請分享你坐在大學課堂上的目的為何？坐在教室上國文課的目的為何？
3. 閱讀本文後，請分享你自發性的「讀書」經驗。
4. 請說明個人對本文的看法（正反不拘，須言之有理）。

閱讀安可

下列三篇作品，都以學習為題，提及學習的動機、方法及興味。

1. 郝明義〈閱讀的七道階梯〉

> **說明**
>
> 　　作者根據胡適所說的「為學要如金字塔」這句話，進而補充解釋自己的看法。他根據柏拉圖的理論，整理出人人都可理解的閱讀的七道階梯，包括：跨越學校教育的重要、閱讀不要偏食、跨越網路與書籍的界線、提出跨界閱讀的基礎工作、談論如何使用一些工具及安排讀書相關事宜、討論閱讀方法、主題閱讀等七道階梯，引導讀者藉以檢視自己可以前進的方向。

2. 連加恩〈學習語言來自對溝通的渴望〉

> **說明**
>
> 　　作者透過寫給兩歲兒子的書信，記錄自己對於語言學習的想法。有別於一般對於語言學習的功利主義思維，作者認為一個人若想要能透徹地學會一種語言，首先必須擁有與他人溝通的慾望，才能有驅使自己學習的動力。

3. 洛夫〈車上讀杜甫〉

說明

　　本詩透過杜甫詩作〈聞官軍收河南河北〉，以古今交錯的寫作方式，表面是描寫閱讀杜甫詩作的感傷，實際上是書寫作者對於故鄉及親人的思念之情。

分組活動

　　「讀書」之思：請各組依下列問題進行討論，並推派一位代表上臺報告討論的結果。

問1：讀書的目的為何？請說出2個讀書的目的，與大家分享。〔第1、2組〕

問2：你覺得讀書的苦與樂是什麼？請說出讀書的優點與缺點各三個。〔第3、4組〕

問3：你在考前的讀書必勝方法是什麼？請分享你自身的經驗。（每人一例）〔第5、6組〕

寫作鍛鍊

1. 設問修辭格鍛鍊：請將下列句子改成設問句。

(1)人生最大的快樂莫過於做自己喜歡的事。

(2)為了快速存到人生第一桶金，他努力開源節流、縮衣節食。

2. 仿寫：請模仿洛夫〈車上讀杜甫〉一詩的作法，以「○上讀○○」為題，書寫一篇古今對話的散文或詩歌。

【 分組討論單 】班級：＿＿＿＿＿　組別：＿＿＿＿＿　報告者：＿＿＿＿＿＿

　　　　　組員簽名：＿＿＿＿＿＿＿＿＿＿＿＿＿＿＿＿＿＿

問：「**讀書之思**」：請各組依下列問題進行討論，並推派一位代表上臺
　　報告討論的結果。
　　問1：讀書的目的為何？請說出2個讀書的目的，與大家分享。〔第
　　　　1、2組〕
　　問2：你覺得讀書的苦與樂是什麼？請說出讀書的優點與缺點各三
　　　　個。〔第3、4組〕
　　問3：你在考前的讀書必勝方法是什麼？請分享你自身的經驗。（每
　　　　人一例）〔第5、6組〕
答：

請沿虛線剪下

【寫作鍛鍊】　　　　　　　　　　　日期：＿＿＿＿＿＿＿

系級：＿＿＿＿＿＿＿　學號：＿＿＿＿＿＿＿　姓名：＿＿＿＿＿＿＿

〈北風微〉

廖鴻基

文本內容

　　一股曬熟了的味道瀰漫在空氣裡，其他味道、其他顏色似乎熱得都蒸散掉了，整個穹蒼[1]，整片陸地和海面，已經熱得不能再熱，熟得不能再熟，亮得不能再亮。

　　這世界在高溫裡過度醞釀，在日日圓睜睜的炎陽下過度飽熟。

　　稻苗曬出稻穗又曬黃了稻穀，柚子一顆顆曬得結實飽滿，一顆顆曬出溫溫清香。

　　這一季的天地萬物似乎已經撐過圓滿，撐到了盡頭。

　　只是沒有人會想到，竟然就曬出一道再也合不攏的罅隙[2]。

　　忽然間，空氣裡四處瀰漫融化的味道，熟過頭熱過頭後將要失去溫暖的感覺，像一團油脂完全化開後便要開始擔心凝結可能隨後就到。是該收斂些了，熱情或可不再那麼坦率那麼狂暴，也許溫柔一些、沉著一些、冷靜一些。

　　教這個什麼都已經過度的世界喘口氣吧。

1　穹蒼：蒼天。
2　罅隙：音ㄒㄧㄚˋㄒㄧˋ，指裂縫、縫隙。

　　讓這個世界有機會安靜下來休息片刻。

　　過去的日子多麼熱烈，多麼黏膩，多麼濃稠。一身濕熱一身淋漓汗水，一再推動漲潮，只顧一波漫過一波，疊過一波，完全忽略了海洋偶爾也需退潮休息。

　　濕熱的南風姍姍緩緩不留縫隙吹滿整個暑夏，忘了當初怎麼交接過來的，也忘了必要銜接必要交代給另個季節了。

　　於是，不可回頭地發現竟然就走到底了。

　　忽然發現，橫在前頭的是一谷深壑，上頭唯有一道狹窄煙薄的小橋相通，這是一道必得放下過去才能跨越的界線。

　　深谷裡忽然飄來了一陣清濃交纏的花香。

　　是熟透的甜香、野香、脂香，又幾分清淡，像是在稀薄的微風裡給稀釋過了。像是在刻意冷卻，濃密之後就要變為淡然，滿溢的潮水一轉身就要消退。

　　意念才停點回首，高空中忽忽就吹起了乾涼北風。

　　老漁人鷹一樣敏銳，貓一樣敏感，抬頭看了一眼日曬，抬頭看了一眼依舊帶著火氣的藍天。

　　「啊，北風微。」老漁人嘆了一聲，心裡明白。

　　是時候了。

　　雖然明白，但老漁人還是有終於等到，終於來到的欣慰與悵然。

　　這一季來一路順風滾滾的海潮，就要開始面對如箭鏃[3]逆流從正面掃下來壓下來的北風。

　　海面倏地驚起一臉白濤。

　　這一點風其實不算什麼，老漁人說的北風微不過是這一季的先遣先發，不過是跡象徵兆。

　　也好，必要開始抓回一些淡忘的苦難記憶，當北風主鋒真正下來時，面對洶湧狂濤才不會如此不知所措。

　　時序已經走上攀高的階梯，才兩步升階，仿若音律調高，風底已不再堅持濕熱、熾熱，風向一變，氣溫稍降，老漁人嘆了一口氣，樹梢每片葉子都知道了，每隻候鳥都暫時停下動作抬頭看天，海面花圃裡的每朵浪花也都清楚明白。

　　風底的氣味由紅轉橘轉黃轉白、轉淡，焚過的燒過的，都長了擅飛的羽翼都將化作煙爐紛飛。

　　或還允許稍稍駐足猶豫，但此後的每一步都要站上新的高點。

　　北邊太冷，南邊太熱，過去的和未來的，回首或展望，都伸手可及，也都遙不可及。這不冷不熱的秋風，這臨界點、交界線上吹起的北風微，正在

3　箭鏃：箭頭。

昂首通告，改朝換代的新世紀已經來臨。

北風微颺起沒過多久，當乾涼的風來的時候，雲被吹白了，風被吹高了，氣溫吹走了幾度。幾天風換來幾日雨，不再是豪邁的豪陣雨，但淅淅滴滴天地又冷卻了幾度。

流浪的風吹起流浪的節氣，我的夢開始換季，夢裡常有洄泳[4]和飛翔。

夏候鳥走了，冬候鳥前哨過境；有些魚靠近，也有些魚離開。乘著風，乘著海流，遷徙或漂泊，起跑的訊號四處撒在風底漂在水裡。

要動身的請把握時機，這流浪時節如短促的北風微，懷抱裡只需要一點孤獨就能燃起流浪的動能。

這樣的孤獨將是孤寂的前兆，一鬆手、一轉身，可能就剩下一片蕭瑟。

春、秋是兩座高聳的浪峰，兩側是一冷、一熱的波谷。春季是冷過、凍過、凋零蕭瑟後的起步，春天是燦爛是帶過青澀味的果子。秋後是曬過熱過完全熟透、完全打開的嫵媚，身體到處香成這樣，甜成這樣，秋的穀物含油飽實，秋的魚隻肥沃抱卵，到處熟成豐腴，無法守成的圓滿。

春天是才要融化的種子，秋季是開始潰爛的果

4　洄泳：游泳。

實；春天守著黎明，秋天朝暮向晚；青春傷短，秋風慢慢呼號爲下一季蒼涼鋪路。

秋天站在他短暫的高點，用力釋放風的種子。這一年來的歡喜或挫折，無論沉重的、清越的、鬱累的、喜樂的，一起都撒在風裡，化在水裡。

心已懸浮。

白雲牽拖成藍天遊絲，天空越高，月光一日日清明，海流始終湍湍，風浪不再和諧，海面經常白浪綿綿。

只有懸浮著心，懷抱一點孤獨，攀住風、攀著流，就能起飛，就能流浪，就能出發。

再大的困頓也攔不住，再沉重的鐐銬也制止不了。

這是個命底輕盈的季節，無論順風或逆流，張開翅膀，張開胸鰭吧。天色很快就要暗了，氣候很快就要冷了，這是一年到頭最後的輕盈時機。

至於要飛去哪裡，停在哪裡，全憑秋的旨意。

寫作背景

廖鴻基（1957-），著名海洋文學作家。臺灣花蓮人，花蓮高中畢業，於35歲成為職業討海人，並開始進行寫作。之後籌組臺灣尋鯨小組，在花蓮海域從事鯨類海上調查；1988年籌組「黑潮海洋文教基金會」，執行「墾丁鄰近海域鯨豚類生態調查計畫」，從事關懷臺灣海洋、生態及文化等工作。曾受邀為香港浸會大學「國際作家工作坊」訪問作家、國立臺灣海洋大學駐校作家。廖鴻基與海洋之間的關係，從漁夫變成朋友，從捕魚為業，轉變成以海洋安身立命。透過作品

的閱讀，可見作者以其討海人的背景，藉由豐富的海洋經驗及敏銳而細膩的觀察力，從描寫魚和人之間的互動關係為出發點，以文字與影像紀錄，發展出自己與海洋之間獨樹一格的對話。在他的作品裡，讀者得以了解鯨豚生態、黑潮文化、遠洋海運等豐富的海洋意涵。曾榮獲時報文學獎、吳濁流文學獎及賴和文學獎等多項獎項，出版有《討海人》、《鯨生鯨世》、《來自深海》等著作。多篇文章被選入中學國文課本及選集裡，是推動臺灣海洋文化、海洋書寫的重要代表作家。除此之外，他更是反核社會運動、環境議題的重要推手，是位充滿生命熱情及深刻反思的海洋人。

　　本文選自《回到沿海》，描述悶熱天氣正待轉涼、秋天來臨前，那不冷不熱的氣候，讀者得以從字裡行間體會討海人在海上的生活及感受。

閱讀鑑賞

　　全文藉由描述老漁人的視野，以細膩的筆觸描寫討海生活裡，在悶熱天氣逐漸轉涼，不冷不熱的秋風吹來，正是所謂短暫的「北風微」。等到北風來時，也就是捕捉丁挽的最佳時刻。

　　全文共分四十一段，可分為三大部分。第1至第10段，極盡鋪陳炙熱的環境，整個穹蒼，包括陸地及海面，熱到不能再熱，炙熱的南風也吹滿了暑夏，營造出悶得透不過氣來的感受。第11段至第18段，藉由諳熟海上生活的老漁人之口，帶出「北風微」的到來。第19段至第41段，描寫「北風微」在季節交替及海上生活的最後輕盈及短暫美好。

　　文章大量運用譬喻兼映襯的修辭手法，如「春、秋是兩座高聳的浪峰，兩側是一冷、一熱的波谷」、「春季是冷過、凍過、凋零蕭瑟後的起步，春天是燦爛是帶過青澀味的果子。秋後是曬過熱過完全熟透、完全打開的嫵媚，身體到處香成這樣，甜成這樣，秋的穀物含油飽實，秋的魚隻肥沃抱卵，到處熟成豐腴，無法守成的圓滿」、「春天是才要融化的種子，秋季是開始潰爛的果實」。生動地描寫春秋二季帶給作者截然不同的感受。另外，也運用了豐富的擬人修辭：「春天守著黎明，秋天朝暮向

晚；青春傷短，秋風慢慢呼號為下一季蒼涼鋪路。」「秋天站在他短暫的高點，用力釋放風的種子。這一年來的歡喜或挫折，無論沉重的、清越的、鬱累的、喜樂的，一起都撒在風裡，化在水裡。」使讀者得以透過閱讀，了解作者筆下的海上生活及海洋風光，能擁有更鮮明豐富的想像空間。

隨堂推敲

1. 本文中的「北風微」所指為何？請就所知回答。
2. 本文在修辭上的特色為何？在本文中，你最喜歡的句子為何？請舉例分享，並說明其原因。
3. 閱讀本文後，請說明你對文中敘述海上生活及海洋風光的感受。
4. 請分享你印象最深刻的一次海洋經驗。

閱讀安可

下列兩篇都是親近海洋的相關文章，第一篇描寫身處內陸的作者首次見到大海的驚訝與疑問，進而探索海洋深廣的內在。第二篇描寫作者在臺灣南端夜潛，親見珊瑚產卵的美麗畫面。

1. 吳明益〈海的聲音為什麼會那麼大〉

> **說明**
>
> 　　某次大陸作家蒞校演講，會後參訪七星潭，作家由於長期在內陸生活，對於首次見到大海充滿訝異與疑問。相形之下，身處海島的人們卻習以為常，對海洋沒有太多的感受。作者以海洋巨大的聲響引導思緒，進而探索海洋深邃而廣瀚的內在。

2. 杜虹〈珊瑚戀〉

　　農曆三月，月圓前一天，臺灣南端的海水平靜無浪。如此平

靜的海洋，卻掀起我們心底無限期待的波瀾。等待很久了，一直在等待一場海面之下的無聲動盪。

南灣的午後，海水剛從落山風下的顛狂轉換成春光的柔媚，迫不及待走向它，讓它浸滿膝蓋，淹沒腰臀，湧繞胸膛。雖然早已熟悉這片汪洋，潛向海中的剎那，仍不免短暫心慌。

水中非常安靜，各式海藻、珊瑚、海膽、旋毛管蟲、熱帶魚群及鮮艷蝦貝深淺羅列，令人眼花撩亂又無限竊喜。海中不能言語，喜悅常令胸口滿脹。負責海域監測的同事們例行性記錄著這片珊瑚海洋的透明度、沈積物沈降速率、溫度、珊瑚的生長及白化現象。我沒有工作的牽繫，悠遊海中是唯一的目的。

海裡雖然寧靜，卻充滿某種與平日不同的氣息，是生命在蠢蠢欲動？每年農曆三月月圓後一星期左右，這片海域的珊瑚便要進行一年一度的集體產卵，快是時候了。這次入海，便是禁不住心底的期待而先來探看。因為那股無處不在卻又看不見的氣息，我們都盡可能不去碰觸那些色彩綺麗，或軟或硬的誘人珊瑚。生物在生殖期間，總是特別脆弱。

大群銀漢魚迎面游來，波光裡閃亮如星群。在離我一段距離處，魚群突然一致轉身，像執行一道口令般，游向別個方向。那轉身的一瞬，充滿芭蕾舞者的優雅及韻律，又帶點故意戲弄的稚趣，令人會心一笑。許多成群游移的小魚都會出現這般反應，我極愛看魚群的這個美妙動作，卻又不免遺憾魚群對人的畏懼。這個海域，打魚的行為普遍存在，魚群對人保持距離，是理所當然。

跟隨一雙鰈魚游動，看陽光入水後的光網在稠密的軟珊瑚上搖曳；一株紅艷海百合張開羽狀觸手，佇立珊瑚礁上向浮游生物招喚；色彩鮮麗的小丑魚從容進出有毒的海葵叢中；有海中女神

之名的美豔海兔在織金光影中穿梭，與許多雀鯛錯身而過⋯⋯水溫突然變熱，鰈魚游過白化的珊瑚叢。

珊瑚白化並不等同於死亡，而是珊瑚與共生藻分離後的現象。各類珊瑚的顏色，多為共生藻所賦予，當環境不利於生存時，二者便分離。這樣的分離到底是共生藻棄珊瑚而去？或是珊瑚主動將生活於體內的共生藻排出？科學家尚未完全明白，對於海洋，人類還有太多未知的奧祕。我們可以明白的，是珊瑚白化代表著環境的惡化，也是珊瑚死亡的序曲。珊瑚的存在，需要適宜的溫度、光線、海流、底質及潔淨、沈積物少的水域，早期的臺灣南端正符合這些條件，珊瑚生長狀況良好。而這一、二十年來，海洋環境在改變，珊瑚的生長狀況也在改變，國家公園成立後，保育人員便得時時潛入海中，監測水面之下的生態環境。

對生長環境要求嚴格的珊瑚，是海域環境的指標，也是海洋生態的主角。它建構了多孔隙與洞穴的珊瑚礁環境，為海洋生物提供棲息與避敵的場所，生活在其中的生物種類龐雜。珊瑚礁生態系的多層次複雜空間、高生物量與生產量，都可比美孕育地球一半以上陸生物種的熱帶雨林，珊瑚海洋的繁麗繽紛，自可想像。

在這樣一座富麗堂皇的水族殿堂活動，得特別小心海膽、水母和獅子魚，牠們身上的刺和毒素，會教人痛苦很久。迴避，是最佳相應之道。海底世界，風景時來時往，沒有終點，沒有界線，瀏覽的盡頭往往是自身體能的底線。

累了，停坐在一塊浮出水面的礁石上，同伴們都還在水中。海灣邊就是核三廠，刻意背對它，以取得較好的視野。我可以轉個身便置電廠於視線之外，珊瑚卻沒能如此自在。核電廠排放的熱廢水，是造成這片海域珊瑚白化的主因，尤其是天氣炎熱自然

水溫升高時,這傾入海洋的廢熱,更成為水溫高出珊瑚所能忍受範圍的關鍵。為此,國家公園的保育人員一次次向電廠發出警告函,但電廠以所排放廢水合乎水污染防治法之放流水標準為由,始終不予理會。二個單位甚至在電視上公開辯論,一方堅持於法可容,一方在意珊瑚已經白化,雙方弄得有些尷尬,問題卻絲毫沒有解決。核三廠既未違法,保育單位當然不能予以告發,但珊瑚白化的問題事實上卻一直存在,我們的法律,保障不了重要的珊瑚資源。一度,珊瑚白化成為媒體爭相報導的熱門事件,但熱潮過後,珊瑚白化現象依然持續。不論有意或無意,新聞,終歸會被遺忘。

陽光漸斜沈,平靜的水面無限軟柔,摘下面鏡與呼吸管,置核三廠於身後,讓清風拂頰吹髮。仰望天際浮雲回味水中世界,雲朵都化作熱帶魚游過。天空熱帶魚游著游回童年,去拜訪那個愛塗抹海底想像畫卻從沒見過海的我。童年的海洋,總畫著一條美人魚。

海面上真的破水而出一條美人魚,是自小在這裡長大的女同事。她伸手送來一隻殼上馱著海葵的寄居蟹。因為怕我獨坐水面太無聊,她不時忽上忽下為我送來各式小型的海洋生物。我端詳過與海葵共生,宛如背上開著一朵花的寄居蟹,便遞還她帶回海底。待她在海底搜尋片刻,不知又會送來何種美麗可愛的小生物?如此海面水底恣意優游,她並不需要氣瓶,生長過程中對於海洋的適應,使她猶如水中生活的哺乳類動物,背上氣瓶,她反而對海洋充滿恐懼。

夕陽落盡時,大家已逐一上岸,泛紅而如膠凝的海水另端,近圓的月已經斜掛,海面上一道晶亮的月光蕩漾。海面之下,我們期待已久的情事,正在醞釀。

　　根據近期的海域監測記錄，沈積物對珊瑚所造成的威脅，已經凌駕熱廢水。海洋是萬流聚匯之所，海域沈積物當然源自陸地，綠地山林的濫墾濫伐，間接對珊瑚造成了嚴重的傷害。

　　隔日，守衛海洋的同事們搭船往更深的水域進行海洋環境監測。每個月裡，他們都得數度潛入深深淺淺的珊瑚海域，完成九個樣區、九十個樣點的調查記錄。曾經在風雨連日的天氣裡，見一位同事潛入洶湧波濤中，察看溪流出海口附近陸源沈積物對珊瑚的影響。事後問他面對波瀾起伏的海洋難道不覺恐懼？他說：會，在入水的剎那。

　　月圓第三天，我在晚間九時來到核三廠熱廢水出水口。從波堤上，可以看見出水口附近的海面下，泛著淡綠光芒，堤上釣客因此談論著今夜打魚的人真多。那其實是珊瑚學者與國家公園工作人員的海底手電筒發出的光亮，從光束的聚散，我可以讀出海中那個角落有珊瑚正在產卵。夜晚的海洋不同於白晝，沒有把握易成他人的負擔，於是，我先在堤上觀看。

　　滿天星斗晶燦，照耀著堤外的珊瑚海洋，也照耀著堤內滾滾奔流的熱廢水。這是一個令人心痛卻只能徒嘆無奈的畫面。核電廠的出水口，正巧是臺灣珊瑚生長最好的區段，於是，學者、保育人員與從事海域潛水活動的遊客，只好不斷地在出水口附近泅游。

　　有潛水人自海中上岸，帶著半簍鮮魚。短暫交談，他抱怨有一群人在水裡干擾了他打魚，但並不知道這群人為何夜潛水中。珊瑚產卵，不在他關心的範圍內。

　　十一時過一刻，工作人員浮出水面，有人舉臂指向南方，墾丁的代表星座南十字正直立於海面之上。這天是他們今年第三度夜潛，已經記錄到二種表孔珊瑚產卵。連續幾天，夜裡都有同事

在海底，我總能等到珊瑚的最新消息。而這一、二年來，傳播媒體對南灣珊瑚產卵表現出極度的關切，保育人員卻因此陷入兩難的局面：藉珊瑚產卵事件的宣揚，也許能喚起民眾對海洋污染與保育的注意；但這項消息的發布，若引來大批夜潛者，除了夜間潛水的高危險度考量外，更令人憂心不知遊戲規則或不遵守遊戲規則的民眾，可能為珊瑚帶來的干擾。基於以往的經驗，保育人員實在不敢對媒體與一般大眾抱以樂觀的期望。於是，當媒體記者群集追問珊瑚產卵的消息，場面更顯得有些僵硬。

當人們不能保證事情的結局將不會帶給珊瑚負面的影響，當我們以慣常的經驗判斷無法對民眾的遊憩行為投以信賴，也唯有消極地默默守護這片地球財寶，以期時光能改變人們的心態與遊憩行為，待時機成熟再揭開公園海域珊瑚產卵的祕密。可惜保育人員的三緘其口封鎖不住海底的祕密，也許這個祕密太動人。

月圓後第七天，我決定且被允許探訪夜間的珊瑚海洋。

八時過後來到海邊，海面上已經漂浮著大量的珊瑚卵囊。興奮難掩地潛入水中，旋即被無數橙紅色的珊瑚卵囊包圍。手電筒的光束中，粒粒卵囊反光發亮，不斷由海底向海面漂升，揮去還來，繁如宇宙星辰。一時失神，便彷彿進入神話世界，太空星群任由撥拂。

這無數卵囊產自腦紋珊瑚、菊珊瑚、圓菊珊瑚及軸孔珊瑚，大小一至四公釐不等。每一個卵囊內，都同時含有精子與卵子，但其中有化學訊息控制著卵囊內的精卵不致自相結合；這些美麗的卵囊需待浮上海面才會破裂，釋放精卵與其他配子結合；結合後的受精卵將隨波逐流漸發育成幼生，再經一段時間的漂浮後沈入水中著生。有性生殖的目的，無非藉基因交換獲得更能適應環境的後代，珊瑚可以行無性生殖，卻不厭其煩地堅持著一年一度

的產卵儀式，不教自體精卵結合的用心實可理解，但籌畫得如此精密，仍教人不由得深深玩味。以無性生殖的方式快速膨脹族群陣營，再利用有性生殖的基因交換及飄浮著生得到更佳的後代及更大的生存空間，珊瑚的生殖手段堪稱無懈可擊。

這夜產卵的珊瑚深淺都有，不同種屬的珊瑚以不同的節奏排放卵囊，有些種類如燃爆煙火般集體釋放；有些種類一波波間放間歇；有些種類則一粒接一粒地吐出，連結如珠串漂升。被釋出的卵囊，都急著去尋找未知的另一半，完成生命所賦予的任務。身臨這幕氣勢磅礴的珊瑚之戀場景中，我不禁聯想陸地上植物，植物世界為使基因互換也有許多防止自體受粉的設計，而風中的花粉，若看得分明，也當如水中漂卵般動人。水、陸二種迥異的生育環境，卻有著異曲同工的繁衍安排，生命何等奇妙？又何其單純？無論藉水或藉風，生命的飄流都攜帶著濃厚的希望。

夜的海洋，大部分魚群都休息了，但珊瑚卵囊間還點綴著許許多多晶瑩透明的小水母，這些小水母只有在珊瑚產卵時才大量出現，與珊瑚的關係，人們尚未明瞭。小水母令人皮膚刺痛不適，但款款漂浮在卵囊間，卻優美而生動。粉紅卵囊與晶瑩水母，不斷漂昇，再漂昇，畫面如此安靜，卻又如此浩蕩與澎湃！任你在腦海奏起莫札特或貝多芬。微開雙眼，感受承載精卵的水流將一片沸情送上水面、感受明瞭這片珊瑚海洋的人對它的深戀。何其有幸，我們擁有這樣的海洋資源。

而這樣的海洋資源，卻逐日遭受污染的威脅，除了熱廢水、垃圾、陸域有機物的排放及陸源沈積物的增加，還要面對即將開放的遊艇觀光事業的壓力，這種種現象，都教人為這片珍貴的海域感到憂慮。

因為對夜潛並不熟悉，我身邊一直有同事守護。當我的守

護者在淺海中拍攝珊瑚產卵畫面時，我浮上水面尋覓漂流水面的卵。意外的是，浮出水面後，恐懼竟四面八方襲來。這片白日裡再熟悉不過的海洋，微明夜色中竟變得陌生與詭異，海岸形貌被黑夜隱藏，我在海中失去了方向，不知該游向何方？舉頭望天，雲朵將星座切割成零落星子，尋找片刻才見半人馬星座的南門二在雲隙間閃耀。而即使有了約略的方向，置身黑暗的海洋仍然教人心慌。

　　來不及看清海面浮卵的去向，我便因恐懼而急忙回到同事們身邊，繼續在那澎湃的戀情中，扮演安分的觀眾。一眼望去，同事們都被珊瑚卵囊包裹，海水已映成粉紅顏色。啊！多美麗的珊瑚海洋啊！我深深的吶喊，海底卻寧靜依舊。由衷希望，我們能一直擁有這樣的海洋，讓百年之後的臺灣子民，仍有機會如我今夜這般欣喜與感動。

　　數日之後，夜間的海洋回歸沈寂，我們又開始守衛與等待，等待明年海面之下的無聲動盪。

說明

　　從未見過海的作者，在一個難得的機緣下到臺灣南端夜潛，目睹了珊瑚產卵的美麗畫面，在感動之餘，作者寫下：「由衷希望，我們能一直擁有這樣的海洋，讓百年之後的臺灣子民，仍有機會如我今夜這般欣喜與感動。」其所傳達的海洋保育意識，值得身在臺灣的我們省思。

分組活動

　　搶救北極熊：隨著人類文明發展帶來的環境污染、地球暖化，北極熊等生物也面臨生存的危機，透過此項活動，希望讓學生體會北極熊的生活區域減少的困境，並思考環保的具體作法。

　　請教師分配給每組9張廢紙（3*3緊密排列，模擬北極的冰塊），使其鋪在地面，讓同組組員（模擬北極熊）一起站在廢紙區內。接著，教師選擇以下任一題目後，請組員說出十個答案。開始計時後，每十秒鐘抽掉一張廢紙，組員必須想辦法回答問題，並避免組員超出廢紙區，超出廢紙區的組員即被淘汰。最後，依照答案完整、組員存活及廢紙數量來統計勝負。

題目：

1. 減少垃圾的方法
2. 延緩氣候暖化的方法
3. 改善空氣污染的方法
4. 改善海洋污染的方法
5. 減少碳排放量的方法

寫作鍛鍊

1. 排比修辭格鍛鍊：

　　例句：整個穹蒼，整片陸地和海面，已經熱得不能再熱，熱得不能再熱，亮得不能再亮。

　　請模仿例句，完成下列句子：

　　整個穹蒼，整片陸地與海面，＿＿＿＿＿＿＿，＿＿＿＿＿＿，＿＿＿＿＿＿。

2. 寫作：娛樂能在我們閒暇之餘，帶來快樂與滿足，也是生活的拼圖之一，使我們的生活繽紛多彩。請同學以「我的生命拼圖」為題，書寫一篇約500字的散文。

請沿虛線剪下

[分組討論單] 班級：＿＿＿＿＿　組別：＿＿＿＿＿　報告者：＿＿＿＿＿

組員簽名：＿＿＿＿＿＿＿＿＿＿＿＿

問：**「搶救北極熊」**：隨著人類文明發展帶來的環境污染、地球暖化，北極熊等生物也面臨生存的危機，透過此項活動，希望讓學生體會北極熊的生活區域減少的困境，並思考環保的具體作法。

請教師分配給每組9張廢紙（3*3緊密排列，模擬北極的冰塊），使其鋪在地面，讓同組組員（模擬北極熊）一起站在廢紙區內。接著，教師選擇以下任一題目後，請組員說出十個答案。開始計時後，每十秒鐘抽掉一張廢紙，組員必須想辦法回答問題，並避免組員超出廢紙區，超出廢紙區的組員即被淘汰。最後，依照答案完整、組員存活及廢紙數量來統計勝負。

題目：

1. 減少垃圾的方法
2. 延緩氣候暖化的方法
3. 改善空氣污染的方法
4. 改善海洋污染的方法
5. 減少碳排放量的方法

答：

【寫作鍛鍊】　　　　　　　　　日期：＿＿＿＿＿＿＿＿

系級：＿＿＿＿＿＿＿　學號：＿＿＿＿＿＿＿　姓名：＿＿＿＿＿＿＿

跋語

　　「因為有大家的參與，才能讓我們一同看見未來大學國文教學即將璀璨的美好」。這是兩年前我們編著《生命・海洋・相遇──詩文精選》一書時，在後記末了所給予自己的期許與願景。

　　時光荏苒，歲月匆匆，一晃眼，兩年也就這麼過去了。如今，回首當初這段話，在《相遇》一書普遍獲得不錯的迴響之下，志得意滿的大語或許不敢張狂，但對新世紀教學現場創新實踐的堅持依舊不減當年。所以我們除了在未來持續落實當初的教育理念與教學方式之外，同時也在思考另一種選文方向的可能性，希望能多以內容不同、風格獨特的作品來豐富我們的教學。於是，《生命・海洋・相惜──詩文精選》這本書遂於焉誕生。

　　與前一本《相遇》一樣，《相惜》的選文也是以當初執行教育部閱讀書寫計畫時的教材為基礎，再經過重新設計、調整、授權、編寫而成；兩書的體例一致，文言白話並重，詩文小說兼取，行文風格也大致相當。同時，兩書都有適切的注釋、詳盡的說明、精闢的賞析，也有深入的問題討論、相應的延伸閱讀、豐富的分組活動，以及多樣的寫作鍛鍊。所不同的是，《相遇》著重在「理」的思考，《相惜》則以「情」的訴求為主；《相遇》強調人生歷程中各種階段的「理性相遇」，《相惜》則著重於與人生相遇的各種人事物之間的「感性相惜」。兩書有同有異，詳略互參，脈絡相承，是為姊妹書的系列之作。

　　因為……在「相遇」之後，對於那些值得的人、刻骨的事、銘心的物，就要懂得──「相惜」。

　　相惜的對象，有人、有事、有物。主題一至主題三，相惜的是非血緣關係中的友朋、戀人、師生之情；主題四至主題六，則是相惜生活中的衣食、居止、育樂之愛。人間有情，大地有愛，才能匯聚出一股滋潤生命的

暖流，而盪氣迴腸，而久久不已。

　　本書的編著，依舊是群策群力，由四位老師共同負責、分別撰寫而成。其中，吳智雄老師負責全書體例的審訂與內容的校正、六篇主題導讀文章的撰寫；顏智英老師負責全書架構的擬定、主題二內容的撰寫；李昱穎老師負責主題四「衣」的部分、主題五、主題六等內容的撰寫；陳慧芬老師負責主題一、主題三、主題四「食」的部分等內容的撰寫。各主題單元之間為有機體的組合，分則可斐然成章，合則有十全之美。

　　現在，本書即將出版面世，我們仍然要感謝那些與本書有緣的人。感謝本校張清風校長、張文哲主任的支持與關心，且特撰專文推薦。感謝五南出版社黃惠娟副總編輯、蔡佳伶責任編輯及其工作同仁的諸多協助。最後，我們仍然有著與《相遇》一書相同的自我期許與願景，所以容我們再次借用那一段話，「感謝各位讀者，因為有大家的參與，才能讓我們一同看見未來大學國文教學即將璀璨的美好」。

附錄一
早餐萬歲

吳智雄

　　首先，我要先發布一則嚴正的聲明：我個人認為，早餐——真 的 很重 要。

　　雖然有些人認為，早餐吃不吃沒什麼關係。但是只要你去問你的爸爸媽媽哥哥姊姊弟弟妹妹阿姨叔叔伯伯們，或是問老師朋友同學路人甲鄉民乙宅男丙酸民丁，相信十之八九的他們，一定也都會異口同聲的說——早餐很重要。更不用說那一大群醫師或營養師們，會從醫學和營養學的角度告訴你，早餐是一天當中最重要的一餐。有吃早餐，可以讓你感到精神飽滿、體力充沛，也可以為你帶來好情緒，集中注意力，提高學習能力……；沒吃早餐的話，可能會讓你反應遲鈍、腸胃不適、產生便祕，也容易讓你變胖，甚至罹患慢性病、提早老化……。而且早餐要吃得好，吃得對。吃新鮮蔬果、低脂乳品、全穀根莖類、豆魚肉蛋白質最好；最好不要吃高脂肪、高熱量、油炸類、含糖量高的食物。

　　因為早餐是這麼的重要，難怪中國自古就流傳著一句話說「早餐要吃得好」，西方人也說「早餐要吃得像國王」，都是同樣的道理。

　　由於早餐真的很重要，所以每當我有早課時，不管是「早八」（早上八點）、「早九」，甚至「早十」，總是要在上課鐘響十多分鐘後，才會看到一些學生手上拎著早餐，一副睡眼惺忪，陸陸續續的走進教室裡。看到他們即使明知上課會遲到，也要堅持先排隊買早餐，再堅持在早餐最美味、進食時段最佳的上課時候嗑完它，我心中就不由自主地感到一股莫名的欣慰。原來，他們懂得吃早餐可以集中注意力，提高學習能力，好讓一整天的課程充滿活力；原來，他們了解不吃早餐會反應遲鈍、肥胖便祕、罹患慢性病，會讓父母擔心害怕。一想到這裡，我的心中又不禁湧現出一陣又一陣無以言表的感動，想不到他們竟然知道要保持健康，愛惜自己的

身體，真正實踐了「身體髮膚，受之父母，不敢毀傷，孝之始也」的孔夫子遺訓。想著想著，霎時兩行熱淚竟然就這麼不爭氣地自眼中汨汨流出。

其實，同學們如此的深明大義，不僅表現在吃早餐這件事情上，還表現在他們的睡眠作息安排上。從小學開始，老師和教科書就教我們早睡早起身體好。由於觀念紮根的早，所以即使升到了大學，同學們對這條諄諄教誨仍然是力行不輟，很多大學生寧可當天的晚上不上床睡覺，也依舊要奉行著「早睡早起」—早上睡覺，早上起床—的信條。光憑這一點，大概就可以名列我們國家教育成功排行榜中的第一名了。

看到同學們既懂得，即使上課遲到也要堅持吃早餐來養生，又能奉行早睡早起能讓身體好的教誨，可見我們的學生是多麼深刻地了解到愛惜自我、經營自己的重要性。就如同王品董事長戴勝益曾說過，如果年輕人的月薪不滿五萬元，就不要儲蓄，要拿來投資自己，經營人脈。戴董這句話雖然蠻貼近現代一些年輕人的想法，但其實他不知道的是，我們的年輕人早就已經知道投資自己、經營人脈的重要性了。所以我們可以看到，現在的同學們幾乎人手一支（有的甚至有兩支）智慧型手機。即使明知正在上課，也不忘要滑著手機、上看facebook、傳送line，來了解、關心朋友的動態，以維繫好自己的人際關係；即使打工的月薪收入不滿五萬元，或者是根本沒有工作賺錢，仍然也要使用著一支動輒要一、兩萬元的I字輩手機，因為他們知道，好的手機品質好、收訊佳、效果棒，可以幫助他們經營人脈，投資自己。由這些蛛絲馬跡來看，就可以知道現在的學生們，真的是太懂得「自我投資」的重要性了。

不好意思，好像扯遠了，再回來說早餐好了。當我一面聲嘶力竭、口沫橫飛的講著課，一面看著學生們在我面前盡情地享受著他們的營養早餐時，心中也在不停地反省自己。想想自己一路走來，當學生的時候怕遲到，即使沒吃早餐也照樣上課；後來當了老師更怕遲到，就算空著肚子也依然講課。如此的糟蹋身體，毀傷髮膚，不知愛惜自己，徒讓父母擔心，

完全沒做到孔老夫子的遺訓，想想實在是不孝。枉費自己還讀了那麼多聖賢書，說了那麼多聖賢道理，卻沒有身體力行，親身實踐，想來真是汗顏、汗顏。

還記得有人說過，一個懂得愛惜自己的人，以後才會是個成功的人。這句話也讓我堅定的相信，這些知道愛惜自己、善於經營自我的學生們，以後一定也會是個成功的人。為了證明自己的推斷，所以我也很現代而沒有代溝的上網孤狗了一下古今中外成功人士的心路歷程，順便體驗一下學生們寫作業報告時只會上網找資料的苦心孤詣。只是，結果似乎不是如我所想像的那樣——聞雞起舞的祖逖（凌晨雞鳴起床沒吃早餐就在練劍，傷身）、斷齏畫粥的范仲淹（一鍋粥劃成四塊分二餐吃，一樣傷身）、懸樑刺股的蘇秦或孫敬（傷害自己的身體髮膚，不孝）……還有好多好多耳熟能詳和耳生詳不了的例子不及備載。這些成功人士的例子彷彿都在告訴我，他們好像都是常常餓著肚子在努力的，難道我的推斷是錯誤的嗎？難道愛惜自己一定要吃早餐的人，以後不一定會成功的嗎？

這時，我的信心開始產生了動搖，到底我要相信哪一邊呢？最後我決定，與其相信遠在天邊、不一定可靠的網路資料、事蹟又有可能被神化的作古人士，倒不如相信近在眼前、看得見、聽得著、又有著一副副吃著早餐生動模樣的活生生的學生們。我相信這才是真正的事實，我也相信只要假以時日，他們一定會以行動證明，不論起床時間早或晚，堅持每天一定要吃早餐的人，以後一定會成功的道理。

所以如果你現在再問我早餐重不重要？我一定會用非常堅定不移而且十二萬分誠懇的語氣告訴你：早餐太重要了！不管怎樣，無論如何，早餐一定要吃！早餐萬歲！

附錄二
生命的答案在「大學國文」

顏智英

　　大學國文，其實，也可以說是一門生命哲學課。從古至今，作家們將他們對生命的所思所感，透過動人的文字，生動地展示在我們眼前。只要你願意開卷閱讀，只要你在大學國文課裡不是只有將這些經典複製、貼上，而是以品賞美食的虔誠心情，將之細細咀嚼、消化、吸收，那麼，它們將會成為你成長的能量、給予你生命的答案——

　　生命的源起為何？當你驚訝並致力於研究遙遠的一百三十八億年前宇宙誕生的大爆炸理論之前，請先對最貼近你的生活、賜予你生命、陪伴你成長的父母致上最大的感謝吧！你看，「母子一場，只能看作一把借來的絃琴，能彈多久，便彈多久，但借來的歲月畢竟是有其歸還期限的」（張曉風〈我交給你們一個孩子〉），是母親對子女的無限眷戀；「凱風自南，吹彼棘薪。母氏聖善，我無令人」（《詩經・凱風》），「世乃有無母之人，天乎！痛哉」（歸有光〈先妣事略〉），則是子女來不及回報父母的深深懊悔！

　　生命的意義何在？怎麼過才算不虛此生？是要像孔子秉持「老者安之，朋友信之，少者懷之」（《論語・公冶長》）般服務利他的人生觀？抑或如墨翟懷抱「使天下兼相愛，愛人若愛其身」（《墨子・兼愛》）的大愛理想？還是，學習「一壺濁酒喜相逢，古今多少事，都付笑談中」（楊慎〈臨江仙〉）的逍遙瀟灑，「得而不喜，失而不憂」（《莊子・秋水》）的自在豁達？選擇權，掌握在你自己的手中。

　　夢想對人生有何重要？有了它，項羽才能成為一個「所當者破，所擊者服，未嘗敗北」（《史記・項羽本紀》）的大時代明星；有了它，曹丕

才能完成他所謂「經國之大業，不朽之盛事」（曹丕〈論文〉）——《典論》一書；有了它，海湧伯才能達成鏢獵「尖嘴如釘，勁力如挽車」（廖鴻基〈丁挽〉）的丁挽的艱鉅挑戰。夢想，不僅是堅定我們生命大方向的船舵，更是提昇我們生命精彩度的調色盤。

如何超越生命的挫折？例如愛情。像漢樂府〈有所思〉中的女主角，本來還喜孜孜地沉浸在為愛人準備禮物的浪漫想像中，卻突然「聞君有他心」，整個世界瞬間變色、抽空，心猶如漂浮外太空般失重、無依，於是，她失控地撕扯、燒毀禮物⋯⋯；但在一夜的理性苦思後，仍決定以堅強的姿態面對愛情的難題。更何況，愛情，不一定要擁有，強摘的果實不甜，當這份愛無法讓你求索時，何不將你的想法轉個彎，從另一面思考：使自己在愛情的世界中成為對方可以依靠的肩膀，成為「一座真正可以信賴、可以傾淚、可以放下虛矯的強者面具的安全島」（陳幸蕙〈岸〉）！此時的你，將突然發現：自己在不知不覺中早已跨越了失戀的傷痛！

該如何面對有限的生命？蘇軾的態度是：「笑看潮來潮去、了生涯」（〈南歌子・八月十八日觀潮，和蘇伯固〉），順時應世、笑看人生；馬致遠的態度是：「和露摘黃花，帶霜分紫蟹，煮酒燒紅葉」（〈夜行船套曲・秋思〉），珍惜當前的美景與美食。因為，他們都透視了死亡具有必然性（毫無例外或妥協）、無機性（生命的機能都會停止）、不可逆性（死後無法復生）、普遍性（凡生物皆會死）的特質，任你如何的逃避、焦慮、害怕、恐懼，都無濟於事。如果，你能夠認清：當生命一出現時，其實就已預約了死亡；活著，其實是朝向必死的路上前進、挑戰；那麼，你就能夠將死亡的逼進，視為激發內在生命成長的驅動力，從而在超越對死亡的執著中，達到「縱浪大化中，不喜亦不懼」（陶淵明〈形影神〉）的通透的生命境界。

還有，很多很多，⋯⋯

而今，已從大學國文課滿載而歸的你，關於生命的諸多問題，是否都找到了答案？

Note

Note

Note

國家圖書館出版品預行編目資料

生命‧海洋‧相惜——詩文精選／吳智雄
等著. -- 二版. -- 臺北市：五南圖書
出版股份有限公司,2017.09
　　面；　公分
　　ISBN 978-957-11-9354-0（平裝）

1.國文科　2.讀本

836　　　　　　　　106014387

1X6P　國文系列

生命‧海洋‧相惜——詩文精選

編　　著 ─ 吳智雄　顏智英　李昱穎　陳慧芬

發 行 人 ─ 楊榮川

總 經 理 ─ 楊士清

總 編 輯 ─ 楊秀麗

副總編輯 ─ 黃惠娟

責任編輯 ─ 陳巧慈

封面設計 ─ 黃聖文

出 版 者 ─ 五南圖書出版股份有限公司

地　　址：106台北市大安區和平東路二段339號4樓

電　　話：(02)2705-5066　　傳　真：(02)2706-6100

網　　址：https://www.wunan.com.tw

電子郵件：wunan@wunan.com.tw

劃撥帳號：01068953

戶　　名：五南圖書出版股份有限公司

法律顧問　林勝安律師

出版日期　2015年9月初版一刷
　　　　　2017年9月二版一刷
　　　　　2023年8月二版四刷

定　　價　新臺幣460元

經典永恆・名著常在

五十週年的獻禮——經典名著文庫

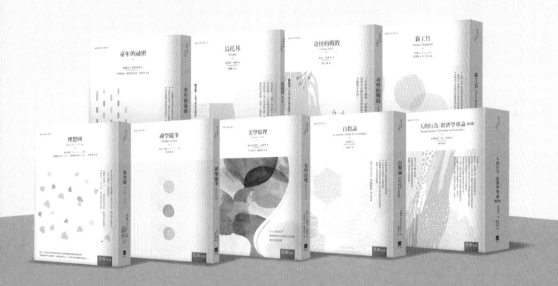

五南，五十年了，半個世紀，人生旅程的一大半，走過來了。

思索著，邁向百年的未來歷程，能為知識界、文化學術界作些什麼？

在速食文化的生態下，有什麼值得讓人雋永品味的？

歷代經典・當今名著，經過時間的洗禮，千錘百鍊，流傳至今，光芒耀人；

不僅使我們能領悟前人的智慧，同時也增深加廣我們思考的深度與視野。

我們決心投入巨資，有計畫的系統梳選，成立「經典名著文庫」，

希望收入古今中外思想性的、充滿睿智與獨見的經典、名著。

這是一項理想性的、永續性的巨大出版工程。

不在意讀者的眾寡，只考慮它的學術價值，力求完整展現先哲思想的軌跡；

為知識界開啟一片智慧之窗，營造一座百花綻放的世界文明公園，

任君遨遊、取菁吸蜜、嘉惠學子！